风雨前行

潘荣延　著

九州出版社
JIUZHOUPRESS

图书在版编目（CIP）数据

风雨前行 / 潘荣延著 . -- 北京：九州出版社，
2023. 8

ISBN 978-7-5225-2160-2

Ⅰ.①风… Ⅱ.①潘… Ⅲ.①长篇小说—中国—当代

Ⅳ.① I247. 5

中国国家版本馆 CIP 数据核字（2023）第 174980 号

风雨前行

作　　者　潘荣延　著
责任编辑　姬登杰
出版发行　九州出版社
地　　址　北京市西城区阜外大街甲 35 号（100037）
发行电话　（010）68992190/3/5/6
网　　址　www.jiuzhouopress.com
印　　刷　唐山才智印刷有限公司
开　　本　710 毫米 ×1000 毫米　16 开
印　　张　17. 25
字　　数　264 千字
版　　次　2024 年 1 月第 1 版
印　　次　2024 年 1 月第 1 次印刷
书　　号　ISBN 978-7-5225-2160-2
定　　价　78. 00 元

谨以此书献给自强不息的人们！

——潘荣延

目 录
CONTENTS

上 部

下　部

上 部

第一章 终于得以品尝一碟炒粉

下午开完会并领到集体照后，雄山公社高中第七四届的学生就毕业了。

"文化大革命"开始不久，中国便取消了高考制度，所以，雄山公社高中的学生和全国其他地方高中的学生一样，毕业后一律没有参加高考并考上大学继续读书的机会。凡是城镇来的学生，要"上山下乡"，接受贫下中农的再教育；凡是农村来的学生，要回乡当人民公社的社员，参加生产队的集体劳动。虽然没有参加高考的机会，不用做考前考后的有关事情，但是，在即将离开学校之际，大家今天上午还是特别忙，都想抓紧时间把该做和想做的事情做好，不留遗憾：有的去找老师最后谈一次心，有的去送纪念品，有的去约会……

七四五班既生得矮小又贫穷、最不受人关注的高志强是从三阳大队方博村来的。他今天下午就要回去当社员了，之后天天都要在生产队里参加劳动，很难再来雄山圩一次，所以，当他办完其他必须办的事情回到宿舍后立即上床打开他的小木箱，从里面拿出那只信封，把信封里的钱倒到床上，决定最后清点一次这两年来的积蓄，看攒够了钱没有。如果已经够了，就赶紧去做自从读高中后不久就一直想做而至今还没有做成的一件事情——到雄山圩东方红炒粉店品尝一碟炒粉。

高志强是1974年下半年入学的。在刚入学几天后的一个晚上，同一个宿舍的张全亮同学上床躺下后高兴地对大家说：

"我告诉大家一个好消息：我七三三班的表哥今天中午带我去雄山圩先锋街东方红炒粉店吃了一碟炒粉。这是我从小到大吃过的最好吃的一碟炒粉。

吃一口想两口，现在想起来还想吃……听我表哥说，这家炒粉店是全公社最出名的，是公社食品站开办的。全公社日子稍微过得去的群众，到雄山圩赶集时都或多或少吃过炒粉店里的炒粉。我们高中绝大部分的老师和七三届以前的学生都去吃过。"

"张全亮同学！请问这炒粉多少钱一碟？"睡在张全亮对面床上的周桂海同学听到这里忍不住问。

"3角5分一碟。"张全亮答。

"明天中午请带我去品尝一碟。"周桂海说。

"好的，我正想明天中午再去吃多一碟，解解嘴馋。"张全亮说。

"我也去。"杨开创同学说。

"我也去。"梁仁和同学说。

……

这个宿舍一共住有8个同学，还没有吃过这种炒粉的其他6个都陆续发表了明天中午要去品尝一碟的意见，唯有高志强假装睡觉不吭声。

其实，高志强和其他同学一样也很想在明天中午去品尝一碟炒粉，但是他没有那么多钱。他现在可以拿得出的钱只有几分，又不好意思向同学们借，更不能回家向家里人要，所以，只好假装睡着了。第二天中午张全亮带其他6个同学去吃炒粉后，他去找来一只信封，把现有的几分钱放到里面存起来，计划等攒够3角5分钱后自己再去品尝。

两年高中的学习生活过得很快。今天已经是1976年7月16日，下午就毕业了。这两年来，家里给高志强的学费、伙食费和其他的费用基本都是刚刚够用，偶尔才会多出1分或者几分钱。他每次都把多出的部分像宝贝一样及时放到那只信封里。当特别嘴馋时，就去清点一次所攒的钱，看够3角5分没有，要是已经够，就立即去实现自己的梦想。曾经去清点过两次都不够，所以还是无法去品尝。事不过三，后来不管有多嘴馋，他都极力忍住不去清点了，免得继续失望。现在够了没有？他怀着忐忑的心情全神贯注地清点着床上的钱，刚好是3角5分。他想这么巧，担心自己清点错了，又再清点一次，结果还是3角5分。这些钱都是硬币。其中5分的有3枚，2分的6枚，1分的8枚。他见已经够品尝一碟炒粉了非常高兴，把这些硬币通通抓进裤袋里，下床满怀喜悦地走出宿舍，朝着离学校约1.5公里的雄山圩先锋街东方红炒粉店走去。

到了炒粉店后才11点多，虽然还不到吃午饭的时间，但是，已经陆续有顾客进来买炒粉吃了。大家去排队交钱，顾客吃粉的大厅与工作人员的作坊之间有一堵一米多高、一尺宽的矮墙隔开。几个系着白围裙的男师傅在里面忙来忙去。左边接近墙头处有一个穿白衬衣、戴蓝袖套的年轻女子坐在收银台前收银。高志强进来后也主动去排队。当轮到他交钱时，他伸手到裤袋里小心翼翼地把硬币掏出来，生怕它们掉到地上后到处滚动难以找回来。为了让收银员容易看清楚，他先把3枚5分、6枚2分和8枚1分的硬币分类叠起来，然后按照硬币的大小为先后顺序从左至右放成排，一起推到收银员的面前。这个收银员已经在这里收了几年银了，从来没有见过顾客一次用那么多硬币来购买一碟炒粉吃的，非常耽误时间，心里很烦，斜着眼睛看高志强摆弄。待高志强把3角5分钱放到面前后，她懒得分类拿，用右手一拨，把硬币全部拨到抽屉里，然后绷着脸迅速撕下一张取粉票甩给高志强。站在高志强后面的那个顾客是个30多岁的中年男子。他比高志强高出大半头。高志强交钱的一举一动，他都看在眼里。他是雄山公社磷肥厂的工人，每月都有工资领，有商品粮吃，日子比一般人好过，曾经多次来这里吃炒粉。他也从来没有见过全部用零碎硬币来买粉吃的人，尤其是年轻人。他看见高志强磨磨蹭蹭地把一枚枚硬币叠起来交钱时也很烦，黑着脸耐心等候。待高志强走开后，他把早已准备好的一张2角、一张1角的纸钱和一枚5分的硬币麻利地放到收银员的面前，然后快速接过收银员的取粉票，走到高志强的前面去取粉。对于周围人的反应，高志强一点也不在意。他现在一心想的是："我终于有机会品尝一碟炒粉了。"

炒粉是用一只白色的大陶瓷碟装的。高志强取到粉后把它捧到一个挨着墙的餐位就座。他没有急于吃，先慢慢欣赏。只见炒粉装满了整个碟子，中间还堆了起来。炒粉里有猪肉，这是高志强最梦寐以求的东西。这些猪肉有的露在炒粉的上面，有的被炒粉盖在下面。他拿筷子好奇地把它们一块一块地搜寻出来，并集中夹到炒粉的上面进行清点。发现虽然每一块都比较小，比较薄，但是一共有十几块之多。炒粉和猪肉都是淡黄色，油光油光的，令他垂涎欲滴。他先夹一口炒粉放进嘴里咀嚼，感到又香又爽滑鲜嫩，非常可口。心想，这炒粉真是名不虚传。接着，他又把一块猪肉夹进嘴里，味道比炒粉更胜一筹。他原计划是慢慢品尝的，但是，实在是忍不了了，他把炒粉和猪肉不停地夹进嘴里，吧唧吧唧地狼吞虎咽，不到3分钟就把这碟炒粉和猪肉全部吞到了肚子里。他是在入门左边第五排最靠近墙壁的餐位就座的。右边是墙壁没有人，前面和后面的顾客看不到他的吃相。吃完炒粉和猪肉后，他看见碟子里还有些油渍，随即摆头看了一下左边的顾客，见他们离他比较远，而且都在低头吃炒粉，又迅速把碟子捧起来，用舌尖一下接一下地把油渍舔干净。

吃了炒粉后，两年的理想终于实现了。他感到很惬意很爽，暂时还坐在那里不愿走开，想多享受一下这种感觉，但是，坐了一会儿后心里却变得难受。他想，自己攒了两年才够3角5分钱，才得以品尝一碟炒粉。除此之外，两年来，不说买新衣服、新鞋子穿，连牙膏也没有钱买，用食盐来刷牙……这些日子实在是不堪回首。想到这里，他倏地紧闭双唇，瞪着两眼，用力把两只拳头一握，在心里暗暗地对自己说："毕业回去后一定要发奋图强，为彻底改变自己的命运和活得有出息而奋斗。"

第二章　被禁止报名当兵

"高志强，你不能报名！"当高志强站到工作人员的面前，怀着兴奋的心情准备把自己的名字和其他相关的资料告诉工作人员时，大队的民兵营长刘春贵急匆匆地从工作人员的后面走过来大声制止说。

高志强毕业回来后首先想向邢燕子等先进人物学习：扎根家乡，为了改变家乡和家庭的贫穷落后面貌而努力，但是，不久便打消了这种想法。以前他在学生期间对本村的情况不关心，不了解。高中毕业回来后，他通过深入调查发现方博村是一个人多地少的地方。这个村共有5个生产队，每队的人均耕地面积都不够一亩。他家所在的第3生产队人均仅有0.85亩，而且，没有其他的荒山荒地可以开垦了。这几年每个社员在生产队里劳动一天的收入（分红）只有0.15元左右。不但如此，方博村的社员和其他村的社员一样都不能去做生意，因为大队的干部说做生意是一种"投机倒把"的行为。谁去做，谁就会被大队甚至公社干部下来组织群众开会进行批斗。还有，自从"文化大革命"后，大队干部经常对社员们说："宁要社会主义的草，不要资本主义的苗。"每个家庭可以饲养多少只（头）家禽和可以种植多少经济作物，上级也有政策规定。不管是哪个家庭，只要饲养出来的家禽超过了所规定的只（头）数，所种植出来的经济作物超过了所规定的数量，都属于"资本主义尾巴"。大队干部都会来干涉，干涉后还不改正的，他们就会带领青年民兵来把"资本主义尾巴""砍"掉。"巧妇难为无米之炊。"高志强发现在方博村里生活没有发展的空间，如果长期在这里生活下去，一辈子都将会穷困潦倒，没有任何出息，于是他决定想方设法早日离开方博村，争取到外面去找一份工作。之后，他每天都在积极参加生产队劳动的同时，处处留心观察到外面寻找一份工作的门路。

　　今年初冬的一天下午，他参加完水利冬修工作后和其他社员一起从防洪大堤走回家。当路过三阳大队的队部时，他看见附近到处都张贴有1976年冬季征兵的宣传标语。在大队办公室后背的墙上还贴有一张《征兵公告》。他好奇地走过去看这份公告。公告的内容分为征集对象、征集条件和报名方式等几项。他看后知道自己属于征集对象，而且完全符合征集条件，很高兴。他想，自己现在最大的理想是能到外面去找一份工作，能每月有工资领，有商品粮吃，有"铁饭碗"捧。而要能实现这一理想，目前的途径主要有几种：第一是先争取当一个民办老师，然后再争取成为一个公办老师；第二是先争取成为一个全公社知名的积极分子，然后等上级有招工招干的机会时再争取去当一个工人或者干部；第三是先争取去当兵，然后再争取在部队里提拔为一名干部。能通过前两种途径去找到一份工作做的人极少，有时一年甚至几年都没有一个。通过第三种途径去找一份工作做的人，从本村和邻村的情况看相对多一些。根据自己的实际情况，现在应该先争取去当兵。

　　今天上午8点多，他经过各方面的准备后满怀憧憬地来到大队准备报名应征。因为来报名的人很多，挤满了整个大队的队部。大家好像怕迟了就没有份似的，都争着去报，场面混乱。后来，工作人员出面指挥，要求大家排队报名，场面才变得井然有序。高志强排了近10分钟后站到了负责登记工作的人员面前。当他刚想按要求把自己的名字和其他相关的资料告诉工作人员时，突然听到民兵营长刘春贵说这话，感到很吃惊。心想，我一个多星期前曾经详细阅读过《征兵公告》，自己从年龄、出身、道德品质和政治表现等方面看全都合格，现在是响应国家的号召来报名应征的，怎么说我不能报名呢？

　　"为什么？"高志强抬起头用疑惑的眼神看着刘春贵营长问。

　　"因为你已经有两个哥哥去当兵了，而且现在还在部队。我们大队的兵不能都让你几兄弟去当，别人有意见。"刘春贵显得蛮有道理地回答。

　　"可是《征兵公告》里并没有这种规定啊！"高志强说，"我们共有六个兄弟，刚去了两个，还有四个在家，再多去一个也不算多。况且，大家都知道报名不等于就得去当兵。如果体检不合格，就算我现在没有两个哥哥在部队，也是不会得去当兵的，所以，我希望你允许我报名。"

"什么《征兵公告》里没有这种规定？我叫你不要报，你就不能报。"刘春贵武断地说，"你报了，我也不会让你参加体验的。"

一听说不让参加体检，高志强马上紧张起来。心想，如果真是这样的话，自己不但失去了争取去当兵的机会，而且，失去了今后争取在部队里得到提拔成为一名干部的机会，一切都完了。刘营长怎么能这样做呢？这不是以权压人吗？他对刘春贵营长的做法很不服，准备继续和他理论。

"请你走到一边去，不要站在这里妨碍其他人报名。"坐在高志强面前的男性工作人员见民兵营长已经发话了，高志强还不走开，有点不高兴地说。

"对，不要影响我们报名。"站在高志强后面的一个青年也附和说。

高志强还是不愿意走开。他抬起头想对刘春贵说："刘营长！请你讲道理，不要以权压人。"但是，话到嘴边后又临时改成："刘营长！请你按规定办事，同意我报名好吗？"

"不行！刚才已经把原因向你解释清楚了。"刘春贵大声回答。

高志强这时只得很不情愿地移步到旁边去，遗憾地看着别人报名。

过了一阵子后，工作人员在公社征兵办公室人员的指导下，在继续做好报名工作的同时开始组织目测。已经报了名的青年，有的去测量身高，有的去测量体重，有的去检查视力。还有一些男青年被带到大队门口旁边的晒场上检查筋骨的灵活情况。他们以6人为一组，一个个脱掉衣服和长裤，只穿一条裤衩，蹲在晒场上，头向下，用双手从后面围着并压低脖子，像青蛙那样开心地一步一步地往前跳。

高志强观看了一会儿各种目测的项目后心里痒痒的，又走回报名室找到刘春贵营长请求道：

"刘营长！请你同意我报名和参加体验吧！求求你了。"

"别在这里啰唆！"刘春贵大声说完后很不高兴地把脸转到一边去。

看见他这个样子，高志强既遗憾又生气，愤愤不平地走回家。

第三章 收到《入学通知书》却高兴不起来

"高志强，我想和你商量件事情。"

一天下午，高志强刚收工回到家门口，队长古忠民就来找他。他请队长进堂屋里坐下后好奇地问：

"请问，你想和我商量什么事情？"

"是这么回事，"队长说，"为了推广种植杂交水稻，提高粮食产量，公社根据上级的文件精神，决定在仁兴大队建立一个'三系'育种场，为全公社提供杂交水稻种子。育种场的工作是由公社农技站具体组织开展的。育种场的场长由农技站的陈旭东站长担任，技术员由农技站的其他干部职工担任，员工由附近大队每个生产队安排一个社员去担任。这个社员要求年轻，有比较高的文化，思想道德品质好，责任心强，能吃苦耐劳。你高中毕业回来后天天出满勤，工作不怕脏不怕累。我安排什么工作任务，你都完成得很好。通过比较，我认为你最符合条件，想安排你代表我们生产队去参加育种工作，不知你是否愿意去？想听听你的意见。"

"路程那么远，是不是每天吃住都要在那里？"高志强问。

"是的。"

"请问有工资领吗？"

"没有，具体待遇是这样的：员工每天的伙食费由育种场出。他们每在育种场工作一天，就由他所在的生产队记一天的工分。每个月的月初，育种场给各个员工出具一张证明，把上一个月的出勤天数加以证实，让大家拿回各自的生产队记工分。"

高志强因为不能报名当兵，失去了到部队去争取获得提干的机会，这段时间一直闷闷不乐。现在听说到育种场工作不但能像在生产队劳动那样有工分，而且还有免费饭吃，能够减轻家庭的负担，他立马来了精神，急忙说：

"我愿意去，谢谢队长的信任。"

农历十二月下旬的一天上午，气温下降到零下几度。北风虽然没有昨晚那么猛烈，但是还是在不停地吹。太阳刚从东边的先锋岭上爬出几丈高。田埂上结着一层亮晶晶的薄冰。陈旭东场长把几十个手拿工具的员工带到一块几亩大的稻田边，大声动员道：

"同志们！为了出色地完成公社党委和革命委员会交给我们的育种任务，我们必须赶在春节前播好种。这块稻田是准备做秧田用的，昨天下午用中型拖拉机耙过，但是，里面的泥巴一堆一堆的，高低不平，无法播种。今天请大家带工具来这里，就是想请大家下去把稻田弄平整，并按要求分成若干小块，播上种子，盖上薄膜。今天的天气比较冷，请大家发扬革命老前辈'一不怕苦，二不怕死'的精神，积极脱鞋下去干活。"

听说要脱鞋下去干活，许多人都产生了恐惧。尤其是站在南边田埂上的那几个女员工。她们本来就全身打战，嘴唇被冻得紫黑紫黑的。大家面面相觑，看谁敢先脱鞋下去。

高志强和其他员工一样已经到育种场工作一段时间了。自从来到这里后，他就把被刘营长禁止报名当兵这件事情变为工作的动力，不管场领导安排什么工作，都努力做到最好。陈场长的话音刚落，他就迅速弯腰把裤脚卷起来，把母亲给他做的一双布鞋脱下放在田埂上，第一个下到田里去平整泥土。他和家里的其他人一样冬天都没有袜子穿，现在脚跟和脚面都被冻开裂了。尤其是脚面，开裂的地方已经浸出了血丝。站在旁边的人看见他的脚被冻开裂并出血了都下去了，不好意思再等了，也脱掉鞋袜下田干活了。站在稻田周围田埂上的其他人员也都不再观望，纷纷跟着这么做。在大家的共同努力下，稻田很快就平整好并在技术员的指导下把这一大块稻田分割成若干小块。每块都整理成长方形，然后播上种子，盖上薄膜，搞温室育秧。

7月初的一天下午，陈场长回公社参加一个会议。会后，公社党委的杨书记把他请到主席台第一排中间的一张排椅上坐下，说：

"陈站长，我想告诉你一件事情，并就有关的问题征求一下你的意见。"

"好，谢谢！请讲。"陈站长说。

　　"根据上级的文件精神，"杨书记说，"县委、县革委会决定在今年下半年建立一所王都县'五七劳动大学'。目的是培养一批建设社会主义新农村的骨干力量。它一共开设有农业、农机、畜牧兽医和政治理论等若干个专业的班。其他专业的班全部集中到东山公社的一个旧农场里开办。农业班是一号班，县委、县革委会对它特别重视。为了方便把教学同生产劳动以及科学研究结合起来，专门把它安排到县农业科学研究所开办。'五七劳动大学'的学生是由各个公社按照指标要求推荐人去读的。大学分配给我们公社的指标共有10个。其中农业班的有1个，其他班的有9个。公社仁兴'三系'育种场里大多都是年轻的同志，我想在那里选一个去这个大学的农业班读书，不知道选哪个去合适，想听听你的意见。"

　　"我推荐高志强去！"陈站长不假思索地回答。

　　"为什么？"杨书记问。

　　"因为我认为高志强最适合去这所大学的农业班学习。他是三阳大队方博村第3生产队人，去年高中毕业。自从到仁兴'三系'育种场工作后，他的责任心很强……"陈场长把高志强今年春节前冒着寒冷第一个带头下田整理秧田的事详细汇报后说，"平时场里不管安排他什么工作任务，他都完成得很好。他年轻，有高中毕业的文凭，责任心强，很有培养前途。"

　　杨书记听后说：

　　"这小子不错，等一下我去征求一下革委会黄主任的意见……"

　　第二天下午，高志强在大宿舍里正准备和大伙一起带工具到田间劳动。"三系"育种场办公室的小邓急匆匆地拿了一封信来给他，说：

　　"高志强，陈场长叫我拿这封信给你，他说里面是一份推荐你到'王都县五七劳动大学'农业班读书的入学通知书。他说全公社就推荐你一个人去读，叫你一定要学些真才实学回来，恭喜你！"

　　高志强听后非常高兴，接过小邓给的信后马上拆开看，发现里面确实装着一份入学通知书。上面写道："高志强同志：……请你于本月10日下午5点钟前自带行李、劳动工具和本通知书到'王都县五七劳动大学'农业班报到学习。时间为八个月，伙食费自理。地点：县农业科学研究所……"看了这入学通知书后，高志强刚才那高兴的劲儿马上消失了。他想，父亲经常要钱治病，家里的收入又那么少，哪里有伙食费供自己去读这大学？干脆向陈场长说自己不去读了，请他帮忙向公社党委汇报清楚，请公社党委另推荐其他人去读这大学算了。他刚想起身去找陈场长说事，忽然又感到有些可惜。他继续坐在那里思考一会儿后想，现在还有时间，这么重要的事情不应该由自己一个人仓促处理，应该先回去把有关情况向父母亲和哥嫂们介绍清楚，听听他们的意见。如果他们都认为无法帮助自己筹集到伙食费，自己再回来向陈场长解释清楚不去读的原因还不晚。于是，他决定今晚回家将有关的情况如实地向家人介绍。

高志强已经有一个多月没有回家吃过饭了。今晚回来后，家里人都很高兴。他的家人平时都是用空心菜、苦瓜和豆角等蔬菜下饭。今晚他回来后，母亲为了增加家庭高兴的气氛，专门把原计划拿去市场销售的六七个鸡蛋炒了给大家吃。高志强深知家人平时生活艰苦，所以，他只是在开始时象征性地夹了一点吃，后来就再也不吃了。他要把炒蛋留给家人尤其是父母亲和小侄儿吃。

当大家快吃饱时，高志强抓紧时间说道：

"我想和大家说件事。今天我碰到了一件急需要处理的事情，不知如何处理为好。"他把公社党委办公室通知他去"王都县五七劳动大学"农业班读书的事情详细介绍后说，"如果选择去读这大学，今后没有工分得了，而且还要家里为我筹集伙食费，增加家庭的负担。家里现在那么穷，不一定能帮我筹集到伙食费。但是，根据陈场长说，公社党委在全公社就推荐我一个人去读，假如不去，又觉得有点可惜。我从小到大在家里都是最小的一个，什么重要的事情都不需要我拿主意。现在我又是刚从学校出来不久的人，没有什么处世的经验。这件事情到底应该怎样去处理为好，请大家帮我拿个主意。"

"你应该去读大学。"三哥听后马上说，"挣工分的时间以后有的是。读大学的时间，如果错过这次，今后可能就很难有机会了。至于伙食费的问题，你放心，我们会千方百计筹集给你的。"

"你肯定应该去读大学，"五哥接着说，"人家许多人想去读都没有机会。你既然有机会去读，哪有不去之理？不要顾虑那么多。"

"我赞成三叔和五叔的意见，志强你应该去读大学。人往高处走，水往低处流……"二嫂说。

"为了日后山高水长，"母亲说，"有三哥、五哥和二嫂的支持，不管有多困难，你也应该去读大学。"

"志——志——志强！你——你——你一定要去读大学。"口吃的父亲最后吃力地说，"公——公——公社党委办公室发通知你都不去读，你——你——你以后就不会有什么前途了。"

第四章 为 10 多元的购书费发愁

7月10日中午，高志强吃了午饭后，母亲把钱交给他，说："你先带着这12元去报到学习。用完后再回来要，家里会继续全力帮助你筹集伙食费的。"高志强接过钱后见只有12元心里有些不爽，但是，知道家里已经是尽力去帮忙筹集了，也不便说什么，即向母亲告辞，扛着一把铁铲，提着读高中时用的那只小木箱，步行十几里路来到公社大门口旁边的班车上落站，乘车去县农业科学研究所报到。到达县城汽车站时已经是下午3点多了。下车后，他又扛起铁铲，拎着小木箱，一边询问一边走，直到下午5点多才到达目的地。

高志强报到后，工作人员带他到宿舍安置行李。这是一间20世纪50年代初建造的泥砖瓦房，已经多年没有人居住了，里面没有窗户，光线只能从门口射入，很微弱。白天都要拉亮电灯才能看得见东西。宿舍里放有四张上下两层的木床，供8个学生使用。其他7张都已经有人占用了，只剩入门左边里面那张看上去不怎么干净的上铺还空着。高志强便把自己的小木箱放到那张床的床头，把铁铲放到下铺床的床底。

其他的同学都是昨天来报到后就去交伙食费的。高志强因来得晚，报到后财务处的人员已经下班了，所以，今天上午参加完开学典礼后才去交。

他走进财务室看见一个30多岁的中年男子后问：

"同志！请问我们'五七劳动大学'农业班学生的伙食费是到这里交吗？"

"是的，想交多少？"这个男子一面低头急着整理账目，一面回答高志强的问话。

"请问交的时间和数目有统一的要求吗？"高志强继续问。

"没有的。各人可以根据自己的实际情况交。'五七劳动大学'的学习时间为8个月。每天早餐费为1角，中餐和晚餐为3角，一共是7角一天。每月暂收21元，以后多还少补。各人根据自己的实际情况，可以一次性交完8个月的伙食费，也可以先交一半，还可以一个月一个月地交。现在大部分学生都是先交一个月的。"

高志强这次一共从母亲手里得到了12元。从雄山公社乘坐班车到县城用了8角多，现在剩下11元多一点，还要花钱购买牙膏牙刷和肥皂等生活用品。他搔搔头后说：

"我想先交13天的伙食费可以吗？"

怎么会只交13天呢？这个男子听后感到奇怪，抬起头认真打量了一下高志强。只见高志强赤着脚，裤子两边的膝盖处分别补有一大块补丁。看见这般光景，这个男子什么都明白了。说：

"可以，不过下次你一定要记得提前交，因为学校没有其他的经费来源，是不允许拖欠伙食费的。"

"好的。"高志强交了伙食费后尴尬地走出财务室。

农业班的老师只有两个：一个叫刘东明，一个叫罗甲言。他俩都是县农业科学研究所的专家，是"文化大革命"前安南农学院毕业的大学生。他俩对"文化大革命"后学校不重视抓好文化教育，采用开卷考试的做法很反感。被安排担任"五七劳动大学"农业班的老师后，他俩一致认为学生应该以学习为主，以劳动为辅。劳动要为学习服务。要加强理论学习，要让学生们通过参加8个月学习后能够真正掌握一些农业科学基础知识。结业前要组织学生进行闭卷考试，要把各人的考试成绩寄回原推荐单位去。

农业班和县"五七劳动大学"其他专业的班一样，因为是县委、县革委会临时组织兴办的，所以没有统一和标准的教材。各个班的教材都是由相关老师自己解决的。一天下午，履行班主任职责的刘东明老师在给学生上了一课他自己编写的教材后对大家说：

"同学们！县农业科学研究所只能给我们提供学习和住宿的场所，不能给我们提供教材。我和罗老师原先是打算自编一些讲义给大家上课的，但是，经过这段时间的实践证明效果不够理想。为了使大家通过到县"五七劳动大学"农业班学习后，能够真正掌握一套农业基础知识和一套水稻病虫害防治技术，昨晚我和罗老师商量计划去新华书店统一购买《农业基础知识》《水稻病虫害防治》《种子学》和《农业气象学》这4本书回来作为主要教材。这4本书的价格一共是12元6角3分钱,要大家个人出。请大家理解和支持我们的决定,请龙超志班长在这两天内把钱收好交到我这里。"

高志强听后想,这又要增加家里的负担。家里现在对自己的伙食费都难以保障,还能再给钱购买书籍吗?假如没有钱给自己买书怎么办?他呆呆地坐在座位上发愁。因为伙食费已经基本用完了,下课后他立即向刘老师请假,决定明天回去向家里人要伙食费和购书费。如果家里像上次那样只是帮自己筹得10多元钱,就不要再来这里读书了,重新回仁兴大队"三系育种场"工作。因为这点钱交了伙食费就交不了购书费;交了购书费就交不了伙食费。

从学校到方博村有80多华里的路程,中途不休息也要步行8个多小时才能回到家。为了让家人早点知道自己回去要钱和让他们有多些时间去帮忙筹集,高志强第二天一早在学校里吃了萝卜干送粥的早餐后,迅速把几块天星木梗放到一只军用的水壶里,装满开水,然后把水壶挂到肩上,把一条供擦汗用的毛巾扎到水壶的带上,把仅剩的5分钱放进口袋里就开始步行回家,计划在下午5点钟前赶回到家里。公历的7月就是农历的六月,是中国全年最热的月份,今天更甚。刚9点多,太阳就火烧火辣的,很闷热。高志强戴一顶草帽,穿一件后背已经旧到发白了的红背心,一条黑色的旧西装短裤,赤着脚一步一步地往家里走。当全神贯注地走了几个小时到达沙咀公社后,他的背心已经全部湿透,除了喉咙干渴外,肚子也很饿,即在公路街边(因当地群众在公路两边摆卖东西,所以路人称它为公路街)用3分钱买了一根黄瓜,2分钱买了两颗硬糖果作为午饭吃。他先一边走路一边吃黄瓜。把黄瓜吃掉后,他觉得比刚才有力气些了,随即加快步伐赶路。当再走了10多里路后,肚子又饿得难受。他又拿出一颗硬糖撕开纸皮放到嘴巴里,一边含着吃一边走路。他原以为吃了这颗硬糖后肚子就不会难受了,但是,因为这时肚子实在太饿,吃了这颗硬糖后肚子还是难受,不得不又拿第二颗糖果出来吃。到了下午4点多,黄瓜和糖果都吃完了,天星木梗水早已喝干。他又饥又渴又累,不断地冒冷汗,全身发软,每走一步都很吃力,很想坐下来休息休息,但是,担心5点钟前不能赶回家里,影响家人去帮忙筹集资金,又继续坚持走。不怕路长,只怕志短,意志的力量有时大得出奇。他原先都快走不动了,后来居然还顽强地连续走了几十分钟，到了近5点钟时终于回到了家里。这时他虽然又饥又渴又累，但是，他没有去找饭吃、找水喝，而是先去找母亲和三哥说明他今天回家的原因。

晚饭前，母亲在餐厅里见高志强忧心忡忡的样子，赶紧把他拉到一边悄悄地说："你今晚安心吃饭，好好休息。伙食费和购书费家里都已经帮你筹集好了。钱在我房间里，明天一早再给你。"高志强听后如释重负，很高兴，说道："好的，我明天打算天亮前继续步行回学校。"

母亲昨天下午看见高志强回到家时那种饥饿和疲惫的神情非常心疼，今天早晨4点多钟就起床煮了1斤大米饭，炒了一碟鸡蛋丝瓜，一碟空心菜，关切地嘱咐他说："这条大路立起来并天高，只有吃得饱饱的，才能够有力气走路，你一定要把这些饭菜全部吃完。"高志强开始吃饭后，她又去用雷公根煮水装到水壶里。当高志强吃饱饭后，她把40元钱塞到高志强的手里，把扎有毛巾的水壶挂到高志强的肩上，然后送高志强出门慢慢走回学校。

"妈妈！这次家里去哪里帮我弄到这么多钱？"出了家门后，高志强一面走一面问。

"有20元是上次你去报到入学的第二天，你三哥和五哥听说南圩大队新兴办一间石灰窑，需要人从地面把石头担上窑顶。他俩去担了几天后拿到的人工钱。"妈妈说到这里停顿了一下才继续说，"另外的20元是三哥昨天下午看见你回到家时那种疲惫的样子，知道你回来一次非常不容易，马上放下手里的活儿，去向你的舅父和大姐借的，直到吃晚饭前才把钱借回来。你三哥说'车到山前必有路'，伙食费和购书费总是可以筹集到的，叫你安心读书，不要为钱的事情担心。"

高志强听后喉咙顿时好像被什么东西堵住一样说不出话来，眼睛湿润润的。他想，为了支持自己读县"五七劳动大学"，全家人都在奔波劳碌，省吃俭用，出卖苦力，到处借钱。自己绝对不能辜负他们的期望，一定要按照陈场长的要求努力学些真才实学回来。他俩走到村口时天还没有完全亮，高志强对母亲说："妈妈！你回去吧！不要送了。"接着，就迈开大步往前走。母亲继续站在村口目送他远去的背影，直到看不见后才依依不舍地走回家。

高志强回到学校后，除了积极参加劳动外，一心扑在学习上。不但在上课时专心听课和做好笔记，下课后抓紧时间复习，他还把各种可以利用的时间全都用到学习上。在国庆节那天，其他的同学有的去约会，有的到城区看电影。他一个人捧着一本《水稻病虫害防治》到农科所的试验田，根据书上所说的水稻纹枯病、稻瘟病的症状，水稻钻心虫、稻飞虱的形状、生活习性和危害等一一进行识别。

第五章 半夜独自到野外的死尸旁工作

3月底的一天早上，陈旭东站长去农技站办公室上班。当路过公社党委办公室的门前时，突然听到里面的小程叫喊：

"陈站长，请进来一下。"

陈站长进来后，小程走到一个文件柜前把里面的一个档案袋拿出来交给他，说：

"这是县'五七劳动大学'寄来的关于高志强在大学学习期间的有关资料。这份档案已经寄到十几天了，前段时间我都是送给公社党委和革委会的有关领导看。杨书记说高志强是你推荐给他的，叫我也把他在学校里的学习情况送给你看看。"

"高志强在县'五七劳动大学'里学习得怎么样？"陈站长一面想着这个问题，一面接过小程递过来的档案袋查看。当他看到高志强期终考试的成绩和学校对高志强所作的鉴定时，脸上露出了满意的笑容。他想了想，把资料放回档案袋里并交还给小程，然后，走出办公室直朝杨书记的办公室走去。

为了保障高志强在读县"五七劳动大学"期间的伙食费和书籍费等，家人不光向舅父和大姐借了钱，后来还向二姐和姑姑等亲戚借了钱。到结业时，高志强不但花了这几年家庭相当一部分的收入，而且，还让家里欠了亲戚们近百元钱。他感到很过意不去，总想在农业方面找到一份工作，以便用工资还清家里所欠的债务。他结业那天，专门到县汽车站乘坐班车回雄山公社找陈旭东站长，想向陈站长详细汇报一下自己在县"五七劳动大学"学习的情况，并请求他帮忙找一份工作做。可惜那天陈站长因出差不在单位，他只得遗憾地走回家。第二天就像以前一样和社员们一起参加生产队的集体劳动。过了一段时间后，他又于一天上午专门去农技站找陈旭东站长，遗憾的是，那天陈站长上县农业局开会还没有回来，他再次找不到人，回来后很着急，度日如年，心里比高中毕业回来时还难受。5月中旬的一天晚上，他吃了晚饭后想到村边那条水渠溜达溜达，散散心。刚走过家门前的那条小桥时，遇到了本村迎面走来的大队长高洪泽。

"志强，我因为有事来晚了点，"大队长见到高志强后马上站住有点歉意地说，"今天下午我在大队值班时，接到公社农技站陈站长的电话。他叫我通知你明天上午9点半前到农技站找他，他有事情和你商量。"

"好的，谢谢你。"

大队长走后，高志强想，两次专程去找陈站长都找不到，明天一定要利用这个机会好好地向他汇报一下自己在"大学"里的学习情况，并请他帮忙找一份工作。

"高志强，请坐请坐！"

高志强在9点20分踏进了雄山公社农技站办公室的门口。陈站长请他坐下。高志强刚在陈站长右前面的一张长沙发上坐下，看见陈站长拿起茶杯要去倒茶，他立即站起来把茶杯要过来，自己去倒。当高志强捧茶杯回到沙发上坐下后，陈站长面带笑容地说：

"高志强，你在县'五七劳动大学'学习期间的表现很不错。期终考试得了99分，只差1分就满分，全班第一。学校给你的鉴定很好：品学兼优，又红又专……你没有辜负公社党委杨书记对你的期望，也没有辜负我向杨书记推荐你去读这大学的期望。"

高志强听到这里才恍然大悟，原来自己去县"五七劳动大学"读书的机会是陈站长帮忙的，怪不得当时他特别要求自己要努力学些真才实学回来。

"为了使你在'五七劳动大学'里学到的知识和技术能派上用场，能去为全公社的农业生产服务，"陈站长说，"我前段时间看了你的档案后马上去向公社党委的杨书记请示，想请你到我们农技站当'专职植保员'。主要的职责是到田间调查和收集各种资料，为我们农技站搞好水稻病虫害的预测预报和制订防治方案提供依据。另外，积极完成农技站临时交办的其他工作任务。专职植保员的身份属于日工，工资是每月33元。杨书记已经同意我们农技站聘请你了，现在想听听你的意见，愿不愿意来做。"

　　高志强听到这里认为没有必要把原来想讲的话向陈站长讲了，激动地说道：

　　"愿意！非常愿意！谢谢陈站长的关怀和提携！请问什么时候上班？"

　　"今天是5月15日，你既然愿意来做这份工作，就从今天开始吧。公社是每月15日发工资的，下个月15日，你就可以到公社的财务室领工资了，你的工资是公社发的。"

　　"现在我具体应该做些什么工作？"高志强又迫不及待地问。

　　"我们站下一步的重要工作是搞好早稻中后期病虫害的预测预报工作，为公社党委和革委会抓好水稻病虫害的防治工作提供技术服务。当务之急是把今年我们公社第三代稻纵卷叶虫的虫蛾始盛期、虫蛾高峰期、卵孵始盛期、卵孵高峰期和施药最佳期预测准确。请你回去后想办法尽快把虫蛾每天发展变化的情况提供些真实数据给我们，作为我们做预测的重要依据。"

　　高志强想，虫蛾都是趋光的，只要安装一种设备在晚间用火光引诱它们来扑，并设法弄死它们，每晚都定时清点好被弄死虫蛾的数量，就可以知道虫蛾每天发展变化的情况了。因为被弄死虫蛾的数量多，就证明这一天的虫蛾多；反之，被弄死虫蛾的数量少，就证明这一天的虫蛾少。

　　"好的，我一定完成任务。"高志强信心满满地说。接着，他把自己打算用什么方法去了解和掌握虫蛾每天发展变化情况的数据向陈站长汇报请示。陈站长认为这种方法非常好，当即表示同意使用。

　　高志强家门前是一大片宽阔的稻田，是了解稻纵卷叶虫虫蛾每天发展变化情况的好地方。他从陈站长处回来后马上走到这大片稻田中去勘察。通过勘察，他觉得离他家六七百米远的田峒中间的一个小鱼塘边是一个最佳的观察点，决定就在这里安装设备，了解和掌握虫蛾每天发展变化的情况。第二天他请人配合在这里搭一个木架，在木架的上面安装一盏用干电池供电发光的小光管吸引虫蛾；在光管下面放一盘水，水中放一些煤油，让虫蛾扑到光管后跌到盘中的水里溺死。当把木架搭好，把干电池和小光管等设备安装好后，他便分别在每晚的12点和第二天凌晨3点去清查一次溺死在盘中虫蛾的数量，并记到笔记本上。工作开展得较顺利，他很开心。

　　"志强！我告诉你一件事情。"一天傍晚，高志强从外面办完事回到家门口时听到也是刚从外面回到这里的三哥说。

"什么事情？"高志强停下脚步问。

"刚才我和几个社员收工路过你搭的那个木架时发现有一具死尸躺在木架边，看着挺吓人的。你看你今晚要不要先不去那里工作？"

"怎么会有一具死尸躺在那里呢？"高志强惊奇地问。

"听说死者是外村人，一个癫痫病患者。今天下午5点多经过这个小鱼塘边时病情突然发作，跌到小鱼塘里的浅水处。背朝上，脸朝下并埋到泥巴里窒息而死。后来被我们村路过的人发现，把他抬起来放在那里的。"

"哦，知道了。今晚要不要先不去那里工作的问题，等我考虑考虑再决定吧。"高志强这时有些紧张，随即走回自己的房间。

高志强儿时经常同其他小孩一起去听他九叔讲故事。九叔为了防止他们在晚间到处乱跑，被狗或者毒蛇咬伤，时常编一些鬼故事来讲。他说人死后会变成鬼，鬼专门在晚间出来吓人和害人，高志强听了这些故事后十分害怕，晚间都不敢一个人到野外活动。长大学习了有关的科学知识后，他才知道鬼是一种迷信——认为人死后还会有灵魂存在，并把这灵魂叫作鬼，这是没有任何科学依据的。高志强虽然在理论上知道世界上是没有鬼的，但是，由于儿时心里所产生的阴影无法消除，现在不说半夜真正到那具死尸旁边开展工作，即便是去预想一下那种情形心里都会发毛。他回到房间思考一会儿后首先想的是，为了防止自己到时候会受到过分的惊吓，今晚应该暂时不去那里清查溺死在盘中虫蛾的数量了。可是，他很快又想，如果今晚不去查点溺死在盘中虫蛾的数量，所得的数据就没有连续性，就不够准确。今后农技站以这些数据为依据去测算出本公社第三代稻纵卷叶虫的各个生长期和施药捕杀的最佳期的时间就不准确，就不能把第三代稻纵卷叶虫有效捕杀掉，就会影响全公社生产粮食的产量。怎么办呢？他急得在房间里团团转。"绝不能因为自己所得的数据不够准确而影响全公社生产粮食的产量。"他经过紧张的思考后形成了这样的意识并确立了这种观念。于是，决定今晚半夜继续去查点溺死在盘中虫蛾的数量。不管到那里查点后会出现什么样的情形都要去。

深夜12点钟到达木架旁边时，他一眼就看见那具穿着黑衣服，头发蓬松的尸体。身上马上起了鸡皮小疙瘩。他不敢更不愿意去细看这具尸体的容貌，立即爬上木架去查点盘里的死虫蛾数。查着查着，在下面那具尸体的影响下，他身上的鸡皮小疙瘩不断增多增大，心里越来越难受。这时，为了壮胆，他开始放声高唱毛主席的语录歌《下定决心　不怕牺牲》。唱完后又大声朗读歌词："下定决心，不怕牺牲，排除万难，去争取胜利。"朗读一遍歌词后又重新唱歌，反复进行。待把死虫蛾的数量查点准确并且记录到笔记本上后才从木架上下来快步走回家。

高志强每天下午都及时把昨晚查点得到的数据送到农技站。后来农技站以这些数据为主要依据并参考其他的一些资料测算出了本公社第三代稻纵卷叶虫的虫蛾始盛期、虫蛾高峰期、卵孵始盛期、卵孵高峰期和施药捕杀的最佳期并向公社党委和革委会做了汇报。公社党委和革委会按照农技站提出的"施药捕杀的最佳期"组织全公社社员进行大规模施药杀虫。结果，这年全公社早稻受稻纵卷叶虫的危害极小，普遍获得了大丰收，陈站长非常满意。不但如此，平时不管陈站长安排些什么工作，高志强都尽职尽责去做，任务都完成得很好，陈站长对他更加赏识。

10月初的一天上午，陈站长利用高志强来汇报工作的机会，约高志强到他家的客厅，请高志强在一张短木沙发坐下后，捧来《植物学》《农作物保护学》和《农业生态学》等一摞书放到高志强面前的茶几上说：

"这是我以前在省农学院读大学时学习的主要课本，你拿回去好好学习，把农业的基础理论知识学扎实，这样才能把工作做得更好。"说到这里，他停了一下，好像在想着其他什么事情，过了几秒钟后才接着说，"大前年小坡公社农技站的一个专职植保员由于工作出色，被任命为助理技术员，成了农技站的正式职工。我认识那个专职植保员，他姓张，比你大10多岁。你的综合素质比他还要强。你只要刻苦把这些书里的知识学会，继续尽职尽责把工作做好，是很有前途的。我希望你能够早日成为我们农技站的正式职工。"

高志强看着他那斑白的头发、慈祥的目光和诚恳的态度非常感动，站起来激动地说：

"谢谢陈站长的关心和栽培，我一定会认真读好这些书的。"

第六章　忍痛离开陈站长

　　高志强的四哥高志广在部队时是一个优秀战士、优秀党员，一个很受首长器重和战士爱戴的班长。遗憾的是，领导正准备把他提拔为干部之际，他在一次带领战士进行高难度的军事训练中不慎跌断了手臂。待他去医院慢慢把伤病治好后，部队因急需干部使用，已经把别的班长提拔起来了。按照有关政策的规定，战士服役期满后如果得不到提干，就要退伍。他在无奈之下，于去年年底退伍回到了家乡。回来后，他积极参加生产队劳动，各方面表现都不错。今年春民兵营长刘春贵因年纪大，不适宜再担任大队干部了。公社党委免了他的职务，任命高志广为三阳大队民兵营的营长。营长主要的工作任务是组织好本大队的征兵和民兵军事训练等工作。

　　10月中旬的一天晚上9点多，高志强正在利用煤油灯认真阅读《植物学》这本书，四哥突然走进他的房间。高志强看见他后，先是请他在自己对面的一张长木凳坐下，然后把书本收起来。四哥坐下后问：

　　"你在看什么书？"

　　"看农技站陈站长给我的一本大学课本《植物学》。"

　　"趁年轻，应该多读点书，"四哥说到这里把话题一转说，"我来主要是想告诉你一件事：今年冬季的征兵工作开始了，后天大队就组织适龄的青年报名。今年是广州军区直属通信部队到我们公社招兵，属于技术兵种。这兵种很适合具有高中毕业文化的青年去当。听说里面有一门高级的通信技术叫载波通信学，是地方邮电局机房里面使用的技术。如果当兵后得去学习这门技术，日后能提拔为干部更好，若是由于各种原因不能提拔为干部，退伍回来后也很有可能会得到县邮电局工作，所以，今年去当这种兵是很有前途的。听说你前年曾经想去当兵，因刘春贵营长不让你报名，所以没有去成。今年你还想不想去？"

高志强听了四哥的话后感到很突兀，陷入了沉思，一分多钟后才说：

"想，后天我就去报名。"

中国军人身高的最低要求是1.60米。高志强虽然没有他的哥哥们高，但是也达到了1.63米，而且他生得很结实，很健康。他去报名后马上按规定参加了身体的目测和正式体检。不管是参加目测，还是正式体检，每个项目都合格。因为他是军人家庭，政审关又没有任何问题，所以，他顺利地被县武装部定为1978年的新兵。

一天上午，高志强把陈站长给他的书籍全部放到一个袋子里背去农技站，准备把它们送还给陈站长。当进入办公室时，见陈站长坐在办公桌前伏桌看材料，即走到他的右边，把袋子和里面的书籍放下，说：

"陈站长！不好意思，我把这些书籍全部还给您。同时，来向您告辞，我今后不能再当农技站的专职植保员了。"说完，按老习惯自己去倒茶喝。

"去哪里？"陈站长听后放下手中的材料吃惊地问。

高志强把自己去报名当兵的经过详细汇报后说：

"其实，在是否去报名当兵的问题上我原来是很矛盾的。一方面是不想去，不舍得离开你。想刻苦把你给我的这些书读完，全面地掌握一套农业的理论知识，将来在你关怀下能够成为公社农技站的一名正式职工，为我们公社的农业生产做好技术服务。另一方面又想去，想到部队这所毛泽东思想的大学校去锻炼成长，为保卫祖国贡献力量。因为我觉得中国人民解放军是神圣的，从小就一直想成为一名解放军战士，所以，我经过慎重思考后还是决定去报名当兵了。"

高志强说到这里低头喝了两口茶，然后才继续说道：

"我再过几天就入伍了。近两年来，我一直得到你的关心和栽培，从你身上学到了许多农业知识和技术，还学到了不少做人的道理，真舍不得离开你。说实话，我把你的课本拿回家后每天都挤出时间学习，那本《植物学》已经学完一半了。我原计划是在四年内认真学完这些课本内容的，现在我辜负了您对我的期望和栽培，真对不起您。"

"不要说对不起这种话，"陈站长听后笑容满面地说，"去当解放军是一件很光荣的事情，发展空间远比我们农技站大，我为你感到高兴。请你到部队后要像以前在'三系'育种场和今年在我们农技站当专职植保员一样刻苦学习，在工作上不怕苦不怕累，争取多立功受奖，成为一名干部回来，为我们家乡争光。"

"谢谢陈站长！我一定会按照您的教导去做的。"高志强说完便起身同陈站长握手道别。

"今天正好又是15号，"陈站长说，"你还没有领工资吧，去领了工资再走。关于你辞职的事情，由我负责向杨书记汇报。"

"好的，谢谢！"

高志强自从去公社农技站当专职植保员后，每月领到33元工资时只拿出3元留作自己使用，把所剩的30元全部交给母亲，供家庭开支。家里每月得到他这30元工资使用后经济宽松了很多。他去当兵后，这30元工资就没有了。家里的经济又将会拮据许多。另外，高志强是母亲最小的一个儿子，是他母亲的"掌上明珠"。母亲每天看不到高志强就感到不舒服。说实话，母亲是不舍得高志强去当兵的，但是，因为当兵是高志强从小到大的愿望，又不好阻拦。母亲的房间与高志强的房间并排在一起。她每晚从餐厅回房间睡觉时都要经过高志强的房间。高志强从陈站长办公室回来的那天晚上，她捧一盏煤油灯路过高志强的房间门前时，看见高志强站在旁边收拾晾晒在走廊竹竿上的衣服，站住关切地说：

"志强！你去当兵后，我起码有三个月每晚路过你房间门都会想起你。心里都会空虚、难受。不过，我不会阻拦你的。你到部队后一定要听领导的话，多干活。不管领导叫你干什么，你都要尽力干好。还有，'树怕没皮，人怕没志'。你到部队后要像现在在家时一样有空就看书，要做一个会说会写勤做工的人，要争取做得比现在更加有出息，这样我才能放心。"

高志强抱着衣服，站在母亲的身边全神贯注地听她说话，他听后很感动，赶紧安慰说：

"妈妈，您的话我都记住了。请您放心，我到部队后一定不辜负您和家人的期望，一定会做一个有出息的军人。"

四哥知道高志强已经被定为1978年的新兵后，于一天上午专门来到县武装部，找到部队负责接兵的一个姓唐的连长问：

　　"唐连长，我是雄山公社三阳大队的民兵营长高志广，是去年才从部队退伍回来的。我的弟弟高志强今年积极报名应征，身体很好，已经于前天被县武装部正式确定为1978年的新兵了。他有高中毕业的文凭，平时很喜欢看书学习，他很希望到部队后能去学习载波通信技术。我想向你请教一下，到部队后怎样才能去学习这门技术呢？"

　　唐连长见四哥生得高大英俊，相貌堂堂，谈吐不俗，完全是一个当干部的料，深为他在部队里得不到提拔而惋惜，见他又这么关心弟弟的成长进步，顿时觉得他是一个很值得尊重的人。于是，他诚恳地介绍道：

　　"情况是这样的，这批新兵到部队后先去参加两个月的新兵军事训练。训练结束后，由所在的部队马上组织文化考试。考试的试题在考试前一天由上级派专人专车送下去，考试成绩好的才能去学习载波通信技术。"

　　四哥下午从县武装部回到家后，立即将这些信息告诉了高志强。高志强听后想了想，决定把高中的课本带去部队复习。在入伍前一天，他把高中的语文、数学和政治等课本全部找出来集中放到房间的桌子上，准备带去部队。后来发现这些课本很混乱，既不方便携带，又不方便今后保管和复习，他去找来一个锥子和一些小铁丝。先在每本课本的左边钻出上中下三个小孔，然后用小铁丝按第一册、第二册、第三册……的顺序串制成若干大本。其中，语文为一大本，数学为一大本……全部放进一个布袋里扎好。

　　1978年12月中旬的一天上午，三阳大队在队部附近的一条公路上举行隆重的欢送新兵入伍仪式。高志强胸戴大红花，手提一袋课本，和大队其他3个应征入伍的青年一道站在一辆中型拖拉机的车厢上。司机开着这辆拖拉机，在几百个师生和干部群众的夹道欢送下向公社征兵办公室指定的地点开去。

第七章　初次约会被"放鸽子"

中国从1966年5月开始发生的"文化大革命"，到1976年10月终于结束了。国家从此开始了改革，各方面都发生了巨大的变化。尤其是在农村，党的十一届三中全会后，各地根据中共中央、国务院的有关文件精神，把原来的人民公社改为乡（镇）政府，大队改为村民委员会，生产队改为村民小组。更重要的是，按照"家庭联产承包责任制"的政策，把原来由生产队社员集体耕种的田地按人头分配给各家各户承包耕种。方博村的农民和全国各地的农民一样可以放开手脚发家致富了。各家各户扩大种植的经济作物和多饲养的猪、鸡等家禽不会被说是"资本主义尾巴"了，更不会被砍掉。有经商头脑的人还可以通过做生意赚钱。做生意不会被认为是一种"投机倒把"的行为，更不会被村民小组甚至村委会的干部组织群众开会批斗了。高志强的家人同心协力饲养猪鸡等家禽，种植黄麻等经济作物，还做加工米粉等生意。经济收入比以前生产队时增加了许多倍。在几年内新建了两栋砖瓦房。三哥、四哥和五哥都先后结了婚。自从五哥去年结婚后，6兄弟只剩高志强还没有成家。今年父母亲和哥嫂们都非常关心他的婚姻问题，把他成家之事列为家庭的头等大事来抓：四处托人做媒，八方物色姑娘。

一天下午，高志强的老同学刘明贤到雄山街赶集时遇见三哥，问：

"三哥，听说你们都在为高志强物色姑娘是吗？物色到合适的没有？我觉得我的小姨子与高志强很般配。如果你们还没有物色到合适的姑娘，我可以帮忙介绍她与高志强见面。"

"姑娘已经物色了几个，但是，大家都觉得没有一个是合适的。"三哥说，"你小姨子有多高？相貌可以吧？今年多大了？"

"她一米六几，长相有点像刘三姐，今年21岁。"

他俩不期而遇，原来是临时站在街边说话的。三哥听到这里很高兴，指着他右前方两米多远街边的一个石条凳子说：

"咱俩到那里去坐着聊好吗？"

"好！"

"你那个小姨子叫什么名字？是哪里人？"他俩坐下后三哥说，"请你把她其他有关的情况也介绍一下好吗？"

刘明贤想了想，说：

"我那个小姨子叫张瑞珍，家住双排乡新德村委会五良村（自然村）。她共有5个兄弟姐妹：一个姐姐（也就是我的老婆），一个哥哥，一个妹妹和一个弟弟。她很聪明，读书时各科学习成绩都是优秀，年年都被评为'三好学生'。如果坚持读下去的话，她肯定可以考上大学，甚至考上名牌大学，成为国家的人才的。可惜，她姐姐和我结婚后，大哥没有成家，妹妹和弟弟还小。当时家务非常繁重，父母亲和大哥忙不过来。为了帮忙做家务，减轻父母亲和大哥的负担，她不顾家人和老师的劝阻主动辍学回来。回来后，她下田种水稻，同大哥一起加工腐竹，帮全家人洗衣服，里里外外一把手，什么事都争着做，样样都做得很好。这个家自从她回来帮忙后什么事情都做得很顺畅，日子一天天好起来了。她还向父亲学会了一门裁缝手艺。"

"你这个小姨子真是个好姑娘。"三哥忍不住赞叹说。

"高志强和我小姨子的情况我都清楚。"刘明贤接着说，"高志强在读高中时是我们班里的学习委员。那个时候学校主要是抓政治思想教育，不怎么抓文化教育；考试都是开卷考，又没有高考的机会，所以，同学们一般都懒得看书，白白混了两年，但是，他经常书不离手。他是一个有理想、有志气、有才学、想做一番事业的人。我小姨子是一个勤劳能干、温柔善良的人。如果高志强能娶我小姨子做老婆，不管他做什么事情，都容易成功得多；假如我的小姨子能找到高志强做丈夫，她的一生也都会有依靠，所以，我认为他俩很般配，若能结为夫妻会很幸福的。"

三哥听后更加高兴，说：

"我今晚就将你小姨子的有关情况向家里人介绍，叫高志强尽快回来同你的小姨子见面，到时候请你多多帮忙。"

"我一定会尽力的。"

到了下午6点多钟，他俩各自回家。

吃晚饭时，三哥高兴地将刘明贤小姨子的有关情况向大家介绍。大家听后都很喜欢，父亲听后停下筷子连忙对四哥说：

"志——志——志广，你——你——你写信叫志——志——志强回来找对象，今——今——今晚就写。"

四哥听了三哥的介绍后，觉得张瑞珍确实是一个很不错的姑娘，她与高志强优势互补，很般配，吃了饭后马上按照父亲的要求回房间给高志强写信。他把张瑞珍的基本情况写完后，叫高志强尽快请假回来相亲。

高志强入伍那天首先和三阳大队其他3个新兵一起乘坐中型拖拉机来到雄山公社大院短暂休息，然后和其他大队的新兵一起乘坐公社武装部承包的班车来到县武装部，再由部队来负责接兵的唐连长等干部带到部队精武新兵训练场参加新兵军事训练。他在训练中非常刻苦，各个课目都学得很好，经常被教官叫出来做示范动作给其他的战士看。在训练之余，他不顾疲劳复习功课，为参加文化考试做准备。军事训练结束后，部队果然马上组织文化考试。他考了一个比较好的成绩，可以如愿以偿去广州军区某通信训练大队学习载波通信技术了。雄山公社同去的16个人中，只有他一个是去学习这门技术的。其他人都被安排去开车，维护线路，甚至是去当炊事员。去学习这门技术的其他战士绝大部分都是来自广州、长沙和成都等大城市的应届高中毕业生。学习的时间为10个月，课程有数学、电工学和载波通信学等8门。在这8门课程中，高志强除了数学在读书时学过一些外，其余的7门从来没有接触过，感到很陌生。开始时学得很吃力，有点跟不上，但是，后来他把星期天和其他所有的空余时间都用来学习，进步较快。学习结束时，他每门课程都考了良好以上的成绩，于是被安排到湖南省的一个通信连工作。这个连队由载波分队、电源分队等多个单位组成，他在载波分队工作。他到连队后虚心向老同志学习，很快就掌握了值班应该掌握的操作技术。新安排下来的战士通常都要跟班学习3个月后才能单独上班，但是，他不到两个月就能单独上班了。更值得他高兴的是，他到连队后第二年就考上了一级技术能手，成了分队里的技术骨干。后来还受过嘉奖，立过功，入了党，各方面的表现都很好。很多新老干部战士都认为他今后肯定会提拔为干部的，他自己也有这方面的自信。

通信兵是特种兵，他们的服役时间比一般的步兵要长两年以上。义务兵是没有探亲假的，但是，如有特殊情况可以请事假回去探亲，因此，连队其他许多战士入伍两年后就请事假回去探亲了，而高志强已经入伍四年多了还没有请过事假回去。他原计划等获得提干后再请探亲假回去探亲。然而，当他收到四哥的信后，认为婚姻是人生的终身大事，很重要，而且，父母亲哥嫂们都那么关心自己的婚事，老同学刘明贤还打算把自己的亲小姨子介绍给自己。机不可失，应该赶快请事假回去相亲，不要等了。

一天上午8点多钟，他回到了家里。三哥见到他后马上骑单车去将情况告诉刘明贤。刘明贤很高兴，说："我这就骑车去找我小姨子，争取11点前带她去和高志强相见。请你回去告诉高志强，叫他在家里等着。"

刘明贤是高志强读高中时最要好的同学。他俩在星期天经常互访：有时是高志强到刘明贤家玩，有时是刘明贤到高志强家玩，所以，双方的家人都认识他俩，也喜欢他俩。刘明贤是个独子，父母已年高。他高中毕业后，父母亲天天找人做媒，当年年底就结婚了。高志强共有6个兄弟，他又是最小的，高中毕业时，还有3个哥哥没有结婚。按照当地农村的习惯，哥哥没有结婚前，弟弟一般是不能先结婚的，所以，高志强从来都没有交过女朋友，更没有与女孩儿约过会，相过亲。今天终于有约会和相亲的机会了，他心里甜滋滋的，10点半后就同母亲和在家的哥嫂们一起在厅堂里聊天，等着刘明贤带他的小姨子来。

半个多小时后，刘明贤如约来到了家门前。高志强和家人见到他后先是很高兴，后来又发现情况不对，因为刘明贤面无喜色，而且，只有他一个人来，小姨子并没有跟在他的身边。高志强看见这般情景，不便在大家面前询问原因，把他带到自己的房间说话。

"高志强！请问你回来带相片了吗？"刘明贤进入房间后还没等高志强请他坐和向他提问题，便怀着歉意的心情说道，"不好意思，我的小姨子说要先看过你的相片，然后再决定是否和你相亲。如果有，请马上给我，让我拿去给她看吧！"

　　高志强听后火热的心被浇了一盆冷水，瞬间变得不高兴了。心想，我本人已经回到了家里，而且，只请了几天事假。她既然有心相亲，就应该爽快地来。相见后互相有好感，就深入谈；若是双方看着不舒服，就拉倒，一定要快！而她却要先看过我的相片，然后再决定是否来和我相亲，那么啰唆，肯定是个爱折腾难相处的人。我虽然很想娶个老婆，但是，娶什么样的姑娘做老婆是有讲究的。她肯定不适合做自己的老婆，不要和她浪费时间和感情了。于是，很不高兴地回答道：

　　"没有。请你代我告诉她，我因为生得太丑，不敢给相片让她看。"

　　刘明贤见他的话音很粗重，怨气满面，知道再说下去已经没有什么意义了，午饭也不吃就遗憾地回去了。

第八章　不该来时又来

刘明贤走后，父母亲和哥嫂们都慌了神，不知如何是好。高志强更是茫然，而且很伤心。午饭后，他独自骑单车到三合圩游逛解闷。

这个圩不大，没有什么令人赏心悦目的东西。他的心情又不好，所以，逛到三点多还是觉得索然无味。他想，看来自己现在还不是找对象的时候。父亲现在身体不好，不如回去陪陪他，详细了解一下他老人家的身体状况。如果没有什么大碍，明天就回部队。关于找对象的事情，以后再说吧。于是他跨上单车就往回骑。三合圩离家约5公里远，20多分钟就回到家了。

令他没想到的是，当回到家时发现天井里打扫得比上午还干净。哥哥嫂嫂们个个都在欢头笑面地干活，好像是在办喜事一样。"这是为什么呢？"他觉得很奇怪。

"刘明贤带他的小姨子来了，刚到10多分钟，现在在你房间里。你快去看看她吧！"母亲见高志强回来后满心欢喜地走到他跟前说。

高志强听后想，"她不是说要先看过我的相片，然后再决定是否来和我相亲吗？为什么还没有看过我的相片就突然来了呢？"再说，我已经决定如果父亲的身体没有什么大碍的话，明天就回部队了。该来的时候她不来，不该来时又来。我不是木偶，任她摆弄。高志强继续站在那里，不愿去看望刘明贤的小姨子。

"志强叔回来了！志强叔回来了！"刘明贤正在高志强的房间和他的小姨子聊天，听到高志强的侄儿侄女们在外面的叫喊声后立即从房间里走到高志强的身边，见他怒气未消，知道他还在生自己小姨子的气，小声说道："高志强！我已经把我的小姨子带来了，现在在你房间里坐着。请你去和她见一下吧！"

　　高志强刚开始还是不愿意去，但是后来想，她既然已经来自己家里了，如果都不去和她见一下实在说不过去，既对不起家人，也对不起她和刘明贤老同学。这样吧，只去和她见一下，如果不顺眼马上出来。

　　他的房间只在入门对面后边的屋角处铺了一张木板床，紧挨屋后墙的那头为床头，床头的床边紧挨墙壁处放着一张旧书桌。高志强今天上午把入伍前喜欢看的《三国演义》和《艳阳天》这两本书放在桌面上了。床边的对面放着一张长木凳，其他都是空空的。

　　他进入房间后，见张瑞珍坐在床边翻看他的一本书，继续一声不吭地朝那张长凳走去（刘明贤刚才坐在上面和张瑞珍聊天）。一面走一面想，我要仔细看看她究竟长得怎么样，那么古怪，原来说要先看过我的相片，然后再决定是否来和我相亲；现在还没有看过我的相片，又突然来这里。他在长凳的中间坐下，与张瑞珍形成一种斜对面的状态，还是没有同张瑞珍打招呼，把头稍微往左仰起，把张瑞珍从上到下打量了一番。只见张瑞珍面如满月，白里透红，慈眉善目，穿着一件半新旧花白上衣，一条淡绿色的旧裤子，确实有点像刘三姐。她的穿戴根本就不是一般姑娘去相亲时刻意打扮的穿戴，而是平常在家里干活时的穿戴。如果稍微打扮一下，她要比刘三姐还漂亮。高志强一下子就被张瑞珍的形象吸引住了，觉得她又漂亮又善良又朴素，看着很舒服。心想，这样百里挑一的姑娘，估计平时去为她做媒的人很多，她应接不暇，需要择优相亲。难怪她要先看过我的相片，然后再决定是否来和我见面了，她是有这个资格的。

　　"你好！我叫高志强。"他忍不住内心的喜悦，临时找个理由说，"今天下午不知道你来，我到外面办点事，让你久等了，对不起，请问你贵姓？"

　　张瑞珍下午之所以改变主意，在没有看过高志强的相片就主动请姐夫带到这里，目的是想亲自尽快了解清楚高志强到底是个什么样的人，那么傲慢，叫给个相片看看都不给，还用"我因为生得太丑，不敢给相片让她看"的话来气她。她计划只是来见一下高志强，如果感觉不行就立即骑车回家。当高志强进入房间时，她一边佯装翻书看，一边用眼睛的余光观察着高志强的一举一动。高志强来到她的斜对面坐下后，她观察得更加细微。只见高志强穿着一件白色的短袖衬衫，一条绿色军裤；个子稍矮，但很匀称；手臂无毛，皮肤白嫩。虽然是个"男身女相"的人，但举止不俗，眼睛炯炯有神，斯文之中有威严，全身散发出一股勃勃向上的锐气。心想，这人与一般的男子不同，今后肯定会有出息的。他对所有的农村姑娘都会有一种令人无法抗拒的吸引力，根本不愁娶不到老婆，难怪他那么傲慢，不肯拿相片给自己看了，他是有这个底气的。想着想着，她对高志强的喜欢油然而生。

"没关系！我姓张，叫瑞珍。"张瑞珍把书本合起来，抬头看着高志强回答。

高志强见她回答得亲切自然，落落大方，很悦耳，大有一见如故的感觉。本想先同她寒暄一番，然后再拐弯抹角地谈论他俩的婚姻问题。这时，他认为没有这个必要，决定直奔主题。他又真诚地看着张瑞珍，然后说：

"不好意思，我是个军人，说话喜欢直来直去，办事喜欢迅速。我这次是根据父母的要求临时请事假回来找对象的。部队给我在家的时间只有3天。我是今天一早回到家里的，按规定是后天晚上返回部队。因为我们镇政府到县城的班车每天只有中午一趟，下午没有，所以，后天中午我就要去坐车返回部队了，不能等到下午。既然我俩有机会这样坐在一起，我建议抓紧时间交流，相互了解。通过交流，如果双方都认为对方适合自己，那就在我回部队之前，办完结婚登记手续，确立夫妻关系；若是相互都认为对方不适合自己，或者只有一方认为对方适合自己而另一方认为不适合，就只交个朋友算了。我回到部队后，就要全身心投入工作，没有时间和精力谈恋爱了，我不喜欢谈马拉松式的恋爱。"

高志强的建议正合张瑞珍的要求，她也看了一下高志强，然后点了两下头，以示赞同他所提的建议。高志强因为自己的建议得到了张瑞珍的赞同更加来劲，想了想后说：

"我想先向你简单介绍一下我们家和我本人的情况，可以吗？"

张瑞珍求之不得，又点了两下头，并用期盼的眼神看着他。

"我们家有很多人。"高志强饶有兴趣地说，"我母亲一共生了8个孩子：2个女儿，6个男儿，我是最小的。我的两个姐姐早已出嫁，大哥结婚后已经分家自己生活了。其余的4个哥哥、嫂子和侄儿侄女现在还都和我的父母亲一起生活，一共有18个人吃饭。虽然人多，但是大家很团结。哥哥和嫂嫂都非常孝敬我的父母，相互之间从来没有发生过争吵，都能主动积极地一起把家里的各项工作做好。

"我是1959年出生的。小时候很不幸，整个童年都是在苦难中度过的，有时一两天都没有一口饭吃。上学读书后，日子稍微好一点，但是，因为那时我的二哥已经去当兵，我和我的五哥、四哥都读书，家里劳动力少，收入微薄，父亲又常年患有哮喘等疾病，经常要钱医治，所以，我们家的生活要比其他家庭艰苦得多。"

他接着把自己高中毕业后无法报名去当兵直到现在的主要经历向张瑞珍介绍了一遍，正想请张瑞珍也介绍一下她的家庭和本人的有关情况，就听到母亲在外面叫喊：

"志强，饭熟了，请张瑞珍一起到餐厅吃饭！"

听到母亲的叫喊声后，高志强看了一下为了方便而向战友借的手表，发现已经是下午5点多了。心想，"时间怎么过得那么快呢？"他真想不去吃饭，继续在这里同张瑞珍谈下去，但理性告诉他这是不可能的，因为刘明贤和家人都在餐厅里等着他俩。他只得暂时停下来，热情地邀请张瑞珍同自己一起到餐厅吃饭。

第九章　俘获芳心

高志强的三哥是个做菜的高手。他炒的猪肚、焖的鱼、煲的猪脚等都很可口。大家越吃越精神，边吃边聊天。这时，高志强的四嫂满面笑容地对大家说：

"告诉大家一个好消息，我刚才去水井挑水时看见一张海报。镇政府放映队今晚8点到我们村委会的露天映场放电影，名叫《渡江侦察记》，听说很好看的。"

高志强听后马上邀请张瑞珍在这里住一晚，一起去看电影。刘明贤也鼓励她留下来。张瑞珍本来就有同高志强深入谈下去的愿望，听到高志强邀请后便顺水推舟地同意留下来了，打算看了电影后继续谈。

吃了饭后已经是下午6点多了，刘明贤决定回家。高志强和张瑞珍同时送他出屋。张瑞珍因为自己刚与高志强相识，不好意思陪他一起去送刘明贤，叫姐夫慢走后就停下了脚步。高志强则继续送刘明贤到村口。这时，刘明贤两手抓住车头，停下脚步问高志强：

"你对张瑞珍的感觉如何？"

"很不错。"高志强满心欢喜地说，"原来以为她是一个很苛刻、很难沟通的人，接触后发现她又漂亮又善良又朴素，而且一见如故，和她在一起很谈得来，很开心，时间过得特别快。"

刘明贤听后连说了两声"好"就想骑车回家了。

"请等一等，"高志强说，"我想向你了解一些有关的问题。首先，我今天下午看她不是一个苛刻的人，但是，她原来为什么要先看过我的相片，然后再决定是否来和我相亲呢？"

"原因是这样的。"刘明贤把单车停稳，挨着单车的座位解释说，"因为她相貌出众，性情好，又勤劳能干，这一两年经常有媒人上门邀她去相亲。她去相过几次，但没有一个令她动心的：有的是身材相貌看不顺眼，有的是性格合不来，有的是她嫌人家没有志气太窝囊。后来她觉得很烦，不想再轻易上门相亲了。凡是来帮她做媒的，她都要求媒人先把男方的相片拿来给她看，她对男方的相片满意才上门相亲。上次我在雄山街对你三哥说我愿意为你俩做媒人后就去找过她，说要带她来和你相亲。她当时也叫我先拿你的相片给她看过再定。我原以为她只是说说而已，到时候她会给我这个亲姐夫一点面子的，所以，没把她的要求放在心上。谁知，今天上午我去带她来和你相亲时，她还是继续坚持她原来的要求，一点面子都不给我。"

"这和我估计的差不多。"高志强继续问，"既然这样，她今天下午为什么还没有看过我的相片，就突然和你一起来我家呢？"

"这个原因说实话到现在为止我也不清楚。"刘明贤有点难为情地说，"情况是这样的，今天上午我从你们家出去后，忽然想到家里有些急事要办理，便先回去办事，直到下午两点多才去向她回话。我对她说你是根据父母的要求临时请事假回来找对象的，假期只有几天，时间十分珍贵，不可能同意她所提的要求，不会肯为她浪费那么多时间的。还特意按照你的嘱咐，把'我因为生得太丑，不敢给相片让她看'的原话说给她听。我原以为她听后一定会气得够呛，永远不会来和你见面了。说来也奇怪，她当时是和母亲以及大哥在作坊里加工腐竹的。听了你这话后，她不但没有生气，思考片刻后竟然把围裙解下来挂到墙钉上，和母亲、大哥打了一声招呼后就去拉单车，叫我带她来和你见面。我真不知道她为什么会这样做。不过，不管她是出于什么原因让我带她来和你见面，来了就好。你能和她谈得来更好，不需要揣测她来的原因了。另外，我想告诉你一下，根据平时我对她的了解，她喜欢有理想、有志气的男孩子，她应该也是很喜欢你的。"

他俩一直聊到7点多，刘明贤才骑车回家。高志强请他明天尽量早一点来。

高志强听说张瑞珍喜欢有理想、有志气的男孩子后，对她更加喜爱。

晚上8点，镇政府电影放映队准时在村委会露天映场放电影。高志强拿着两张小方凳，买了一包葵花籽，在放映前几分钟带张瑞珍来到银幕前的不远处并排坐下。高志强在左，张瑞珍在右。这包葵花籽是高志强拿着的，他先抓了一小把给张瑞珍，然后自己再拿来嗑。张瑞珍用左手接过来，用右手一粒一粒地嗑。两人一面看电影一面嗑葵花籽，很温馨。高志强在看电影的同时，经常用右眼的余光关注着张瑞珍左手的手心。每当发现张瑞珍快把葵花籽嗑完后就及时抓一小把补上，从来没有间断过，张瑞珍很感动。

看完电影回家后，母亲不准高志强和张瑞珍继续在一起，把张瑞珍带到已经重新收拾过、打扫干净的一个房间去单独睡觉。

第二天吃完早餐后，高志强马上邀请张瑞珍到自己的房间继续谈，张瑞珍又到昨天所坐的位置上坐。高志强去泡了两杯茶，先双手捧一杯给她，然后单手捧一杯给自己，又坐到那张长凳上，喝了两口茶后说：

"我昨天下午已经把我们家和我本人的基本情况向你介绍了，请你也把你们家和你本人的有关情况介绍一下好吗？"

张瑞珍迟疑了一会儿，说道：

"我家目前有父母亲、大哥大嫂、一个妹妹、一个弟弟、两个小侄子和我一共9个人在一起生活。我初中还差一学期没有毕业就辍学回来种田，直到现在，很简单，没有什么好说的。"

关于张瑞珍家庭和本人的有关情况，高志强已经通过看四哥的信和询问刘明贤了解了，现在见她不好意思多说便不勉强，说道：

"既然这样，咱俩算是相互了解了，你觉得我适合你吗？"

张瑞珍两颊泛红，没有正面回答，反问道：

"那你觉得我适合你吗？"

高志强没有想到她会马上反问自己，一时间不知如何回答为好。想了想，便把自己的真实感觉说出来了：

"适合！非常适合！我出生于贫穷家庭，穷怕了。我要努力改变目前的贫穷生活，争取过上比较富裕的生活。另外，人的生命只有一次。我是个男儿。'男儿不展风云志，空负天生八尺躯。'我这个人崇拜英雄，不想碌碌无为地过一辈子，想活得有些价值，为此，我必须发奋图强，争取有所作为。目前首先要争取在外面找到一份工作，争取每月都有工资领。我找对象是有点自私的，想找一个对我事业有帮助的女孩子做老婆。古人说，'择偶需谐千秋业，藕断丝连情不竭'。你给我的感觉是又漂亮又善良又朴素，一见如故，很谈得来，令我心动。还听你姐夫说你是一个非常勤劳能干的人，喜欢有理想、有志气男子的人。这对我的事业十分有利。你正是我长期以来在内心希望能娶到的老婆，所以，我非常希望你能嫁给我。如果你能嫁给我并支持我去奋斗，我真是三生有幸，这是心里话。下面请你谈谈你对我的感觉吧！"

张瑞珍第一眼见到高志强时就产生了好感，后来从交谈中知道他以前的主要经历，尤其是听了他刚才这一番话后，发现高志强是一个有理想、有志气、有才学和有拼劲的人，人品和家风又好，于是更加喜欢了。她认为高志强的美中不足是个子稍微矮了一点，但不要紧。部队对军人体格的要求很高，他既然能当兵，就证明他的身高还是合格的。金无足赤，人无完人，哪有什么都是好的？如果他什么都好，还会轮到自己来和他相亲吗？自己这个农村妹子，如果能嫁一个人品好、有理想、有志气、有才学而且会为事业拼搏的男人，生活就有了盼头，就活得带劲。她也认为高志强就是她长期以来心目中想要嫁的男子，她已经有了这种感觉和想法。但是，因为害羞不好意思说出来，显得有些窘迫，又把桌面上那本《艳阳天》小说翻开，低头佯装看书。

高志强非常期待自己也是张瑞珍的意中人，盼望她能够嫁给自己。现在见她一直不表态，以为她不喜欢自己，故意用看书的方式来回避谈感觉和想法，感到很失望，很着急。他喝了几口茶后遗憾地说道：

"我知道我的身材相貌是配不上你的，现在社会上有一种说法'男子身高不够一米六五就是三级残废'。我的身高只有一米六三，所以，是个三级残废的人。你是不会喜欢我的，更不可能嫁给我。你不方便说，我替你说吧！"

张瑞珍见高志强已经把话说到这个份上了，不好意思再佯装看书了，把书本合起来放到一边，抬起头仓促而羞涩地说道："我文化低，说话不像你那么生动，那么有逻辑，一套一套的。我只提出一点要求，你以后有出息了不能抛弃我。"

"那是肯定的，你不说我也会这么做。——你愿意嫁给我吗？"高志强惊奇而迫切地问。

张瑞珍满脸通红，点了两下头。

"以后不会后悔？"

"不会。"

高志强顿时心花怒放，两眼放光，精神大振。思考片刻后赶紧说：

"我明天中午12点半就要乘车回部队了。镇政府的干部是12点下班的，你明天上午10点前出证明来和我一起去办理结婚登记手续好吗？"

张瑞珍本想继续用点头的方式表示同意，但是，为了让高志强更加放心，她在点头的同时还说了"好的"。

第十章 "我决定同她断绝一切关系"

第二天吃了早餐后，高志强的家人在母亲的安排下有的去杀鸡，有的去圩上割肉，有的去水井挑水，有的去菜地摘青菜，个个都忙着做午饭的事情。大家的共同目标都是在10点钟前把饭菜做好，让张瑞珍来了后提前吃午饭，然后和高志强去办理结婚登记手续，并送高志强上班车返回部队。

从9点半开始，高志强的家人就不停地走到门前的大路看张瑞珍来到了没有。个个都希望自己是第一个发现张瑞珍来到的人，但是，直到10点钟，谁也没有看到张瑞珍。于是，大家开始着急起来。到了10点多，刘明贤如约来到了高志强家，也在厅堂里加入了着急等待的行列。到了近11点时，刘明贤在厅堂里实在坐不下去了，独自一人走到大路边去张望，心里十分难受。

比刘明贤和家人更难受的是高志强。他昨晚虽然没睡好，但是，今天一早就起来打扫屋里屋外的卫生。吃了早餐后和母亲等人在厅堂里等张瑞珍来。到了10点时，因看不见张瑞珍，有些不舒服。到了10点半时，还没有看见张瑞珍，他偷偷回自己的房间看书解闷，现在连书也看不下去了。他在房间里心急如焚，来回走动，苦思冥想张瑞珍不按时出证明来和他去办理结婚登记手续的原因。不管从哪个方面考虑，都找不到。突然，他想起刘明贤"我真担心张瑞珍被她们嘲笑后会改变主意"那句话。

昨天吃了午饭后不久，刘明贤就来了。当他知道高志强和张瑞珍的详细情况后非常高兴，马上叫高志强买礼物去拜见张瑞珍的父母和家人。下午3点多，高志强在张瑞珍和刘明贤的陪同下来到了张瑞珍的家里，恰好这时张瑞珍的父母和其他家人都在。当刘明贤把高志强介绍给张瑞珍的家人，又把家人分别介绍给高志强认识后，高志强毕恭毕敬地拿烟给张瑞珍的父亲和哥哥抽，拿糖、饼和水果给其他家人吃。他们见高志强很有涵养，风度翩翩，诚实善良，虽然生得不够高大，但也很喜欢，于是马上热情地做饭款待。在餐间刘明贤把高志强和张瑞珍的恋情，尤其是把他俩计划在明天上午就去办理结婚登记手续的情况告诉大家。父亲听后高兴地说："一切由张瑞珍自己做主。"因为父亲表态了，其他人就不好再说什么了。饭后，高志强怀着愉快的心情同刘明贤一起回家，张瑞珍送行。

他们从张瑞珍的家出来后，先经过一条小巷，然后往右拐。当走过一个大转弯到达村口时，高志强突然发现右边离大路一两米处有十几个姑娘并排站在那里。个个都看着他，这使他感到很意外。更让他感到意外的是，这些姑娘看见他后个个都没有好脸色，并小声议论说："生得那么矮！可能还没有张瑞珍高！""真想不到张瑞珍挑来拣去，最后看上一个三寸丁。""简直就是一朵鲜花插到牛屎堆上！啧啧啧，真可惜！"

高志强听到这些话后羞得无地自容，很想跨上单车快速骑过去，免得再受她们奚落。但是后来想，"我生得矮与她们有什么关系？只要张瑞珍不嫌我矮就行了。"于是，他不但没有跨上单车快速骑过去，而且，还有意识地放慢脚步，昂首挺胸，一步一步慢慢地从她们的面前走过。直到走过几米远后才回头叫张瑞珍回去，同刘明贤一起骑车回家。

当走到一个十字路口时，他俩要分开走了。刘明贤是往右边的方向回家，高志强则是往左边的方向回家。刘明贤首先到达十字路口，下车把单车停稳。高志强见状，也跟着这么做。这时，刘明贤走过来对高志强说："因为张瑞珍是村里的一枝花、大美女，那帮姑娘知道她今天带男朋友回来见父母和家人后，都提前来到村口，是想看看你长得怎么样。"说到这里，刘明贤移步与高志强并排站好，然后举起手掌和高志强有比较地量度了一下高度，说道："我比你也高不了多少啊！她们怎么都嘲笑你生得矮呢？而且把话说得那么难听，我真担心张瑞珍被她们嘲笑后会改变主意。"

因为张瑞珍答应愿意嫁给他时曾经表态过今后不会后悔，所以，高志强不担心张瑞珍被她们嘲笑后会改变主意，底气十足地对刘明贤说："不会的！张瑞珍不是那种人。她明天肯定会按时出证明来和我去办理结婚登记手续的，请你也尽量早点来我家，指导我做事。"说完就叫刘明贤回去，自己也骑车回家了。回到家后，他一直想着明天同张瑞珍去办理结婚登记手续的有关事情，晚上因为太兴奋，也没睡好觉。

现在张瑞珍超过那么长时间没有来，高志强的思想发生了一百八十度大转变。他想，还是刘明贤担心得对。张瑞珍肯定是被那帮姑娘嘲笑后改变了主意。原因找到后，高志强对张瑞珍不守信用的做法非常愤恨，决定同她断绝一切关系，真是爱得深恨得也深。他拿毛巾来把张瑞珍曾经坐过的床边猛烈地拍打了几下，又把张瑞珍拿过的书本用劲擦拭了几次，以此来出气。把气发泄一通后，他走去厨房问母亲：

"妈，饭熟了吗？时间到了，我想吃一点后赶回部队。"

"饭是熟了，但是，张瑞珍还没有来，等她来了再一起吃吧，刘明贤已经到外面去等她了。"

"不用等了"，高志强边说边往外面走，见刘明贤正站在路边焦急地向前方张望，气愤地说道：

"刘明贤，还是你昨天担心得对，张瑞珍肯定是被那帮姑娘嘲笑后改变了主意，不来了。我曾经对她说过，我回部队后就不谈恋爱了，所以，我刚才已经作出了同她断绝一切关系的决定。这两三天的事情就当梦一样让它过去吧！现在已经是11点10分了，我中午12点半就要到镇政府坐班车返回部队，回去吃饭吧。这几天辛苦你了，吃了饭后想再辛苦你一次，送我去镇政府班车上落站乘坐班车吧。"

刘明贤听后感到非常遗憾，恳求道："你能不能晚点回部队，等我再骑车去做做她的思想工作，争取做通后再带她来？"

"不行！"高志强非常严肃地说，"第一，军人有保卫祖国的神圣职责。我是分队里的技术骨干，上级随时都会有新任务下来。万一领导在我该回到部队的时候安排一个特殊的任务给我，我却因为等她而不能按时回去完成，会耽误大事的。这是原则问题，我不会让步，也不能让步。第二，我平生最憎恨不守信用的人。对于这种人，不说你不一定能做得通她的思想工作，就算你能做得通，我也不会再和她去办理结婚登记手续了。她在其他方面即使有一千个好，只要不守信用，她就不值得我爱，你不要再往这方面考虑了。"

刘明贤见他说话的语气越来越重，态度很坚决，又加上看不到张瑞珍的影子，只得怏怏不乐地跟着他回到餐厅吃午饭。这两天父亲的病情比以前又加重了一些，一直躺在病床上休息。高志强先端一份饭菜拿去给他吃，然后再回餐厅同大家一起吃。吃饭的气氛很沉闷，高志强匆匆吃了一碗饭就放下碗去收拾行李了。家人和刘明贤见状也都没有了胃口，当他去收拾行李后，也都纷纷放下了饭碗，郁闷地坐着。高志强收拾好简单的行李后先去安慰父亲，说：

"爸，张瑞珍可能另有想法，今天没有按照昨天约定的时间来和我去办理结婚登记手续。我这次探亲辜负了您的期望，不过，请您相信我以后一定会娶上老婆的，请您不要担心，安心把病治好，我要回部队了。"

父亲此时心里很痛苦，也知道高志强非常难过，所以，强忍着不提他婚姻的问题，只是祝他路上顺利。

安慰了父亲后，高志强又走到餐厅对大家说：

"请你们以后再也不要想着张瑞珍了，这样不守信用的人是不值得我爱的，我决定同她断绝一切关系。我回到部队后要发奋工作，争取先立业后成家。"

家人见他失恋没有失志都得到些许安慰，勉强振作起精神，祝他路上顺利，回到部队后好好工作。

刘明贤应邀送他到镇政府班车上落站时有点愧疚地说：

"高志强，真对不起，我耽误了你回来找对象的时间。"

"不！是我害你辛苦了几天。我和张瑞珍不能成为夫妻，是我和她的原因，与你无关。你永远是我最好的同学，我永远都要感谢你！"

过了一会儿班车到了，高志强同刘明贤握手告辞，刘明贤向他挥手道别后闷闷不乐地骑车回家了。

第十一章 节外生枝

"五嫂,瑞珍呢?她在家吗?"

早上8点多,一个40多岁的妇女急匆匆地走进来问张瑞珍的妈妈。她是张瑞珍的大姑,张瑞珍妈妈见她这般神态,说道:

"瑞珍刚骑车去村委会了,你找她有什么事?"

"有天大的好事!你赶快安排人去叫她回来,我说给你们听。"

妈妈听她这么说,就叫张瑞珍的大哥张瑞锋骑车赶去把张瑞珍追回来。这时张瑞珍的大嫂听说大姑回来了,也走到堂屋里与她说话。

不一会儿,张瑞锋就把张瑞珍带了回来。这时,大姑坐在北面挨墙壁的一张竹椅上,面向着南边宽阔的堂屋。母亲紧挨着她的左边坐,大嫂坐在她的右边。她的前面放有两张小凳子,是留给大哥和张瑞珍坐的。

"瑞珍,你坐这里,"母亲指着大姑左前方的一张小凳子说,"大姑说有天大的好事要告诉你。"接着,她又指着大姑右前方的那张小凳子说:"瑞锋,你也坐下来一起听听,看大姑有什么天大的好事要对瑞珍说。"当张瑞珍勉强地坐下来后,大哥也怀着好奇的心情坐到了小凳子上。

"瑞珍!"大姑见大家坐好后兴奋地说,"我专门过来就是告诉你一件事,我们村有一个小伙子叫蒙方泰,今年24岁,是个独子,三个姐姐都出嫁了。前年在县物资局做工人的父亲退休后,他去顶职,现在给局长开车,是局里的司机。他说他和你是上下届的同学。他高你一届,很喜欢你,自从读初中后就一直暗恋你到现在,但是,一直没有机会和你接触,无法向你表达心意。前段时间不知谁告诉他我是你的大姑。他昨天晚上专门从县城开车赶回来叫我帮他做媒,请我今天带你到县城去和他见面。他说他开车回单位后,明天就请假在家里专门等我们。他的家在县物资局的宿舍里,到物资局一问就可以找到了。我认为这件事对你来说是一件天大的好事，所以起床后早餐都顾不上吃就赶过来告诉你了。"

张瑞珍今天心里装的全都是高志强，针插不进。因为昨天已经把旧的黄豆加工完了，今天一时没有把新的黄豆买回来，所以，今天家里不加工腐竹了。吃了早餐后，她就按照昨天的约定，立刻骑车去村委会，准备出证明去和高志强办理结婚登记手续。在去村委会的途中被大哥赶上叫回家，她以为家里发生了什么大事，只好跟大哥回来，没想到是大姑过来帮她做媒。她越听越烦，站起身又准备骑车去村委会出证明。

"瑞珍！你不要急。"大嫂见她又想去出证明时说，"终身大事要慎重，既然有得选择，就应该反复比较，然后择优而嫁。"

"大嫂说得对，不要急。"妈妈接着说，"这样吧，既然有得选择，我又不好为你做主，你暂时不要去出证明，等你爸爸回来后再决定。他同意你去，你就去；他不同意你去，你就不要去。"

张瑞珍听妈妈这么说赌气走回房间，不跟她们在一起。大哥见张瑞珍走了也起身走出堂屋去干别的事情，只剩下妈妈、大嫂陪大姑在堂屋里聊天等爸爸回来。

张瑞珍的爸爸因为长期坐着缝制衣服，近来得了坐骨神经痛的病，今天一早独自去邻村请一个老中医诊治，直到中午12点多才回来。回到堂屋后，先是大姑把刚才同大家说的话向他说了一遍。然后是大嫂和母亲把刚才对张瑞珍说的话告诉他。爸爸听后低头想了想，说道：

"瑞珍的婚姻问题应该由她自己做主，她喜欢嫁谁就嫁谁，我们不应该去干涉她。"

张瑞珍的房间就在堂屋的右边，她进去后一直在床边上闷坐。当她知道爸爸回来后，马上起身走到门口，想出来请求爸爸同意她去出证明。刚想把房门打开，就听到大姑向他介绍蒙方泰的情况。为了不打断大姑说话，她没有开门出来。接着又听到妈妈和大嫂同爸爸说话，她也不好意思开门出来。当听到爸爸表态后，她立即开门走到爸爸的面前说："谢谢爸爸！"然后重新骑上单车，飞也似地朝村委会骑去，计划以最快的速度出证明，然后赶去高志强家。可是，当她到村委会时，值班的干部已经下班了。她又紧张又难受，东张西望不知怎么办，突然看见大门口的墙上贴有一张村委会干部上班轮值表。她走过去看，发现今天值班的干部是村委会主任覃中南。她知道覃中南家住白塘村，马上又骑车去覃中南家。覃中南排第七，张瑞珍到他家时，见他的妻子同3个孩子围坐在饭桌边吃午饭，问道：

"七婶，请问覃主任在家吗？我是五良村的，叫张瑞珍，我有急事要找一下他。"

"不在，他下班回来时午饭还没有熟。他说我们唐湾冲那块稻田近日有些钻心虫，背喷雾器拿农药去杀虫了。"

"请问唐湾冲在什么地方？远吗？"

"不远，大概是2里路。从我们家出去后往右走200多米，然后往左向田垌方向直走一会儿就可以见到他了，我们的稻田就在路边。"

"谢谢你！"张瑞珍按照她所指的路线骑车去找，不到10分钟便找到了村委会主任。

"覃主任好！"张瑞珍把车骑到覃主任的田边后下车问，"请问杀完虫了吗？我想请你回村委会帮我出一张证明，让我拿去办理结婚登记手续。"

"快了，大概再过10分钟就可以杀完了。恭喜你！男方是哪里的？姓什么？"

"谢谢！是雄山镇三阳村委会方博村的，姓高。"

覃主任是个40多岁的中年男子，热情好客，说话很风趣。他见张瑞珍没有戴帽子，站在田边被太阳晒得满头大汗。说：

"今天的太阳会咬人的，很厉害。你在这里晒着很辛苦。这样吧，你先回村委会等着，我杀完虫后回家喝碗粥就骑车去帮你出。"

张瑞珍想了想没有其他办法了，只好按照他所说的去做。

尽管村委会主任急张瑞珍之所急，努力加快喷药杀虫的速度，结束后回家站着喝了两碗粥就骑车赶去村委会给张瑞珍出证明，但是，当张瑞珍拿到证明时已经是下午两点多了。她还没有吃午饭，此时饥肠辘辘，真想先骑车回去吃点东西，然后再去高志强家，可是，她担心高志强等得辛苦，继续忍着饥饿骑车朝高志强家赶去。

"我们的志强叔上午已经回部队了。"

　　当张瑞珍来到高志强家的门前时，高志强的一个小侄女看见后对她说。

　　张瑞珍听后伤心至极，泪水夺眶而出，马上调转车头往回走。高志强的正在堂屋里干活的五哥看见她后，马上放下手中的活，跑出来抓住她的单车说：

　　"张瑞珍，请你进屋吃了饭再走。"

　　张瑞珍实在太饿了，走路都困难，只得半推半就地把车交给五哥，并跟他走进屋里。高志强的妈妈看见后非常高兴，立即去把上午留下的猪肉和鸡肉等饭菜重新热好，拿上餐厅的饭桌上请她自己进去吃。张瑞珍看见餐桌上热气腾腾的饭菜，一股暖流涌上心头。虽然心情不好，但是，还是吃得津津有味。吃饱饭后，她听到高志强的家人大多都在堂屋里聊天，现在才是下午4点多，还不用着急回去，便朝堂屋走去，想和大家聊一会儿再走。

　　四哥是社交场上的高手。他在众人面前讲故事，不管是男女老少，听了他的故事后都会忍不住开怀大笑。他在张瑞珍到餐厅吃饭时从村委会回到了家里，听母亲说张瑞珍已经来了后很高兴，觉得志强弟和她的婚事还有挽救的可能。他在堂屋和母亲等人聊天等着张瑞珍，争取向她了解清楚有关的情况。张瑞珍进来后，高志强的五嫂起身去搬了一张椅子来让她紧挨着高志强的母亲的右边坐。高志强的一个大侄女去倒了一杯茶捧给她喝。四哥见她面带愁容，心情不好，不方便向她询问上午不按时来的原因，决定先逗她开心，然后再询问。他开始充分施展他讲故事的才能，他分别给大家讲了《穷女婿给岳父拜寿》和《西瓜兄弟》等几个故事。把故事讲得有声有色，妙趣横生。大家听后笑得前仰后合，张瑞珍也忍不住笑出声来。

　　二哥是20世纪60年代去当兵的，曾经参加过抗美援越的战争，立过战功，早已提拔为干部，于去年下半年从部队转业回雄山镇政府工作。他对高志强的婚事一直都十分关心。今天上午他专门请假在家，计划和家人一起陪高志强和张瑞珍吃午饭，祝贺他俩成为夫妻。因为张瑞珍没来，他心里很不爽。下午去上班时心里一直记挂着高志强的婚事，当办完手中急需办的事情后，他又提前从镇政府赶回家，看有没有什么新的消息。当他在堂屋里看到张瑞珍时，顿时像四哥一样非常高兴，觉得志强弟和她的婚事还有希望。他愉快地找位置坐好，热情地一起聊天。

　　张瑞珍见高志强一家人对她都很好，而且很自然，没有一点装出来的痕迹，非常感动，很有归属感，深深觉得这里就是自己的家。在准备回去时，她对高志强的母亲说：

　　"阿姨，我准备回去了。告诉你件事，我今天上午由于碰到特殊的情况，直到下午才开到证明，来晚了，真不好意思。"接着，伸手到裤袋里，准备把证明拿出来给母亲看。二哥和四哥都是在离张瑞珍比较远的地方坐，看见张瑞珍伸手到裤袋里取证明时都怀着激动的心情走过来看。

第十二章　"执子之手，与子偕老"

二哥看见证明后，忽然想起高志强昨天曾经对自己说过他今晚要在县城住一晚，帮他的战友罗吉东把礼物送给在县委工作的二叔罗忠祥科长，同时还要办点个人的事情。

"瑞珍，我和你商量一件事情。"二哥就把他昨天曾经听高志强说过他今晚要在县城住一晚的有关事情告诉张瑞珍，然后高兴地说："为了使你俩的婚姻关系能尽快确定下来，我想请你今晚在我们这里住一晚，明天一早我和四哥一起陪你到县城去找他。如果能找得到他，我就叫他在县城拍电报回部队多请一天假，回来和你去办理结婚登记手续。这样，你俩悬着的心就可以放下来了。"

张瑞珍听后想，难得高志强有这么好的哥哥。另外，如果这次不和高志强办好结婚登记手续，被大姑知道后，估计她又会来缠，增加烦恼。于是，有点害羞地说道：

"好的，谢谢二哥！"

第二天清晨4点多他们就起床了，吃了母亲和二嫂一起做好的早餐后就骑车向县城出发，四哥在前，二哥在后，张瑞珍在中间，借着朦胧的月光赶路。自从出了村后，他们的车速已经很快了。在乡间的道路上，完全达到了每小时15公里的速度，但是，张瑞珍还是觉得很慢。她以为是四哥担心她跟不上而有意不骑快的，特意加快速度赶上四哥说："四哥！车速还可以快一些。你们能骑多快就骑多快，我能跟得上。"在她的要求下，四哥加快了速度。张瑞珍和二哥也一直都能紧跟其后。方博村与县委大院相距40多公里，他们只用了两个多小时就赶到了。待上班时间到后，他们经过询问很快就到办公室找到了罗忠祥科长。

"请问你是罗忠祥科长吗？"二哥向一个满头银发正在伏桌写材料的长者问。

"是的，请问你们是哪里人？找我有什么事？"

"我俩（他用手指着他和四哥）是雄山镇三阳村委会人，是你侄儿罗吉东战友高志强的哥哥。她是双排乡新德村委会人，是高志强的女朋友。听说高志强昨晚帮你的侄儿带了一份礼物送给你，请问你知道高志强目前在哪里吗？"

罗科长听后马上停下了手中的工作，请二哥他们在他对面的一张长沙发上坐下，然后去沏茶分别捧给他们喝。说道：

"已经在回部队的路上了。高志强昨天下午6点多来到我们家，我和我的老伴正在吃晚饭。他把礼物交给我后，茶水也不喝一口就离开了。他说他已经买了晚上8点的船票，还要去办些其他的事情，没有空吃饭喝茶了。我和我老伴见他急匆匆的，脸色又不大好，不便挽留他吃饭。他昨晚已经坐船回部队了。"

"哦，是这样。"二哥听后有点遗憾地说，"谢谢罗科长！你忙吧，我们回去了。"二哥向他表示感谢并告辞后，随即同四哥和张瑞珍一起走出办公室。罗科长送他们出了门口。

张瑞珍头低着走在走廊上，眼眶里满是泪水。心想，高志强肯定是误会了自己，认为自己变了心，因而满怀怨恨地提前赶回了部队，怎么办？

对于张瑞珍的心情，二哥和四哥非常理解。为了缓解她的痛苦，他俩带她到人民公园散步解闷。逛了几圈后，二哥又去买了一些芭蕉、苹果和点心回来放到一张石台面上，邀请她和四哥一起围坐在周围吃。大家吃了一会儿后，二哥说："张瑞珍！你不要难过，有情人终成眷属。"四哥从一个小提袋里拿出一张村委会的信纸和一支钢笔把高志强的通信地址写上，然后把它交给张瑞珍说："这是高志强的通信地址，你如果有什么话要和高志强说，可以给他写封信。"张瑞珍在两个哥哥的安慰和开导下，心情慢慢恢复了平静。到了10点多，她认为应该回去将情况告诉父母亲并帮助家里干活了，便诚恳地向二哥、四哥道谢告辞，自己骑车回家了。

高志强那天和刘明贤道别后，就在车上闭目闷坐。在正常的情况下，这班车下午3点多就可以到达县城汽车站，但是，那天因为路上堵车，直到下午5点多才到，这更增加了他的烦闷。当到达汽车站后，他归队心切，不愿在县城逗留了，马上步行去附近的港务管理站，购买晚上8点去通州市的船票。接着，他又按照战友提供的地址，乘坐三轮车帮忙拿礼品送给他的二叔。到家时，战友的二叔和二婶正在吃晚饭。高志强打起精神同他俩打招呼，说明自己的身份和来意，然后把礼物送给二叔。二叔二婶热情地请他喝茶，并准备重新做饭给他吃。高志强因自己心情不好，同他俩在一起很尴尬，一分钟都不愿待下去，匆匆地说："谢谢！下次再喝吧，我今晚8点就要乘船回部队了，还有些急事要去办理，再见！"随即往外走，二叔和二婶只得站起来送他出门。高志强出去后又乘坐三轮车回到港务管理站，然后先在旁边的米粉店吃了一碗叉烧粉，在附近的商店买了几盒荔枝干就走到江边挨着栏杆观景排闷。其他原计划办理的事情一概没心思去办了，当上船时间到时，他就去排队上船了。

南方农历八月中旬的晚上，明月星光，景色很美。欣赏夜景本来是乘坐夜船客人的一大乐趣和享受，但是，此时的高志强没有那份心情。他一直在自己的床位上闭目闷睡，一心想着快点回到连队。船到达通州市时天刚微微亮，他立即赶去火车站买票赶往隆林市。到达隆林市后，他又迅速转乘班车赶去湖南的部队所在地。平时从家乡到部队要花两天时间，他这次一天半就到了。

回到连队后，他决心变失恋为动力，振作精神，更加发奋地把工作做好。当他在宿舍里把荔枝干拿出来给战友们品尝时，一个刚上班不久的载波通信员跑进来对大家说：

"各位老同志！机房现在有一架终端机出了故障，我排除不了，劳技师到外面办事还没有回来，请你们进去帮我把故障排除掉。"

高志强听说后马上站起来对大家说：

"你们继续吃荔枝干，我一个人进去就可以了。"

他跑进机房后，拿起子拆开机板，麻利地检查线路和测试电流的流通情况。经过一分多钟的检查，就找到了故障并把它排除掉了，使机器恢复了正常。晚上，他发现一个值夜班的通信员患感冒了，主动去帮助顶班，让这个通信员休息。他认为工作是医治心灵创伤的良方妙药，每天都把工作安排得满满的，不让自己有丝毫的空闲时间。

正当他废寝忘食地工作，快把失恋的事忘掉时，一天上午突然收到两封信：一封是四哥写来的，另一封看字迹是女人写的。高志强平生从来没有收到过女人的信，觉得很奇怪。这是谁写的？他马上拆开看，只见上面写道：

高志强：

你好！

那天我因碰到一些特殊的情况，直到下午才开出结婚登记证明到你家，失约了，真对不起，请原谅。

祝你工作顺利！

张瑞珍

一九八三年九月二十日

高志强看后想，你给我的心灵造成那么大的创伤，想要我原谅你，你必须诚心诚意地把那天你碰到的特殊情况详细写清楚，让我觉得你不是一个不守信用的人。可你现在就写这么几句话能说明什么问题呢？叫我怎么能原谅你呢？他对张瑞珍所写的这封信很不满意，打算不予理会。

四哥的信为什么会和张瑞珍的信同时寄到呢？里面写些什么内容？高志强又迅速拆开看，只见写道：

志强弟：

你好！

这信主要是向你介绍一下你回部队后张瑞珍到我们家和到家后的有关情况，请你细心阅读。

你回部队的那天下午，张瑞珍带了结婚登记证明到我们家……

四哥把那天张瑞珍到家后直至第二天上午的整个经过详细介绍了一遍，然后用哥哥的口气教导说：那天张瑞珍是迟到了些，但是，请你不要轻易说张瑞珍是个不守信用的人，更不要固执己见。因为造成她迟到的原因很多：有碰到值班的村干部因故不在岗的，有碰到难言之事耽误了时间的，等等。还有，请你一定要把"同她断绝一切关系"的话收回去。你想想，一个姑娘家在凌晨四点多就同恋人的两个哥哥走了近百里，骑单车去追赶恋人，一心一意想把恋人追回来同自己去办理结婚登记手续，结成夫妻。这样的事情，世界上恐怕只有张瑞珍能够做得到；这样的待遇，世界上恐怕也只有你高志强享受得到。她这样痴情地对你，你还能怀疑她的真心吗？还能够说她是个不守信用的人吗？还能再说"同她断绝一切关系"的话吗？另外，我已经把你的通信地址告诉了她，叫她如果有什么话要对你说，可以写信给你。不知她给你写了没有？如果她不好意思写，你要主动给她写信，向她道歉。

最后，祝你俩佳偶天成，百年好合！

四哥：志广
一九八三年九月二十日

高志强这时才知道自己为什么会同时收到四哥和张瑞珍的来信。他反复看了三遍四哥的信，越看越觉得对不起张瑞珍。于是，从抽屉里拿出信纸急匆匆地写道：

珍：

你好！

你和四哥的来信我都收到了，阅后知道你那天不按时出证明来和我办理结婚登记手续的主要原因和事后的情况。你的真情和行动深深地感动了我，谢谢你！我先前误会了你，以为你不守信用，已经变了心，很气愤。在回部队前我曾经对家人说过"今后我要同她（你）断绝一切关系"的气话。在这里，我真诚地向你说一声对不起！今后我不但不会同你断绝一切关系，而且，还要和你一道把咱俩的爱情铸造得如长城般牢固，直到永远。"执子之手，与子偕老"。

为了以事实证明你没有爱错人，今后我要化你对我的爱为动力，更加发奋地把工作学习搞好，力争在事业上有所作为。不管有什么作为，我都不会忘记你，都会同你分享，使你幸福，终生不变。

　　钢笔写不尽我的情，信笺装不完我的爱。千言万语汇一句：我爱你！
　　祝你幸福！

　　　　　　　　　　　　　　　　　　你的强
　　　　　　　　　　　　　　　一九八三年九月二十七日

第十三章　"我决定和你分手"

　　10月中旬的一个星期天上午，一辆北京吉普车开到张瑞珍家旁边的一个草坪上停下来。邻居家的小孩们看见后首先跑来围观，接着一些大人、老人也都陆续来看热闹，越来越多。这时，张瑞珍的大姑首先从副驾驶下车，接着是一个高大英俊的小伙子从司机位下车。小伙子下来后走到车后面打开车门提了一个鸡笼（笼里装有一只公鸡和一只母鸡）出来，然后又捧一个大纸箱下来。随后，大姑提着那个鸡笼走在前，小伙子捧着那个大纸箱跟在后，径直向张瑞珍家走去。当人们通过互相询问知道大姑是带这个小伙子来向张瑞珍求婚时，都说他与张瑞珍是天生的一对、地造的一双，很般配。

　　这个高大英俊的小伙子就是蒙方泰。他因为上次请大姑回来帮忙做媒不成伤心了好多天，后来听大姑说张瑞珍和高志强还没办理结婚登记手续，觉得还有机会，甚至认为这是老天有意把张瑞珍留给他的。于是，就迅速采取了今天的行动。

　　当他俩进入堂屋时，先是大嫂从房间里走出来请他俩坐，沏茶给他俩喝。接着，张瑞珍的父亲、母亲和大哥闻讯后分别从其他地方过来接待，3个侄儿侄女也一起进来凑热闹。大姑把蒙方泰介绍给大家认识，又把大家介绍给蒙方泰认识后，蒙方泰马上打开纸箱拿出2个里面分别装有50元的大红包，一个给父亲，一个给母亲。接着，又去拿出3个里面分别装有10元的小红包，分别给张瑞珍的3个侄儿侄女，还拿烟给父亲和大哥抽。大姑帮忙拿糖果、水果和饼干给母亲、大嫂和孩子们吃。大嫂对蒙方泰送来的礼物特别开心，发现除了红包和两只鸡外，还有一大块五六斤重的猪肉、两大包糖、两大包饼干、两条本地最名贵的香烟和两瓶酒。她觉得蒙方泰既生得高大英俊又大方，还有工资领。而以前高志强来时，只买了几斤猪肉、两包糖果、两包饼干，其他什么都没有。人生得矮，又没有工资领。"不怕不识人，就怕人比人。"
相比之下，大嫂认为蒙方泰才是张瑞珍应该嫁的人。

"五嫂，瑞珍呢？"大姑问。

"她在外面作坊里整理那些腐竹，等我去叫她回来。"张瑞珍的母亲边说
边向作坊走去。

张瑞珍那天看了高志强"……钢笔写不尽我的情，信笺装不完我的
爱……"的情书后全身热血沸腾，马上又敞开心扉给高志强回复了一封炽热
的信。从此他俩鸿雁频传，相爱之情与日俱增。大姑带蒙方泰来时，今天上
午的腐竹已经加工完了。母亲和大哥闻讯后马上赶回来接待，她却很不高兴，
故意以整理腐竹为由不回来与大姑和蒙方泰相见。

"瑞珍，大姑带那个蒙方泰来我们家了，快回去一起接待他们。"母亲来
到她的身边说。

"我没空！"张瑞珍赌气说。

母亲连叫三次她都是这样回答，母亲只好回去向大姑回话。大姑想了想，
决定带蒙方泰到外面作坊与张瑞珍见面。她在前，蒙方泰跟在后。

"瑞珍，今天的腐竹加工完了吧？"大姑带蒙方泰来到张瑞珍的跟前又向
右边移开一步，用右手指着蒙方泰说，"这个帅哥就是蒙方泰，你们聊吧！"

大姑说完给蒙方泰使了一个眼色就转身慢慢走回堂屋。

张瑞珍出于礼貌抬头朝他俩看了一眼，"哦"地应了一声，又低头干她的活。

蒙方泰以前出于好奇，曾经到一户生产腐竹的邻居家里帮忙干过活，大
体了解生产腐竹的技术。他知道把腐竹晾晒到竹竿上后是不需要再去整理它
了的。张瑞珍去整理它们纯属是多此一举，是为了有理由不和自己见面而无
事找事干。他心里有点不爽，但尽量不表露出来。他试着撩张瑞珍说话，赞
叹说："你们这些腐竹真漂亮。"张瑞珍装作没听到，不吭声。

"你们家每天一般加工多少斤黄豆？"蒙方泰继续问。

"哦，我们家的黄豆是从铜登圩买回来的。"张瑞珍故意答非所问。

蒙方泰感到很尴尬，站在这里像挨罚一般，很痛苦，几分钟后不得不走
回堂屋里。

饭熟后，大哥来叫张瑞珍回去吃午饭。她走进餐厅时，发现家人有意在

蒙方泰的右边留了一个空位给她，她很不高兴。她走到母亲的后面说：

"妈妈，请你到那边那个空位坐，我坐你的位置。否则，我就去整理腐竹。"

母亲怕她走后就不成了，不得不依照她的要求到蒙方泰右边的空位坐，把原来坐的位置让给她。张瑞珍坐下像吃木屑那样咽了一碗饭后就放下碗，又到外面去整理那些腐竹。

她走后餐桌的气氛马上凉了下来。大家吃什么都觉得没味儿，也陆续放下了饭碗。蒙方泰原以为自己高人一等的身材相貌、工人的身份和热诚的心可以感化张瑞珍，让她离开高志强来跟自己。看到这情景后，他知道张瑞珍已经死心塌地跟定高志强了，撼不动了，只得放弃。他请大姑到餐厅外面小声说：

"我想回去了。"

"不急，你再去找她谈谈吧，这种事情一定要有耐心。"大姑不甘心就这样回去，鼓励蒙方泰说。

"不用了，她不会和我谈的，不要浪费时间和感情了。"

"不管怎么样，你都应该再去见她一次。如果她硬是不理你，再和她告别吧！"

蒙方泰为了顺大姑的意，大步向作坊走去。到了张瑞珍的旁边后说：

"张瑞珍，你忙吧，我回去了。"他接着头也不回地快步走回餐厅，向张瑞珍的家人告辞后就和大姑一起朝吉普车走去。张瑞珍的家人非常遗憾地送他俩上车。

蒙方泰和大姑走后，张瑞珍既为自己成功回避了他俩的纠缠而高兴，同时，也为自己的言行太过没有人情味而有些内疚，怀着复杂的心情朝房间走去，准备休息一下。

大嫂一直都对高志强没有好感，认为他又矮又穷，不值得自己如花似玉的小姑子去爱。之前因为家公家婆都同意张瑞珍嫁给他，她不好发表什么反对意见。今天看到蒙方泰后，她觉得蒙方泰比高志强好一百倍，而且看得出家公家婆也很喜欢蒙方泰，便决定找机会做张瑞珍的思想工作，让她放弃高志强。大姑和蒙方泰回去后，她在堂屋里看见张瑞珍心事重重地走回房间，也赶忙跟进去。在张瑞珍对面的椅子上坐下后马上说道：

"瑞珍，你不要傻等高志强了，他不值得你爱。他以后如果不被提拔为干部，他退伍回来后像我们一样只是一个普普通通的农民，哪里比得上蒙方泰？蒙方泰是工人，有米簿，有工资领，是一个令人羡慕的局长司机。"

张瑞珍听到这里不以为然。心想，局长司机又怎么样？高志强如果坚持奋斗下去，即使退伍回来，也不会是一个普普通通的农民，以后估计还会成为一个有司机帮忙开车的局长呢！

"若是他今后被提拔为干部，"大嫂继续说，"人心是会变的。他又会在外面找城市里有米簿有工资领的姑娘做老婆，不会再回来和你登记结婚了。"

张瑞珍听到这里脸色慢慢发生了变化，对大嫂点了两下头，说道：

"谢谢大嫂的关心，这事让我好好考虑考虑再说吧！"

大嫂随即走出房间。

张瑞珍想，外面城市里比自己优秀的女孩子多的是。如果固执地守着高志强，万一他提干后抵挡不住诱惑，真的抛弃自己和城市里的姑娘结婚，自己现在又拒绝了蒙方泰的追求，最后不是两头落空吗？蒙方泰虽然没有他那么适合自己，但是除了他以外，在所有直接或者间接了解到的小伙子中就数蒙方泰最理想了。今后不一定能再遇到这样的人了，过了这个村就没有这个店了。经过再三考虑后，她决定写信叫高志强请假回来办理结婚登记手续，赶在他提干之前把婚姻关系确定下来。如果他不肯回来，就名正言顺地和他分手。她刚拿出笔和信纸准备写，忽然想起高志强是一个纪律和原则都极强的人，是叫不回来的。上次自己总以为他至少会在家里等自己一天，过了一天不见自己才回部队的。谁知，他居然上午就准时赶回了部队，还说要和自己断绝一切关系。不行，绝对不能写信叫他回来，不要自讨没趣。她把钢笔和信纸放回抽屉里，刚放下后转念又想，如果不叫他回来，自己以后很有可能会两头落空。怎么办呢？张瑞珍再次陷入了重重的矛盾之中。又经过一番思想斗争和权衡后，她最终忍痛决定接受蒙方泰的追求，与高志强分手。她又把钢笔和信纸拿出来，含泪写道：

高志强同志：

你好！

今天经过反复考虑后，我决定和你分手。对不起，请原谅我痛苦地做出这一决定。

此致

敬礼！

张瑞珍

一九八三年十月十七日

她把信写好后就想拿去村委会邮寄，但是，这时心如刀绞，浑身乏力走不动，只好把信暂时放进抽屉里，等明天再去邮寄。

第十四章 "你去吧，这是天意！"

高志强的父亲已经70多岁了。他因为长时间患有哮喘等多种疾病，身体一年不如一年，今年的大部分时间都是躺在病床上度过的。他非常盼望高志强能够早日成亲。高志强这次回来因故没有实现他的愿望，他很遗憾。高志强回部队后，他的病情进一步恶化。哥哥们多次请本地的医生来家帮他诊治，效果都不理想。想送他去县人民医院治疗，但他坚决不同意。哥哥们没有办法，只好尊重他，天天轮流伺候他。到了10月中旬，他已经很难进食了，说话也十分吃力。病情一天比一天严重，眼看就要不行了。这时，他要求最后见高志强一面。哥哥们为了让他走得安心，于10月17日早上给高志强发了一封加急电报："父亲病危，速回。"

高志强是个受过嘉奖和立过功的老战士。在连队里威望很高，领导很赏识他。他接到加急电报后迅速去向分队领导和连队的指导员请假。指导员为了让他能赶回去见父亲最后一面，利用私人关系请人提前在隆林市帮忙买好了开往通州市的火车票，然后安排连队的吉普车专门送他到隆林市乘车赶回去。从通州市回到高志强家有两条路：一条是先坐船回到王都县城区，第二天再乘车回家；一条是坐夜班车到达离他家15公里的东明县县城，然后于当晚走夜路回家。他到达通州市后选择坐夜班车去东明县县城。半夜到达汽车站后周围的商店已经全部关门，他想买一支手电筒都没办法买。后来，他从街边找到一根可供探路和防身用的树枝后就连夜往家里赶，最后于天蒙蒙亮时回到了家。

这天轮到大哥服侍父亲，他看见高志强回到堂屋时，走到身边轻声说：

"父亲已经三天三夜不会说话，不能吃东西了，早已经不省人事了。家里已经购买了寿衣、棺材，预请了巫公巫婆，一切后事都已经准备好了。他因为挂念着你，还勉强留着一丝气。估计你去见他后，他就要走了。你等一等，我去叫齐各个兄弟来和你一起去为他老人家送终。"

父亲的病床在堂屋入门右边后面的墙角处，挨后墙的那头为床头，近门口的这头为床尾。床前的右边紧挨后墙处放着一张旧木桌，桌面放着一只水壶，一只饭碗，几包药片，饭碗里放着一个调羹。床的正前方放着一张长方形的大竹椅，这是供服侍人临时休息用的。父亲仰卧在床上，盖着一张薄被子，只露出头部。他双眼紧闭，颧骨高高，皮肤蜡黄，一动不动地躺在那里。高志强和五个哥哥一起来到他的床边，母亲也跟着过来了。

"爸爸！我是志强，我回来看您了。"高志强叫喊后，父亲一点反应也没有。大家看到这种情形顿时紧张起来，心里都在想："他是不是已经走了？"

"爸爸！我是志强，请您睁开眼看看我好吗？"高志强弯下腰，把嘴巴贴到父亲的耳边喊。这时他发现父亲的眼皮好像动了一下（因他弯下腰喊话时挡着父亲的眼睛，哥哥们都没有看见），于是，他直起腰，快步去拿水壶倒了一点开水到碗里，用调羹搅了几下，让开水快点降温，然后又弯下腰把嘴巴贴到父亲的耳边说："爸爸！您喝点水好吗？"这时，父亲慢慢睁开眼睛。大家见他醒过来了都非常高兴。高志强马上给他喂水，父亲慢慢喝了些水后，虽然还是很虚弱，但是居然能说话了。他吃力地说道："志——志——志强！你——你——你赶快去找张瑞珍去办——办——办理结婚登记手续。""不！爸爸！你的身体要紧，我现在不能离开你！"高志强哽咽地说。母亲见状赶快把高志强拉到一边，小声说：

"志强，你爸爸现在最放不下的就是你的婚事。你按照他的嘱咐马上去找张瑞珍去办结婚登记手续，要比在这里陪他强一百倍。你如果马上去，他可能还能挨一段时间；你要是不去，他可能很快就走了。"

大哥也过来说："去吧！爸爸既然已经醒过来了，有我们几个哥哥在，不要紧的，你赶快去满足他老人家的心愿吧！"

高志强于是快步走回床边对爸爸说："爸爸！您好好休息，我马上骑车去和张瑞珍办结婚登记手续！"爸爸听后脸上露出了一丝笑容。

高志强接过二哥给他推过来的单车后，不顾昨晚一晚都没有睡觉的疲劳，马上快速朝张瑞珍家骑去，半个多小时就赶到了。

　　张瑞珍今天像往常一样同妈妈和大哥一起在作坊里加工腐竹。高志强先是放好单车，然后朝他们走去。张瑞珍的大嫂正在作坊的不远处干活，看见高志强进入作坊时感到很奇怪，也朝作坊走过来。当高志强走进作坊时，张瑞珍、妈妈和大哥都不约而同地瞪大眼睛看他，都感到很突兀。张瑞珍马上放下手中的活，去抽一张小凳子来给他坐。他接过凳子后没有在原地坐下，而是把凳子拿到张瑞珍妈妈的旁边，坐下后迫不及待地对妈妈说：

　　"阿姨，我今天突然来这里是有原因的：我父亲已经三天三夜不会说话，不能吃东西，不省人事了……"他把后面的情况介绍完后先把脸转过来用祈盼的眼神看一眼张瑞珍，然后又转回去对着她妈妈说，"我想等一下就带张瑞珍去办结婚登记手续，把我们俩的夫妻关系确定下来。"

　　母亲原来是支持张瑞珍嫁给高志强的，但是，自从见了蒙方泰后，觉得蒙方泰和张瑞珍更加般配，收了蒙方泰的大红包后更加喜欢他了。她很希望张瑞珍能够嫁给蒙方泰，但是，因为张瑞珍昨天硬是不理蒙方泰，所以不好勉强。现在她不愿意表态同意张瑞珍和高志强去办结婚登记手续，可也不方便反对，想了想说："那么急呀？"

　　大哥认为妹妹的婚事除了她本人外，主要由父母做主，作为哥哥是不应该发表什么意见的，所以，现在他一声不吭，只低头干他的活。

　　大嫂是跟着高志强进来的，刚才高志强对妈妈说的话她都听到了。她一直都反对张瑞珍嫁给高志强，听了张瑞珍妈妈的话后接着对高志强说：

　　"你父亲今天一早的表现可能属于回光返照，不知现在情况如何了？如果他已经走了，我们瑞珍今天是不能和你去办结婚登记手续的。办结婚登记手续的事情不能操之过急……"

　　高志强发现他们个个都不同意张瑞珍现在就和自己去办结婚登记手续，很想马上走人，但是，怕回去后无法安慰父亲，只得又难受又焦急地坐在这里，看看张瑞珍本人有什么反应。

　　张瑞珍今天上午一直心事重重、闷闷不乐，看到高志强突然走进来后，她异常兴奋，但是，刚才看见家人的表现后又烦闷起来。她知道他们的心都倾向于蒙方泰，希望自己能够嫁给蒙方泰。她看见高志强又难受又焦急的样子很难过，想了想，快步走到高志强的跟前说："高志强！你在这里等一下。"

接着，便转身走出作坊。她今天原计划是等加工好腐竹后就拿那封信去村委会邮寄的。高志强来了，她即刻改变了计划。她从作坊走出去后首先回房间把那封信拿出来撕得粉碎，然后走进裁缝室坐到父亲的对面，先把刚才高志强对妈妈说的话向父亲复述了一遍，然后非常热切地请求道："爸爸！我想现在就和高志强去办理结婚登记手续，请你同意！"

父亲听了张瑞珍的话后，放下手中的活，点燃了一支烟。他自从看见蒙方泰后，和其他人一样都认为蒙方泰更适合做张瑞珍的丈夫。收了红包后，他对蒙方泰更加厚爱。在一般的情况下，他肯定是不同意张瑞珍嫁给高志强的，但是，听了张瑞珍介绍高志强父亲的行为后，认为张瑞珍嫁给高志强是天意，是老天安排的，天意不可违，所以，当抽完这支烟后，他决定把红包退还给蒙方泰，说道："你去吧！这是天意！"

10月中旬虽然已是深秋，但是，王都县的天气有时还像夏天般炎热。今天就是这样，气温超过30度，而且是晴天。张瑞珍得到父亲同意后，怀着无比兴奋的心情走回房间把最漂亮的衣服和鞋子拿出来穿好，把原来到村委会出的那张证明带上，然后走到作坊对妈妈、大哥和大嫂说："爸爸已经同意我和高志强去办理结婚登记手续了。"

高志强听说后立即起身跑去裁缝室向张瑞珍的爸爸道谢。大家见张瑞珍已经是这身打扮了，都不好意思再反对。妈妈说：

"既然你爸爸同意了，你就去吧！"

这时高志强已经从裁缝室走出来了，于是她欢欢喜喜地和高志强一起朝他家骑去。大嫂看着她远去的背影，无奈地叹息道："瑞珍真傻！"

高志强骑车去找张瑞珍后，几个哥哥一个去拿毛巾打热水来帮父亲擦脸，一个去煮稀饭，一个去杀鸡熬鸡汤，个个都忙不停。在大家的共同努力下，父亲慢慢吃了几调羹稀饭，喝了点鸡汤，精神比原来更加好，能比较顺利地说话了。大家都感到放心了，但是，过了一阵子后他的神志又有点不清醒了。四哥看见父亲这种状况后顿生忧虑，为了帮高志强争得时间，他马上到村委会帮高志强出了结婚登记证明，然后骑车到高志强回来时必经的十字路口等着。

高志强和张瑞珍出了村口后直往家里赶。他不知道父亲现在的病情如何，打算先带张瑞珍回家探望一下父亲。如果父亲病情已经稳定，没有危险，就到村委会出证明和张瑞珍去公社办理结婚登记手续；若是父亲真像大嫂所说的那样，已经有了什么不测，再另做打算。没想到当他把张瑞珍带回到十字路口时，四哥已经在这里等着他俩了。他俩看见四哥后马上下车，推着车子来到四哥面前。四哥看见他俩后很高兴，对高志强说：

"爸爸的身体比你出发去张瑞珍家时还要好，放心吧。你现在不用先回家，应该先和张瑞珍去公社办理结婚登记手续，办好后再回去。"

他边说边从裤兜里把证明拿出来交给高志强。高志强听后满心欢喜，把证明接过来放进裤兜后愉快地带张瑞珍朝雄山镇政府骑去。

上午9点多，他俩来到雄山镇政府大院。今天张瑞珍穿了一件蓝色的新短袖衬衫，一条灰白色的新裤子，一双银色的新凉鞋。这身打扮把她那张白里透红的脸蛋映得特别娇艳可爱，那优美的身姿也让人的视线无法挪移。这时，10多个从政府会议室开完会后走出来的干部看见她后，人人都目不转睛；篮球场上那几个从乡下来办事的小伙子看见她后，个个都呆若木鸡；五六个结队从街上买菜回来的老妇女看见她后，一律停步不前。当高志强把张瑞珍带进民政办公室时，他们又同时跟着进来；公社大院里其他的闲散人员见状后，也都一齐向民政办公室聚拢。民政办公室被围得水泄不通，有的没法挤进屋里的人就在窗外看。

过了一会儿后，一个40多岁的妇女忍不住感叹道：

"我活了几十年，还从来没有见过这么漂亮的姑娘。真是人见人爱，花见花开，公猪见了也会咂咂嘴。"

"是啊！人们都说刘三姐漂亮，她比刘三姐漂亮多了。"一个50岁左右的男子接着说。

其他围观的人也都不停地发出啧啧的赞美声。

高志强见那么多人夸张瑞珍漂亮，心里乐开了花，感到很自豪，很满足。张瑞珍觉得这些都是习以为常的事，这时没有什么明显的反应，深为自己昨天下午曾经写过那封不该写的信而内疚，全神贯注地回答工作人员的问话，盼望着能快一点拿到结婚证。

办完结婚登记手续后，高志强立即带张瑞珍回到父亲的病床边探望，见爸爸微微睁开眼睛后赶紧报喜道："爸爸！我和张瑞珍已经办了结婚登记手续了。"他一面说着一面把结婚证拿到爸爸的眼前，亮给爸爸看。爸爸处于半清醒半迷糊的状态，听后脸上露出了今年以来难得的笑容，原来蜡黄的脸上变得有了点血色。午饭前，高志强和张瑞珍又一起来到父亲的病床前，一个拿药一个去倒水喂父亲吃药。他们打算喂他吃了药后再喂他吃点饭，吃了药后，没想到父亲主动叫高志强打碗稀饭来给他吃。高志强把稀饭打来后，半调羹半调羹地慢慢喂他，张瑞珍站在旁边陪着。父亲吃后显得很精神，对高志强说："我——我——我的身体没有什么大碍了，你——你——你快去吃饭回部队吧！部——部——部队的工作很重要。"高志强见他的精神确实已经不错了，和张瑞珍去吃饭后就准备赶去乘坐班车回部队。出发前，夫妻俩又去向爸爸告辞。爸爸愉快地向他俩挥手，祝高志强一路顺利，叫张瑞珍多来家里玩。

张瑞珍送高志强来镇政府班车上落站后班车很快就来了。高志强上车前对她说："这次我没时间去探望你姐夫了。你送我上车后，先去将我们的情况告诉他，然后再回家好吗？"张瑞珍一面点头，一面说："好的。"高志强上车找位置坐好后，拉开车窗探出头来和张瑞珍挥手再见。张瑞珍挥手并目送班车开走了一大段路后，才依依不舍地骑车去姐夫家。

1983年12月初的一天，高志强根据家庭发展变化和自己的实际情况，写信约张瑞珍于1984年元旦到部队举行婚礼，张瑞珍回信表示同意。高志强便将自己的喜讯向连队的指导员汇报，指导员很高兴，叫他交20元钱到司务长处，然后为他俩举行了婚礼。连队所有的干部战士都参加了，婚礼举办得既简朴又热闹，很有意义。高志强和张瑞珍都非常满意、幸福。

第十五章　遗憾退伍回乡

　　载波分队的劳技师于1984年6月中旬转业了。高志强在这个月月底的一天上午被连队领导安排代理技师工作，履行技师职责。人们都知道，不管是代理技师，还是代理队长，一般代理一两个月就会获得正式任命。高志强非常高兴，心想，等到获得正式任命后，自己就是个干部了，就能达到在外面找一份工作的目的了，他当晚就写信把这一喜讯告诉了张瑞珍。

　　为了不辜负组织的期望，他废寝忘食地工作，不管做什么，都尽量做到极致。这年7月国家准备发射一颗重要的通信卫星，发射场与北京指挥中心之间的通信线路经过高志强所在载波分队的载波机。为了确保机器线路畅通，高志强除了白天全天在机房工作外，晚上也把被褥搬到机房，在机房里睡觉，一天24小时在机房值班，而其他人都是轮流值班。经过国家相关部门20多天的共同努力，卫星发射取得了圆满成功。载波分队的机器，由于高志强组织战士们预检和维护得好，线路自始至终都畅通无阻。事后，高志强又一次获得了广州军区通信总站的通令嘉奖。

　　8月中旬的一天，下午3点钟，高志强刚下班，连队的文书就来通知他到袁指导员办公室，说袁指导员找他谈话。

　　"袁指导员为什么找我谈话？是不是上级已经正式下文任命我为技师了？"高志强边想边快步来到袁指导员的办公室。袁指导员热情地请他在自己右边的短沙发上坐，然后去倒茶给他喝。高志强见状马上起身想自己去倒，袁指导员把他按住，不让他动。袁指导员把茶杯端给他后，又和他寒暄了一会儿，然后才转入正题，说：

　　"高志强同志，今天请你到这里来，主要是想告诉你一件事，连队党支部前段时间已经向上级党委建议任命你为载波分队的技师。"

　　高志强听到这里非常兴奋，仰起脸看着袁指导员，更加专心地听着，盼望快点听到他想听到的好消息。

　　"但是，上级党委没有采纳我们的意见。原因是军委已经下发了一个文件，规定今后不再直接从战士中提拔干部了。凡是战士都要经过读军事院校后才能获得提拔，今年一定要不折不扣地坚决贯彻执行这一文件规定。尤其是通信部队，技术性很强，不得有半点含糊。我们反复向上级首长汇报你的情况，说你是一个特别优秀的党员、战士和业务骨干，建议对你进行特殊提拔，但是，上级首长还是不同意。他们已经安排了一个刚从军事院校毕业的学员来我们载波分队当技师，这个新技师可能明天就到了。"

　　说到这里，指导员停了一下很遗憾地继续说道：

　　"报考军校的最大年龄是20岁，你已经超龄了，没有机会读军校了，没有机会读军校就意味着你在部队不会提干了。为此，连队的领导都为你感到遗憾，请你也想开点。"

　　树多枝，路多歧，好事多问题。听了指导员这番话后，高志强突然感到整个天都黑了，紧紧地咬住下唇不让内心的难过表现出来，待心情稍稍稳定些后说道：

　　"谢谢你和连队其他领导对我的关心，同时也请你们放心。我虽然不能提干了，但是，只要还在部队一天，我都会尽职尽责地把每一天的工作做好。"说完即告辞走出办公室。

　　连队营区里有一座山，形状有点像馒头，所以大家都叫它馒头山。这山海拔600多米，只有一条羊肠小道通向山顶，很难爬，所以，平时很少有人上去。高志强从袁指导员办公室出来后，心里憋得慌，径直向这座山跑去，并且一口气从山脚爬到了山顶。

　　出了一身汗，上到山顶后他心里觉得舒服了些。可是，由于根本问题没有得到解决，所以，过了一会儿后又觉得难受。于是，他在山顶上极目远眺，先朝东边看看，后转身朝南边看看，再朝西边看看，最后又往北边看看，想看到一些能让他高兴的东西，消除心中的不快，但是，不管朝哪个方向看，这时他所看到的东西全都变了样，连北边那条清澈的盘阳河也觉得比往日污浊了许多。光鲜养眼的东西一样也没有，都不能令他高兴，心里愈加难受。他在山顶徘徊了一会儿后又没精打采地走下山。心想，自己当年入伍的愿望是在履行好军人义务的同时能够像二哥那样成为一名干部。没想到是这种结果，早知如此，还不如不来当兵。我如果不来当兵，可能早已学完陈站长给的那些农业大学的课本，现在应该是公社农技站的正式职工了。如今不能提干，按照有关规定再过两个月左右就要退伍了。更令人遗憾的是，以前以为入伍后只要能去学习载波通信学，掌握了这门技术后，即使在部队里不能提干，退伍回去后也能到县邮电局工作，不用回乡种田的，可是，自从国家1977年年底恢复高考制度后，地方开办了不少邮电学校，每年都有大批精通载波通信技术的学生毕业。县邮电局连这些大中专毕业的学生都接收不完，不会招收我们这些退伍军人去工作的。自己退伍回乡后将重新变成一个普普通通的农民，连公社农技站的专职植保员都不是了，没有工资领了，兜了一个大圈子后又要再次回到方博村去种地。家乡的人会怎么看自己呢？我怎么向妻子和其他亲人以及陈旭东站长解释呢？人生的道路为什么这么坎坷？我的命运为什么这么糟糕？今后的日子还有什么意思？他越想越痛苦，越想越悲哀，越想越绝望！他是和新兵小陈同住一个房间的，当下到半山腰时，他知道自己此时心情不好，脸色难看。为了不让小陈发现，他不回房间休息，在山腰上到处乱逛。逛累了，就在大树下面睡觉，直到下午6点才勉强打起精神下山吃饭，夜间躺在床上辗转难眠。

第二天是星期天，为了解闷，他又去附近的铁山县图书馆借书看。以前他一般每次只借一本，看完并交还后再借第二本，这次他请求图书馆的管理员多借几本给他看。李阿姨见他脸色不好，知道他是想通过看书来解闷，便答应了他的要求，还特别推荐了两本励志书给他。

高志强这次一共借了5本书回来，今天下午轮到小陈进机房值班。他回到宿舍后，坐到自己的床上，挨着床头的墙壁看书。他把这5本书放在右边，一本一本地拿来浏览。当看到不喜欢的内容时不但不继续浏览下去，而且连书本也甩到一边；当看到喜欢的内容时，就多看几眼。突然，他从一本《名人名言集》里看到这样一句话："天生我材必有用。"这句话使他两眼发光，他想，既然"天生我材必有用"，那么，我也必然是个有用之人，因为我也是天生的"材"。此处不用我，必有用我处，不用怕，不要泄气。他边想边继续往下看，又发现一段话："逆境，对于强者是成功的阶梯，而对于弱者是失败的借口。"看到这里他把书本合上，在心里暗暗发誓："我一定要做个强者，不能成为弱者。我要把在部队里不能提干这件事情变为今后回到地方奋斗成功的阶梯，而不能成为今后碌碌无为的借口。我要尽快振作起来，不能让妻子和其他亲人以及陈站长失望。"

高志强依靠这些名言警句重新振作起精神后想，既然不能提拔为干部，按规定自己再过两个月左右就要退伍了。在这段时间里，应该在继续积极做好本职工作的同时为退伍回乡后的工作和生活做些打算了。家里只有一亩多的地，靠种那么一丁点地过日子是不会有什么出息的，还是应该到外面去找一份工作。怎么才能到外面去找一份工作呢？他心里一片空白。因为昨晚没有睡好，现在觉得很困，便躺下休息了。

一觉醒来后，他觉得精神好了许多。暂时不想再看书了，又没有什么其他急事要办理。为解闷，他去连队的阅览室翻看报纸杂志。《人民日报》《解放军报》和《战士报》是他特别喜欢看的三份报纸。他仔细地阅读了新到的《人民日报》和《解放军报》后又去拿《战士报》看。看了一会儿后发现在"军地两用人才"的栏目里有一条很有吸引力的消息：广东省去年一共有3000多名农村退伍军人通过参加文化考试，被一些工厂、学校和机关单位录用。看了这条消息后，高志强想，全国的政策基本是一样的。既然广东省的农村退伍军人有通过参加文化考试的途径能到外面找一份工作，我们安南省也应该会有。现在自己应该抓住退伍前这段时间，突击复习一下高中课本的知识，为日后参加文化考试做准备。

他马上回宿舍写信把自己不能提干的事和原因告诉了妻子，然后就开始制定复习功课的计划。

营区馒头山后有一个小山洞，山洞的不远处有一堵围墙把军营围住，老百姓进不来；连队的干部战士一般也很少到这个地方，很安静。山洞里面通风透气，阴凉自在，光线足，还有石头坐，是个看书的好地方。高志强每天下班后，如果没有其他特殊的事情要做，就拿他在入伍时从家里带来的高中课本到这里复习。他对文科特别感兴趣，所以，一般都是拿语文、数学、政治、历史和地理的课本来看。经过两个多月的突击复习，许多原来已经忘了的知识，现在又重新掌握了。

10月中旬的一天上午，连队在篮球场为今年退伍的老战士举行欢送退伍仪式，高志强和全连的干部战士都参加了。

这个仪式由连长主持，袁指导员讲话。他说：

"亲爱的退伍老战友们！你们好！今天我们怀着依依不舍的心情在这里举行仪式，欢送你们光荣退伍。前几年，你们以连队为家，勤勤恳恳，埋头苦干，出色地完成了本职工作，为保卫祖国和部队的现代化建设贡献了宝贵的青春年华。在这里，我代表连队留队的全体战友们向你们表示衷心的感谢和崇高的敬意！

"你们即将离开连队重新回到家乡去参加地方的现代化建设了，希望你们回去后要继续坚持和发扬部队艰苦奋斗的优良传统，艰苦奋斗是做好一切工作的前提和条件。请你们回去后不管是进机关、工厂工作，还是在家种养致富，都要坚持和发扬这一传统，努力把事情做到最好，成为各行各业的标兵，不断把喜讯传回连队，让我们共同分享你们成功的喜悦。

"亲爱的老战友们！友谊花不败，临别情依依！最后，祝你们在回乡的路上一路顺风，回到家后心想事成，万事如意！"

袁指导员讲话结束后，连队的领导集体来和这批退伍老战士们一一握手道别。袁指导员走来和高志强握手时，满怀期望地说：

"高志强同志！相信你回到地方后一定会有出息的，我们静候你的佳音。"

"谢谢袁指导员的鼓励，我会尽力的。"高志强说。

仪式结束后，高志强和其他退伍的老战士们一起在连队领导和留队战士的夹道欢送下，全部上了准备送他们去县城汽车站的汽车车厢。汽车缓缓地驶出了曾经让他们充满梦想并为之奋斗了几年的连队。高志强这时没有转过身去朝前面的大路看，而是继续往后看着离他越来越远的军营，默默地说："再见了，战友！再见了，机房！再见了，馒头山！"

第十六章 幻想成为一个职业作家

父亲是在高志强上次从家里回部队的当天晚上去世的。他弥留之际断断续续地对身边的哥哥们说："志——志——志强办理了结——结——结婚登记手续，我——我——我没有什么牵挂了。"说完便慢慢闭上了眼睛，走得很安详。当时高志强还在回部队的路上，什么也不知道。等办完后事后，四哥才写信把详细的情况告诉他。

"树大分杈，兄大分家。"父亲去世一段时间后，哥哥嫂嫂们见高志强已经和张瑞珍办了结婚登记手续，已经是个准成家的人了。为了进一步调动大家的工作积极性，经友好协商并征求了高志强的意见后分了家。其中，高志强分得了三间房：一间正房，两间耳房。考虑到日后要帮高志强带小孩，所以，哥哥们安排母亲跟着高志强和张瑞珍一起生活，把她的那份责任田安排给高志强和张瑞珍耕种。母亲在高志强没结婚之前先自己生活，所需的钱粮暂时由哥哥们提供。大家还留下1200元现金供高志强结婚用，其中600元为彩礼钱，600元是张瑞珍做衣服的钱。因为不知道高志强什么时候结婚，所以，大部分家具都没有买，也没有留下什么粮食给他。

张瑞珍在部队度过蜜月后，正式以家庭成员的身份回到方博村生活（高志强因为要在部队执行一项重要的工作任务，没空陪她回来）。她回到家时发现她的新娘房只有一张杉木床，一个木大柜，一张木桌子，一张长木凳，其他什么都没有。家里不但没有多少家具，而且连维持基本生活的粮食也没有。看到这种情形，她忍不住鼻子发酸。面对所碰到的困难，她没有和娘家的人说半句，也没有告诉高志强，更没有埋怨他。为了让高志强能安心在部队工作，她决心全力以赴把家里的事情做好。她之前收到那600元买衣服的钱时，只用了一小部分买了两套举行婚礼用，大部分的钱还留着。现在为了节省开支，她决定不再买新的衣服了。她把在娘家做姑娘时的衣服拿过来穿，把剩余的钱用来买饭桌、椅子、面盘、碗碟等生活用具；锄头、铁铲、木耙和箩筐等生产工具；还有粮食等，还买布回来亲手帮家婆缝制了两套新衣服，这样就把她做衣服的钱用得差不多了。高志强当的是义务兵，没有工资领，只有津贴费。津贴费也少得可怜，第一年每月是6元，第二年是7元，第三年是8元……所以，他也没有钱寄回来。耕种农作物是需要很多肥料的，因为没有那么多钱去买，张瑞珍不顾自己还是个新娘，就到处去捡牛粪、猪粪回来做氮肥用，刨草皮烧灰做钾肥用。

高志强退伍回到家后的当天下午就赶去墓地祭拜父亲。他想，父亲当时只差一步就要跨过奈何桥了，但是，还挣扎着回来帮自己成全婚事，使自己能够和心爱的张瑞珍结为夫妻，而在他真正去世后，自己不能在家尽孝，送他一程，十分悲伤，所以，退伍回到家的第一件事就是去向父亲表达哀思。他按当地的风俗习惯，先点燃一对蜡烛和九支香(每三支为一份)插到坟前，给父亲烧一叠纸钱，然后跪下叩三次头，无声哭泣。

跪拜后，他小声对父亲说：

"爸爸！我已经和张瑞珍结婚了。她很爱我，很孝敬我妈妈，勤俭持家。今后我一定要对她好，让她幸福。另外，我一定要孝敬母亲，让她的晚年生活过得愉快；我很感谢哥哥嫂嫂们对我的关心和帮助；一定要立志做人，做到退伍不退志，争取在事业上有所作为，不辜负您老人家对我的关心和期望。安息吧爸爸！以后每年清明节我都会来看望您的。"

母亲和哥哥嫂嫂们知道高志强去祭拜父亲后都很感动，认为父亲生前没有白疼他。

高志强祭拜了父亲后，就开始考虑如何开展好新的工作和生活问题。他在部队时经常和陈旭东站长通信，知道陈站长去年已经调到县农业技术推广中心站当站长了。因为他已经多年没有接触过农业知识和技术，以前所学的大都已经交还给老师了，所以，不好意思再去找陈站长要工作做了。他决定先集中精力把家庭安顿好，然后再想办法到外面去找一份工作。他发现在妻子的努力、母亲的协助和哥哥嫂嫂们的帮助下，家庭的工作和生活已经有了良好的开端，但是，硬件设施还很差：猪圈和厕所都没有；三间房屋的墙壁都是泥砖墙，没有粉刷；灶是不省柴不好用的老式灶。他觉得在这种环境下生活很不舒服，决定进行整改。他的退伍费有250元，妻子在高志强三哥的帮助下通过种植黄麻和生姜，也攒了300多元。他和妻子商量后决定把这500多元的一部分用来建一间低档次的砖瓦房，并在这房子的中间砌一条墙隔开：一边做猪圈用，另一边做厕所和粪池用。剩下的钱再去建一个新式的省柴灶和粉刷那三间房屋。

高志强和妻子以前都没有做过建筑工。现在由于生活所逼，除了砌墙、盖瓦、打灶等技术性较强的工作要请掌握一定建筑技术的大哥和五哥帮忙外，其余的事情都是他俩自己做。

在离家约两公里处有一大片荒地叫石头地，荒地下面有许多坚硬的青光石。这些青光石是农村打地基建造房屋的好材料，许多村民都去那里打石头回来建造房屋。拉了大块的石头回家后，留下了不少石窝在那里。石窝里有许多碎石，为了省钱，建猪圈和打灶用的碎石，高志强夫妻俩决定不去购买现成的，而是一起去石窝里捡回来用。一天上午，他俩各挑了一对箩筐，拿了一个筛子来到这些石窝边。先把碎石堆成堆，然后用筛子把碎石捧到石窝下面，利用石窝里的水把它们清洗干净并倒到箩筐里。当把四个箩筐都倒满后，他俩就一个挑一担走回家，每担都有120斤以上。张瑞珍健步如飞，当用某一个肩膀挑得太累时，一边走路一边把扁担转移到另一个肩膀。高志强很吃力地跟在张瑞珍的后面，经常都会落后好几米。每当用某一个肩膀挑得太累需要改用另一个肩膀时，他都要先停下来，然后咬紧牙关使劲才能把扁担转移到另一个肩膀上。挑了第一担回来后，他俩没有休息，又去挑第二担、第三担……这天他俩一共挑了1000多斤碎石回家。晚饭后高志强觉得肩膀疼痛，而且有些辛辣，把衬衣脱下叫妻子来看是怎么回事。妻子发现他整个肩膀都已红肿，有一处皮肤被扁担磨破了，正在浸出血水，很心疼，赶快去拿家里备用的药膏涂上。

"你明天不要挑石头了，"妻子说，"为了防止伤口进一步恶化，你只负责把碎石堆成堆、清洗干净就行了，我来把它们挑回来。"

"这哪行，这点苦都吃不了，假如我以后不能去外面找工作，怎么能在方博村生活下去？"

高志强没有采纳妻子的意见，第二天把一条大毛巾盖在肩膀上增加对受伤皮肤的保护后，照样和妻子一起一担一担地把捡的碎石挑回家，妻子既心疼又感动。

方博村的村边有一个小圩，这里有水泥卖，但是，要比三合圩的贵一些。为了少花钱，当备足碎石后的第二天早上，高志强和张瑞珍又一人骑一辆单车去三合圩购买水泥。付了钱后，他俩每人拉一包水泥回家。张瑞珍在前，高志强在后。这条路是泥巴路，坑坑洼洼的。因为昨晚下了一场大雨，现在路面到处都有烂泥，一洼一洼的积水，有些路段很滑。张瑞珍小心翼翼地骑过一段烂泥路后，突然想起高志强在部队里没有单车骑，更没有拉过什么重东西，车技生疏。自己平时在家经常拉稻谷、黄豆和腐竹等，骑过这段路时都差点摔跤。高志强肯定更不安全，于是，调转头大声说：

"志强！这段路很滑，小心！"

她的话音刚落，只见高志强的车头两边摆动不受控制，然后前轮快速向左边斜滑过去，高志强随即从左边摔了下来。他的左膝盖泡到一洼积水里，左手肘撑在烂泥上。右腿被单车和水泥压住，不能动弹。张瑞珍见状，马上下车把单车推到路边停好，然后走回来帮高志强把单车和水泥扶起来。高志强在她的帮助下，站起来把单车和水泥推到路边放好，接着，用路边水沟里的水把右边裤脚和左边手肘的泥巴清洗掉，又上车把水泥拉回家。

"你拉不惯东西，不要再去拉了，太危险了，在家休息休息，让我去多拉几回就行了。"回到家一起把水泥卸下来后，张瑞珍心疼地对高志强说。

"不要紧！下次把水泥拉到会打滑的路段时，我就下车把单车和水泥推过去就不会摔跤了。"高志强还是没有采纳妻子的意见，继续和她一起去拉水泥。

经过十多天的努力，高志强和妻子在大哥和五哥的帮助下建好了那间猪圈和厕所两用的瓦房，建好了一个新的省柴灶，粉刷了那三间房屋的墙壁。就这样，家里的硬件设施才算勉强过得去，在里面住才没有那么难受。接着，高志强便想通过参加文化考试的方式到外面找一份工作。遗憾的是，到处打听都没有这样的机会。

四哥在校读书时语文成绩很好，经常得到家访老师的称赞和表扬。受他的影响，高志强上学后，对学习语文特别感兴趣，非常用功，也学得特别好，小学一年级到高中毕业期终考试的成绩都是全班第一名，在作文方面的表现更突出。读初中时，他所写的文章就经常得到老师表扬。读高中期间，语文老师赞叹他的写作思路清晰，还特别在全班同学面前表扬他所写的散文《学校的早晨》和议论文《做又红又专的学生》等文章写得好，他这一特长后来由于各种原因没有得到发挥。退伍回来安顿好家庭后，他因为没有通过参加文化考试到外面找工作的机会，整天和妻子像一般的农村夫妇那样生活，日出而作，日落而息，收入微薄。刚开始感到很郁闷，但是，由于有妻子的陪伴和关心，过了一段时间后，他觉得在农村生活也很有意思。有一天他突然产生了写作灵感，把一件有趣的事情记录了下来。后来又抽空记录了几件，慢慢记上了瘾，每天不记就觉得空虚。于是，他用许多张大白纸钉成一个厚厚的本子，用黄色的牛皮纸做本子的封面和底面，还在封面写上了"战地"两字，意思是这个本子是他在闲暇时进行战斗的阵地。不到一个月，他就在上面记录了几十篇随笔。有一天妻子感到好奇拿来看，当看到《捡碎石》那篇后赞叹他写得生动有趣，令人感动。后来他俩每晚都抽出一些时间来一起读高志强所写的那些随笔，把这当作一种享受。在持续一段时间后的一天晚上，高志强忽然产生了一种想法：今后就在方博村奋斗，白天种田晚上写作，力争通过十年左右的时间，使自己成为一个职业作家。只要能成为职业作家，就能成为国家干部。以后不但有稿费，而且有工资领，还可以把农业户口转为非农业户口，变成一个有米簿拿有铁饭碗捧的人。他把自己的想法告诉妻子并征求她的意见，妻子高兴地说："好，我支持你！"

第十七章　差点做不成乡镇武装部招聘干部

一天晚上，高志强和家人刚吃了晚饭，二哥就走进来了。高志强请他在入门左边挨着墙壁的那张竹椅上坐下，张瑞珍起身收拾碗筷。

二哥坐下后先向母亲问好，然后对高志强说：

"志强，我今晚回来是想告诉你一个好消息。"

"什么好消息？"高志强热切地问。

"是这样，我们县决定在近期招收一批乡镇招聘干部，主要是共青团、妇联和武装部这三个部门要人。招聘干部的待遇是第一年每月工资36元，第二年41元，第三年46元……每年每月增加5元。政府每年对招聘干部考核一次，合格的，下一年继续聘用；不合格的，下一年就解聘。招收聘用制干部的程序是笔试、体检、考核、录用。首先是进行笔试，然后根据笔试的成绩从高到低选人参加体检和考核。如果体检和考核都没问题，县有关部门就下文录用为乡镇招聘干部。报考乡镇招聘干部的主要条件是政治思想品质好，身体健康，具有高中毕业以上学历，年龄在28周岁以下，身高1.6米以上。笔试的内容共有语文、数学和政治三门。"

二哥介绍完有关情况后，建议高志强去报名参加武装部这个部门的考试，争取成为一名乡镇武装部的招聘干部。高志强听后觉得招聘干部没有转为正式国家干部的机会，每年考核不合格后还会被解聘，待遇又低，还没有在家白天种田晚上写作有前途。说道：

"不好意思，我对乡镇招聘干部不感兴趣，不想去报考。"

二哥听后很遗憾，想了想，进一步动员道：

"志强，我建议你还是应该去报考武装部的招聘干部，这招聘干部是有前途的，是值得报考的。招干简章上虽然没有说招聘干部以后可以转为正式的国家干部，但是，据我判断，这些招聘干部只要做得好，绝对不会被解聘，今后还能转为正式的国家干部，因为现在乡镇很多正式国家干部的年纪都偏大了，快退休了。他们退休后就要有人补上，用什么人补上？必然是招聘干部。"

高志强家六兄弟和家人都集中在上下两栋房屋里居住。只要说话大声一点，大家都能听得到。这时住在高志强隔壁的四哥听到二哥的声音后也走过来，在饭桌边的一张椅子上坐下后对高志强说：

"志强，我认为二哥分析得很有道理。这些招聘干部只要不犯什么原则性的错误，以后肯定不会被解聘，迟早都能转为正式国家干部的。如果表现得优秀，还会被提拔为领导。你还年轻，应该抓住这个机会去弥补你在部队时的缺憾。首先争取成为一名招聘干部，然后争取转为一名正式的国家干部，最后争取成为一名领导干部。"

当知道以后有转为正式国家干部和有提拔为领导干部的可能时，高志强马上对报考乡镇招聘干部产生了浓厚的兴趣，认为这就是一次通过参加文化考试来找工作的好机会。他下决心要利用这个机会去实现在部队时一直想实现而最终都未能实现的理想，决定明天一早就去报名参加考试，万一考不上再回来继续向职业作家的目标奋斗。

到雄山镇政府报了名后，高志强白天和妻子一起秋收，晚上又把高中的那几大本语文、数学和政治课本拿出来复习。每晚都复习到深夜，把在部队复习时还没有掌握的知识进一步掌握起来。

经过一段时间的紧张复习后，高志强按照雄山镇政府的通知到王都县城区中心小学参加考试。考试成绩在退伍军人中名列第三，全县要从退伍军人中录用32名乡镇武装部招聘干部，他还得参加体检和考核。体检和考核都没有任何问题，所以，他认为自己一定是考上了，于是非常高兴。可是，当县武装部下发录干通知书时却没有他的份。县汽车站到雄山镇的班车已经加开了两个班次，他知道后非常不服，第二天一早就穿上退伍军装去雄山镇政府班车上落站乘车去县武装部查问原因。

到达大门口时，被两个一高一矮的门卫拦住。

"你找谁？"那个高个子问。

"我想进去找政工科的李科长！"

"你叫什么名字？是哪里人？找李科长干什么？"那个矮个子连珠炮式地提问。

"我叫高志强，是雄山镇人，想请问李科长我这次笔试成绩考了第三名，体检和考核又没有什么问题，为什么没有被录用为乡镇武装部的招聘干部。"高志强回答。

"李科长现在没空。"高个子说。

"那我就在这里等他有空时再进去找他。"

"他今天一天都没空！"高个子有点不耐烦地说。

"他今天没空，我就在这里等到明天；他明天没空，我就在这里等到后天；他10天没空，我就在这里等10天，反正找不到他我是不会回去的。"高志强固执地回答。

这时那个矮个子给高个子使了一个眼色，然后往里走。过了10多分钟后走出来对高志强说：

"李科长刚开完会回了办公室，同意你进去见他一下。你不要耽误他太多时间。"接着，就带高志强来到李科长办公室门口，然后叫高志强自己进去，他回去值班。

"报告！"高志强站在门口说。

"请进！"

李科长正在看一份资料，见高志强进来后先请他在对面的办公椅上坐下，然后把资料放到一边，问：

"你就是高志强？"

"是的。"

"你找我有什么事？"

"我想请问一下，根据公布，我这次参加乡镇武装部招聘干部笔试的成绩在全县是第三名，体检和考核又没有任何问题。全县要招收32名乡镇武装部招聘干部，我为什么没得录用？"

李科长听后沉着脸，思考了一下，看着高志强耐心地解释道：

"原因是这样，乡镇武装部的一项重要工作是组织民兵开展军事训练。从步兵兵种回来的退伍军人对这项工作很熟悉，肯定能胜任这项工作。你是搞载波通信回来的，我们担心你不懂开展民兵军事训练的业务知识，履行不了武装部干部的职责。我们不但要按照招干简章的有关规定要人，而且更要根据我们武装部实际工作的需要要人。"

当李科长说到这里时，高志强忍不住申辩道：

"我认为这不应该成为不录用我的理由。因为首先，招干简章里并没有注明搞载波通信回来的退伍军人不能录用为乡镇武装部的招聘干部；其次，我军事训练的业务知识并不差。在部队参加新兵连训练时，我在队列、打靶、投弹、捆绑炸药包等各个课目都获得了优秀的成绩，经常被教官叫出来做示范动作给其他的战士看。下到连队后，我每年都参加一次打靶等课目的训练，成绩也很好。我认为我的军事知识和技术都是比较过硬的。你如果不信，可以组织考试。"

没等高志强说完，李科长又接着解释说：

"另外，武装部的干部都要求长得高大威猛一点。这样才有利于树立威信，有利于把工作做好，特别是有利于带领民兵把军事训练搞好。根据体检表看，你的身高只有一米六多一点。"

高志强听后更加不服气，急得满脸通红，迫不及待地打断李科长的话说道：

"这个我认为更不应该成为不录用我的理由。因为第一，招干简章上白纸黑字写着身高一米六就合格，我的身高已经超过了一米六，理所当然是合格的；第二，一个人的威信不是由他身高来决定的，许多矮的人不但有威信而且成了伟人。比如邓小平，他可能还不到1米6，但他是中央军委主席，在全军、全国人民中享有崇高的威信；法兰西第一帝国皇帝拿破仑也长得较矮，可他却是近代史上世界著名的军事家和政治家。在对待个子高低的问题上，他有一句名言：'如果你因为我个子矮而取笑我的话，那么我就砍下你的头，来取消这个差距。'"他边说边用手比画着，还想继续举春秋末期齐国的晏婴和苏联的列宁等矮个子伟人来进行证明。

李科长听到这里脸上露出了笑容，摆摆手示意他不要再说了，说道：

"你先回去吧，你的问题我负责向领导汇报，请领导再讨论一下。"

高志强随即起身告辞，李科长把他送到门口。李科长送走高志强后马上到武装部曾政委办公室汇报高志强的情况。他在曾政委面前对高志强赞赏有加，把高志强在新兵连参加军训时的表现介绍后，特别强调说："高志强虽然长得矮一点，但是按照招干简章的规定是合格的，而且他很有胆识和口才，知识面广，有冲劲。如果我们录用他的话，他肯定称职，而且将来很有可能会成为一名领导。"

曾政委听了汇报后问："你们对那个安排代替高志强的刘延锡发放了录干通知书没有？"

"还没有，昨天我科的人分别到东区和南区的17个乡镇发放录干通知书。今天司机家里有急事请假回去办理，计划到明天再回来送人去西区和北区的15个乡镇发放。刘延锡是安排到北区圣垌乡武装部工作的，所以现在还没有发放他的录干通知书。"

曾政委听后分别打电话同华部长和其他有关领导交换了一下意见，然后郑重其事地对李科长说：

"差点漏了一个人才，你马上重新组织发文，把刘延锡拉下来，录用高志强为乡镇武装部的招聘干部。他虽然是东区雄山镇人，但是离西区的洞明镇比较近，把他安排到洞明镇这个大镇武装部工作。"

高志强从县武装部李科长办公室出来后，立即去车站搭班车回雄山镇政府班车上落站，然后步行回家。第二天下午他就收到了录干通知书，他拿到这失而复得的通知书后特别兴奋，知道家里还有些钱，决定今晚请五个哥哥到家里喝一杯，分享快乐。他把自己的决定告诉妻子，并请妻子准备晚饭。

妻子马上到村边那个小圩买菜。回来后做了一盘鱼，一盘猪脚，一碟白斩鸡，一碟大蒜炒猪肚，一碟甜酸排骨，一碟炒花生米，一碟辣椒蒜米炒空心菜，一锅白花菜滚鸡杂汤。

晚饭开始后，高志强首先举起酒杯说："感谢妈妈和哥哥们的栽培，干杯！"接着又高兴地分别敬妈妈、哥哥和妻子各一杯。5个哥哥也都分别回敬他一杯，祝贺他考上乡镇武装部招聘干部，鼓励他到任后努力工作，争取早日成为正式的国家干部，为家族争光，这场面既温馨又热闹。

母亲不喝酒，但是，今晚一方面因为高志强考上了乡镇武装部招聘干部，另一方面因为6个儿子全部围坐在身边吃饭，感到很幸福，脸上一直洋溢着笑容。

　　这次是高志强退伍回来后第一次请哥哥来家里吃饭，以前他们从来没吃过张瑞珍做的饭菜。今晚五个哥哥吃后都夸张瑞珍的手艺好，每个菜都做得很合胃口，汤也不错。张瑞珍也不喝酒，但是，见大家对自己做的饭菜很喜欢，吃得津津有味，越吃越精神，她也很开心。

　　兄弟如手足，六兄弟在一起喝酒聊天，总觉得有说不完的话，聊什么都投机，其乐融融。晚饭一直持续到9点多才在"祝志强到任后工作顺利，早日转正"的祝贺声和碰杯声中结束。

第十八章　"滚开！"

12月中旬的一天早上，高志强用单车拉着妻子为他收拾好的行李，带着录干通知书到离家30多公里的洞明镇武装部报到。同一天来洞明镇政府报到的还有两个人：一个是安排到镇团委工作的黄洪光，一个是妇联的陆春妮。他们两个都是应届高中毕业生，比高志强小六七岁。报到后，镇政府的领导马上给他们每人安排一个房间，配一张床、一张办公桌和一把办公椅。高志强见房间和办公设备都比自己在部队的好，很满意、很开心。

因为离家较远，无法早去晚回，高志强晚上基本都是在镇政府住。一些老同志对他很好，晚饭后经常邀请他参加各种文体活动。

一天晚上7点多，宣传委员张广全邀请3个招聘干部和2个老同志在政府大院的一个葡萄架下围坐在一张石台周围打"拖拉机"（一种扑克牌游戏）。打了几盘后，他因家里有急事被妻子叫了回去。这时，武装部的胡崇帮部长刚好从旁边走过，大家就邀请他接替张广全打。大家一直打到10点多，打得很激烈，最后是胡部长所在的队输了。他很不服气，结束时对大家说："明天下午我叫人帮忙炒几个菜，大家先到我家里喝一杯，然后来这里继续打。""好！"其他四人异口同声地回答道。高志强想了想，有点难为情地说："胡部长！酒我就不去喝了，等你们喝完酒后我再来和你们打牌吧！"

胡部长听后觉得很扫兴，瞬间怒气满面，大声嚷道："你既然不去喝酒，就不要来打牌。"大家见他发脾气了，就不欢而散了。

近年来，洞明镇政府大院的喝酒风很盛。今天我请一帮人到我家里（家不在大院里的就请到房间）喝酒，明天他请一帮人到他家里或者房间喝酒，高兴时还划拳，名曰"以酒交友"。谁请的人多，谁就有面子，有威信，就能得到大家的尊重。胡崇帮部长只有小学文化，平时不喜欢看书看报，最喜欢"以酒交友",多次请人到他家里喝酒划拳。他以此为荣,曾经在一些干部职工面前炫耀说:"在政府大院里,我请到家喝酒的人最多。"他不但喜欢请人到家里喝酒,而且也很希望别人请他去喝酒。不管谁请,他都会准时到位,乐此不疲。"对酒当歌,人生几何。"他认为人生就是应该这样相互邀请喝酒行乐才热闹,才有意义。在他看来,高志强来报到上班后一个星期内就应该请他喝酒了,但是,已经两个多月了还没有请他喝过酒,反而是黄洪光和陆春妮分别请他喝过两次。他认为高志强不懂规矩,不懂人情世故,缺乏活力,没有培养前途,早已对高志强产生了不满的情绪。现在他作为部长亲自请高志强和其他同志一起到家里喝酒,高志强都不愿参加,不给面子,他非常恼火,忍不住把不满情绪发泄出来。大家都走后,他还怒气未消,过了一会儿后才满怀怨恨地走回家。

第二天下午下班后,高志强有事从政府大门走出去,而此时胡部长提一个袋子从外面走进政府大门。他们不期而遇,高志强一下找不到合适的话打招呼,看着他所提的袋子问道:

"胡部长买的什么东西呀?"

胡部长听到高志强的话后很不高兴,好像得罪了他似的,先是黑着脸几秒钟不吭声,然后大声呵斥道:

"我买什么东西关你鸟事,滚开!"

高志强听后自尊心受到了极大伤害,很憋屈,但是他不敢做出任何维护自己尊严的反应,急匆匆地走开了。

老人言:"做人容易处世难。"高志强被胡部长呵斥的当晚,躺在床上思前想后,翻来覆去睡不着。他想,看来自己不得不入乡随俗,也做一个"以酒交友"的人了,否则,自己在这里将不受那些"以酒交友"的人的欢迎,尤其是不受顶头上司胡部长的欢迎,明年有被评定为不合格进而被解聘的可能。但是,他转而又想,做一个"以酒交友"人是要有经济条件的。请人喝一次酒要买菜买酒买烟,少则要十几元,花掉自己半个月的工资;多则要几十元,花掉自己一个月的工资。自己不像黄洪光和陆春妮,他俩都没有成家,每月的36元全部可供自己使用,甚至不够时还可以回家向父母要一些,所以,他们可以大大方方地去做"以酒交友"的人。而自己不同,自己的退伍费已经全部用来搞家庭的基础设施建设了。现在每个月的36元工资，要供自己吃饭和杂用，还要拿一些给家里，十分拮据。政府食堂每天只供应中餐和晚餐，早餐自理。为了节省开支，自己经常不吃早餐，只吃两餐饭，而且，一般中午加了3毛钱肉菜后，晚上就不敢加了，只吃一碗青菜饭。有时为了晚上加一点肉吃，中午也只吃一碗青菜饭。在这样的情况下，怎么能有钱去请人喝酒呢？自己没钱请人喝酒又怎么好意思去喝别人的酒呢？真没想到政府大院的风气是这个样子，自己很不适合在这里生活，干脆辞职算了。辞职回去白天种田晚上写作，争取成为一个职业作家。这样做虽然很辛苦，但是心里踏实，活得有尊严，不用受气。不过，高志强刚才是朝左边睡的，现在翻过来朝右边睡后想，辞职回去也有弊端。首先，自己以前为此做的一切努力都白费了，实在可惜。妻子、母亲和哥哥们都会埋怨自己。其次，如果回去后所写的作品老是不能发表，是坚持不下去的，尤其是有了孩子之后，怎么办呢？当他翻身仰卧后突然想起退伍那天袁指导员说的"相信你回到地方后一定会有出息的……"那番话。心想，袁指导员是做人事工作的，在处世方面有着丰富的经验，应该向他请教一下。另外，自己已经退伍回来了几个月，也该向他汇报一下回来后的工作和生活的情况了。于是，他马上起床给指导员写信，把自己考上乡镇武装部招聘干部的情况和目前在人际关系上所碰到的问题向他汇报。最后向指导员请教两个问题：自己今后应不应该入乡随俗，也做一个"以酒交友"的人？在这样不利的情况下，应不应该主动辞职回去另谋出路？（他不好意思把自己想回去白天种田晚上写作，争取成为职业作家的打算说出来）。把信写好后，他才上床休息，第二天一早就拿去邮电所邮寄了。

"高志强你有一封信，"10多天后的一天晚上8点多，高志强正在房间里看一份《民兵工作》的刊物，办公室的小林拿了一封信进来说，"这封信是今天上午寄到的，你一早就下乡，天黑才回来，所以，没办法及时送给你。另外，这封信是部队寄来的，我担心部队有什么重要的事情需要你处理，所以现在赶紧给你送来，你看信吧。"

高志强知道这封信是袁指导员寄来的，送走小林后马上撕开信封把信取出来看，只见上面写道：

高志强战友：

你好！你的来信已收阅，我首先代表全连留队的干部战士对你考上了乡镇武装部招聘干部表示热烈祝贺！你已经有出息了，相信今后还会有更大的出息。

关于你在信中提到你今后要不要入乡随俗，也做一个"以酒交友"的人的问题，我认为你一定不要做，因为党政机关干部职工热衷于"以酒交友"的做法纯属是一种不正之风，很低级，很有害。这是国家实行改革开放后一些地方党政机关所出现的一种坏风气。随着改革开放的不断深入，党中央国务院肯定会采取措施消除这种坏风气的，所以，我建议你千万不要随波逐流，也去做一个"以酒交友"的人。我建议你秉持本色，继续像在连队时那样以工作为重，艰苦奋斗，努力干出好成绩来。对于你来说，与其痛苦地去做一个"以酒交友"的人，还不如努力去做一个取得"超人成绩"的人更有意义。还有，我认为做乡镇招聘干部是你从政的起点，是很适合你的，也是很有前途的，所以，请你千万不要辞职，要迎难而上努力做出点成绩来。要坚信，只要你在工作上能够取得成绩，最后肯定会得到政府大部分领导和干部的认可的，不但不会被解聘，而且，有机会时还会得到提拔，不要怕。

祝你成功！

战友：袁振东

一九八五年三月十日

高志强看了袁指导员的信后茅塞顿开，很受鼓舞，随即从抽屉里拿出日记本满怀激情地写道：

三月十八日

我今后绝不辞职，绝不做"以酒交友"的人，一定要发奋去做一个在工作中取得"卓越成绩"的人……

第十九章　在争议中获得提拔

洞明镇党委的老统战委员张培林因为身体不好，于几个月前向县委组织部申请病退，已经获批退休一段时间了。这个职位一直空着，应该向县委组织部推荐谁去接任他的职务呢？一天晚上，镇党委彭万秋书记把政府这帮干部进行比较后觉得要么推荐高志强，要么推荐周逢先。

他认为高志强的综合素质好，能讲能写能做，而且责任心强。自从到洞明镇武装部工作后，他不管是做部门工作，还是做镇党委政府的中心工作，样样都做得很出色。尤其是在他所联系的中良村，由于是山区村，树木多，以前几乎年年都有火灾事故发生。自从他去联系和指导这个村的工作后，因为平时加强宣传，并且组织干部群众加强防范，两年多来都没有发生过火灾。今年春，中良村被县委县政府评为"森林防火工作先进单位"。他本人不但被县委、县政府评为"森林防火工作先进个人"，而且还被田贵市评为"森林防火工作先进个人"。他很有当领导的潜质，但是，他只是一个刚刚工作了两年多的招聘干部。如果推荐他去，恐怕一些老同志会不服。周逢先是镇政府的司法助理，是正式的国家干部，比高志强年长几岁。他社交广，人缘比较好，但是他的综合素质和工作责任心都比不上高志强，在工作上从来没有取得过什么突出的成绩。假如推荐他，容易得到那些习惯于论资排辈的老同志们的拥护，但是，相对而言又对工作和培养人才不利。这两个人各有各的优势，也各有各的不足。他决定明天上午组织召开镇党委委员会议把这两个候选人提出来，充分听取大家的意见后再决定。

第二天上午8点半，彭书记坐在镇党委会议室的主席位上，看见各个委员都到齐后说：

"同志们！我们镇党委原统战委员张培林同志因为身体不好申请病退，已经获批一段时间了。根据组织的规定，空缺的党委委员要尽快补上。今天召集大家来开这个会，议题只有一个，就是讨论和推荐我们镇党委新统战委员的人选问题。根据平时观察以及综合考虑各方面因素，我觉得高志强和周逢先两个同志都适合担任这个职务，但是，因为只有一个职位，他们两人中只能选一个。到底选谁更好一些，请大家都发表一下自己的意见。还有，除了这两个同志外，大家如果认为还有谁比他俩更适合的，也可以提出来。"

彭书记的话音刚落，坐在南面中间位置的组织委员黄东林就接着发言：

"各位领导，大家上午好！我在镇党委是负责组织人事工作的，对干部负有具体管理和教育的责任，对各个干部的情况都比较了解。纵观政府这帮干部，我认为把高志强和周逢先两位同志列为统战委员的候选人非常恰当。这两个同志不管提拔哪一个都可以，都不违反组织原则和政策规定。不过，如果从工作和培养人才的角度考虑，我觉得把高志强同志提拔起来会更好一些，因为从道德品质上看，他品行端正，从来没有发现他做过什么违法乱纪的事，有上进心；从工作上看，他各方面都不错。在部门工作中，听说他今年在组织民兵军训中，负责指导民兵练习射击。民兵们在他的指导下，实弹射击取得了近十年来的最好成绩，得到了县武装部华部长等领导的好评。他每月为镇武装部在洞明圩益民街出版一期墙报，墙报图文并茂，很有教育意义，吸引了许多来赶集的群众观看。他还经常为县武装部的《民兵工作》刊物撰写稿件，大多都得到了采用。其中那篇《洞明镇500民兵突击抢修东干水渠》的文章不但在《民兵工作》上发表，而且县广播站也用了，他是县武装部系统有名的笔杆子，得到过曾政委等领导的称赞。在中心工作中，他联系的中良村样样都不错。其中，春耕工作、夏粮入库等工作都排在全镇的前列。在森林防火方面，成绩更加显著。今年春，中良村被县委、县政府评为'森林防火先进单位'。他本人不但被县委县政府评为'森林防火工作先进个人'，而且还被田贵市评为'森林防火工作先进个人'。他平时经常抽空练习书法，为镇武装部写的宣传标语和抄写的墙报越来越漂亮。他今年才28岁，综合素质就这么好，很有培养前途，我们应该积极当好他的伯乐。"

"我反对！"坐在北面末位的胡部长（他也兼镇党委委员）听了组织委员的发言后怒气冲冲地站起来大声说道，"高志强是我手下的人，我非常清楚。他除了在工作上死做烂做外，人际关系不行，人情世故不懂，缺乏当领导的活力，而且是个刚到洞明镇武装部工作两年多的招聘干部。说得难听一点，他还是一只'半夜尿桶'——临时拿来用的。如果这样的人都能得到提拔，而属于正式国家干部的周逢先却得不到提拔，将会严重挫伤老同志的工作积极性，所以，我认为不应该推荐高志强而应该推荐周逢先！"

"我也认为应该推选周逢先。"坐在胡部长右边的纪检委员林铎福接着胡部长的话说。

"我认为胡部长的意见是有道理的。"当林铎福表态后，坐在彭书记左边第一位分管政工人事工作的卢玉田副书记也发表了自己的看法。

在干部的使用方面，卢玉田是洞明镇党委的第三号人物，除了书记镇长后就是他，所以，他的话很有分量。黄东林组织委员听后心里很不舒服，担心高志强不能被推荐为统战委员的候选人，脸上露出了着急的神态。胡部长和林铎福则显得很高兴。其中，胡部长跷起二郎腿，拿出一根香烟抽，认为有卢玉田副书记撑腰，周逢先成为统战委员应该是板上钉钉的事了。

"我们是为了工作而在一起的。"就在局势完全有利于推荐周逢先的时候，坐在彭书记右边第一位的镇党委第一副书记兼镇长陆祺明说，"我认为提拔谁和不提拔谁，应该根据工作的需要去决定。既然上级对提拔招聘干部做镇党委的委员没有什么限制，根据我们镇的实际，我同意组织委员的意见，推荐高志强同志为我们镇党委统战委员，让县委组织部把他提拔起来。另外，因为相比之下，我们镇统战委员的工作量没有其他委员的大，高志强的工作能力又那么强，所以，我建议把他提拔起来后安排他在做好本职工作的同时，协助刘日林副书记分管好镇计划生育的工作。现在刘日林副书记既分管政法工作，又分管计生工作。这两项工作的工作量都很大，很辛苦。高志强协助他分管计划生育工作后，可以减轻他的压力，这样对我们组织做好全镇的工作都很有利。"

"我完全赞成陆镇长的意见。"紧挨在陆镇长右边的刘日林副书记听陆镇长说要把高志强提拔起来后，由他协助自己分管计划生育工作时非常高兴地说。

"我也同意推荐高志强同志。"坐在南面末位原来一直沉默不语的宣传委员张广全见镇长和刘日林副书记表态后，也接着发表了自己的意见。

彭书记见拍板的时机已经到了，说道：

"我本人也同意推荐高志强同志。这样吧，在八个党委委员中已经有五个表态同意推荐高志强了。根据少数服从多数的原则，会议决定高志强同志为我们镇党委新统战委员，请组织委员代表镇党委打报告向县委组织部提出申请，把高志强同志任命为洞明镇党委统战委员，散会！"

因为高志强是全县第一个得到镇党委打报告要求提拔为副科级领导的招聘干部，所以，县委组织部对这件事特别重视。当收到报告后，组织部的领导首先去征求县武装部有关领导的意见，得到同意后才派人到洞明镇党委政府进行考核。考核组的人员除了按常规向镇党委政府的干部职工发放《民意测评表》和进行"个人谈话"了解情况外，还下到高志强平时所联系的中良村去向村干部们了解情况。

8月底的一天上午，彭书记组织镇党委政府的全体干部职工到政府大会议室开会。他说：

"同志们！我们王都县已经有一个多月没有下过雨了，严重影响着晚稻的生长。今天会议的主要内容是传达前天县委县政府组织召开的关于做好当前晚稻抗旱工作的会议精神。"说到这里，他用右手拿起会前办公室陈主任放到他座位前面的一份文件说，"在传达会议精神前，先给大家宣读一份县委组织部的文件：

'中国共产党王都县委员会组织部文件，王组干〔87〕12号。《关于高志强同志任职的通知》。经研究决定：任命高志强同志为中共洞明镇委员会统战委员。——中共王都县委组织部。一九八七年八月二十五日。'"

高志强在县委组织部的人下来对他进行考核时，非常担心他过不了考核，因为他没去做"以酒交友"的人。现在听彭书记宣读了文件后异常兴奋，暗暗感谢袁振东老指导员两年前来信对他进行的指导和鼓励。

第二十章 落 选

高志强担任统战委员后，很快就被镇党委安排去协助刘日林副书记分管计生工作了。从此，他再也不用在武装部看胡部长的脸色办事了。每天只要把工作做好就行，没有其他什么额外的心理负担了。另外，他每月的工资从以前的46元一下子就提到了76元，大大减轻了自己和家里的压力，日子过得很开心。转眼间这届镇党委的任期就满了，要进行换届了。

6月中旬的一天下午，县委常委、县委组织部的宋部长到洞明镇政府大会议室组织召开镇党委政府全体干部职工会议。说：

"同志们！我们县各乡镇党委、人大和政府本届的任期很快就要结束了。为了做好换届工作，前段时间县委派出考核组到各个乡镇和县直有关单位从德、能、勤、绩四个方面进行了全面的考核，挑选新一届乡镇三家班子的领导成员。现在已经全部考核挑选好了，下面我宣读一份县委关于人事任免的文件……任命彭万秋同志为县农业局党组书记并提名为局长，任命陆祺明同志为长乐镇党委书记，任命黄东林同志为山背镇党委副书记，任命为李方成同志为洞明镇党委书记，任命张明焕同志为洞明党委副书记并提名其为洞明镇第三届镇政府的镇长候选人，提名杨明路、陈家深、高志强和周逢先等四人为洞明镇第三届镇政府副镇长候选人（其中差额一人）……"

王都县各乡镇的干部职工都知道，县委在下发关于提名各乡镇政府副乡镇长候选人的文件时，都有一个不成文的规定，排名在前面的候选人，是县委希望当选的候选人（民间称为"正式候选人"）；排名在最后的候选人，是县委不希望当选的候选人（民间称为"差额候选人"），这是县委根据考核组的考核结果确定的。高志强知道自己在四个副镇长的候选人中排在第三位时非常高兴。心想，自己是"正式候选人"。代表们在政治上是和县委保持高度一致的，所以，自己肯定会当选为副镇长，到那时就有更广的平台来发挥作用了。散会回到房间后，他愉快地从烟盒里拿出一根平时除了应酬外自己都不舍得抽的香烟来抽。

　　周逢先是本镇人，现在继续担任镇政府的司法助理。近年来，他和他的几个兄弟在洞明圩合办了一个运动服加工厂，赚了一些钱。两年多以前，他为了当镇党委的统战委员，曾经多次请卢玉田、林铎福和胡部长三人到洞明圩得胜饭店二楼最里面的一间包厢喝酒，请他们帮忙出力。这三人都答应帮忙了，他以为肯定没问题的，没想到后来却是高志强当了，没有他的份。为此，他很不服气，决心要与高志强竞争到底。两年来，他一直和卢玉田、林铎福和胡部长保持着密切的联系，每隔一段时间就请他们到饭店或者他家去喝酒。本届镇党委、人大和政府的任期快满时，他一心想成为下一届镇政府的副镇长，于是更加频繁地请这三人喝酒并赠送礼物，这三人也都答应一定全力帮忙。前段时间他度日如年，日夜都想知道自己是否能成为下一届洞明镇政府副镇长的候选人。现在他知道自己虽然已经成为候选人了，但是只是一个"差额候选人"，他感到非常遗憾。散会后下班的时间就快到了，他又请卢玉田、林铎福、胡部长到老地方喝酒。林铎福和胡部长都准时来了，卢玉田副书记因为有其他的应酬没有来。

　　服务员把酒和饭菜捧上桌并把酒杯斟满酒后就走出了包厢。周逢先举杯向林铎福和胡部长说：

　　"多谢卢副书记和您二位的帮忙，让我能成为下一届洞明镇政府副镇长的候选人。可惜，我命运不佳，只是一个'差额候选人'。"接着，他沮丧地一口把杯里的酒喝完了。

　　"你不要灰心。"坐在周逢先左边的林铎福也一口把杯里的酒喝了，然后凭着酒气安慰说，"只要你肯努力，还是有办法成为下一届洞明镇政府的副镇长的。"

　　"县委的文件都已经下发了，还会有什么办法？"周逢先灰心丧气地问。

　　"你听我说，"林铎福又斟满一杯酒喝了一口后压低声音说，"根据有关法律的条文规定，最终谁当选为副镇长，不是县委决定的，而是人大代表决定的。在举行选举大会时，多数人大代表投谁的票，谁就是副镇长；不投谁的票，谁就不是副镇长。所以，你只要在召开大会前去和代表们交朋友……"

"林铎福委员已经把话说得很明白了。"坐在右边的胡部长拍了一下周逢先的右肩膀，把一杯酒倒进嘴里后说，"今后你如果有用得着我的地方，尽管说。我一定全力助你成功！"

"有卢副书记和您二位的大力支持，我一定会努力的。"周逢先听了林铎福和胡部长的话后重新看到了希望，捧起酒杯满怀喜悦地说："干杯！"

某一天下午，周逢先请了七八个镇人大代表到家里喝酒吃饭，林铎福和胡部长也应邀来参加。酒足饭饱后，周逢先给每人送一套运动服。有的代表愿意接受，有的不愿意接受。其中，罗联村村委会的刘主任没有拿运动服就想走，结果被胡部长拦住，他帮周逢先把运动服硬"送"给他后才让他走。大堂村的杨支书不管周逢先、胡部长和林铎福怎样规劝和硬"送"，他都不接受，吃了晚饭后空手回家了。

高志强的房间与周逢先的家只隔了十多米，并且是在周逢先家的斜对面，所以，周逢先请人大代表吃饭、给他们送衣服的事情，他看得清清楚楚。胡部长和林铎福每次来帮周逢先接待人大代表的一举一动，他也都看在眼里。他见周逢先先后请了六七次不同的人大代表到他家里喝酒吃饭，心里有一种不祥的预感，但又无可奈何。

经过一段时间的紧张准备后，洞明镇新一届人民代表大会的第一次会议于8月初的一天上午在镇政府的礼堂召开了，会期为一天。上午代表们首先分别听取了有关领导所作的镇政府工作报告、镇人大工作报告和镇财政所工作报告，然后，以代表团为单位，分别讨论各个工作报告和酝酿新一届镇人大主席和镇政府正副镇长候选人。午饭后，在大会主席团的组织下，大家集中在礼堂举行选举大会。各个代表在大会规定的位置就座，其中，各代表团的团长，县委派来指导这次选举工作的县委常委、县委组织部宋部长，镇党委正副书记和党委委员，人大主席和政府正副镇长的"正式候选人"在主席台上就座，其他代表在下面的会场就座。大家在主持人的指挥下填写和投完选票后，计票人在监票人和总监票人的监督下进行计票。计票的方法是在主席台边立一块黑木板，计票员一个负责唱票，一个负责拿粉笔记录。候选人得一票就在黑板上写一画，一个"正"字一个"正"字地写。刚才已经对镇人大主席和政府镇长候选人的得票情况进行了统计。现在是对四个副镇长候选人的得票情况进行统计：

"杨明路一票，陈家深一票，高志强一票"；"杨明路一票，陈家深一票，周逢先一票"；"杨明路一票，陈家深一票，周逢先一票"……

这块黑板是面向台下的，台下的代表都在全神贯注地看着各个副镇长候选人的得票情况。看着看着，代表们的表情发生了异样的变化：有的露出了遗憾的神情，有的表现出莫名其妙的高兴。在主席台上就座的代表，看见下面代表的神态不正常后都觉得情况不对。高志强是新一届洞明镇政府副镇长的"正式候选人"，所以，这时他也在主席台第三排左边倒数第一位就座。他看见台下的代表出现异常的神情后想，肯定是选举的结果出了问题，与县委的意愿不相符，否则，他们是不会这样的。是哪个方面出了问题呢？人大主席和镇长因为"提名的候选人只有一人"，所以都是等额选举的，肯定不会有问题，要是出问题肯定是出在四个副镇长的候选人中。在四个副镇长的候选人中，杨明路和陈家深是上一届的副镇长。在任期间兢兢业业地工作，没有什么过错。这一届提名他俩连任，也不会有什么问题。这次选举结果如果真是出了问题，一定是因为大会前周逢先连续请代表们到他家喝酒吃饭并赠送运动服产生了作用，让他当上了副镇长，自己落选。想到这里，他如坐针毡，忐忑不安。

代表们在焦急地等待了一段时间后，计票工作终于结束了。总监票人郑广和在主持人李方成书记的安排下走上主席台拿起话筒说：

"代表们！下面我向大家报告镇人大主席和正副镇长的选举结果。"镇人大主席和镇长都是全票当选，他将选举结果报告后接着说：

"在镇政府副镇长的选举中，这次会议一共发出每个候选人的选票都是65张，收回的选票都是65张，选举的结果都有效。选举的结果是杨明路赞成票64张，反对票0张，弃权票1张；陈家深赞成票63张，反对票1张，弃权票1张；周逢先赞成票33张，反对票32张，弃权票0张；高志强赞成票25张，反对票40张，弃权票0张。根据选举办法'赞成票多者当选'的有关规定，杨明路、陈家深和周逢先当选为洞明镇第三届镇政府的副镇长。"

根据会议的议程安排，主持人镇党委李方成书记请新当选的镇人大潘发明主席和政府的黄明焕镇长到主席台前与代表们见面，并向代表们鞠躬致谢。接着又请新当选的三个副镇长上台，杨明路和陈家深两个原来就在主席台上就座，他俩一齐起身走到前面。周逢先因为不是副镇长的"正式候选人"，会前会务组的人员按照惯例把他安排在台下同其他代表们一起就座。这时，他满面春风地从下面走上主席台同杨明路、陈家深一起向代表们鞠躬致谢。

高志强此时感到无地自容，真希望座位下面有一个地洞能让他钻进去。

第二十一章　拼命读书

这次镇人民代表大会散会后，按照秘书处的安排，所有参加会议的人大代表和工作人员全部集中到镇政府食堂吃晚饭，但是，特邀代表县委常委、县委组织部的宋部长，因为会议的选举结果没有完全实现县委的意图而非常不高兴，晚饭也没吃就乘车赶回县委了。其他的代表有的怀着失望的心情，低着头慢慢地朝食堂走去；有的露出大功告成的神态，昂首阔步地走进食堂。

高志强满脸伤感，神情沮丧，不好意思和大家一起去食堂吃饭，低头快步走回房间，从里面把房门反锁后一头栽到床上。"今后还有什么脸见人？还有什么希望转正？怎么去和妻子、母亲和哥哥们解释？"他反复想着这些问题，越想越难受，越想越害怕。突然，他听到了胡部长和林铎福等人从政府食堂里传出来的划拳声，越来越大，越来越有力。真是"我哭豺狼笑"！高志强想起这次大会前，胡部长和林铎福经常到周逢先家里帮忙接待人大代表的情景。想着想着，他的心情由难受和害怕变成了愤怒和鄙视。

他若有所思地从床上下来，走到书架前面寻找，把那本《名人名言集》拿了下来。这本《名人名言集》就是他在部队退伍前到铁山县图书馆借阅过的那本，当年他去还书时对李阿姨说"这本书对我很有用"。李阿姨见他的精神状态比来借书时好了许多，知道他说的是真话。这本书在馆里还有好多本，听说他再过几天就要退伍回乡了，李阿姨去请示馆长并得到同意后把这本书作为纪念专门赠送给他这个优秀读者。他非常喜欢，向李阿姨表达谢意后把这本书从部队带回了家，然后，又把它从家里带到洞明镇政府。他把书里的那些名言警句作为自己的精神食粮，每当出现精神不振或斗志衰退时，他就去拿这本书来读。每次阅读后都能使他燃起斗志，重振精神。现在他把它拿下来后又认真地翻看着，看一会儿后，他发现了这样的一句话："即使跌倒一百次，也要一百零一次地站起来。"说得对，他想，自己一定要努力重新站起来，从哪里跌倒就从哪里站起来。他边想边继续往下看，又看到了一段令他振奋的话："在人生的道路上，难免会遇到各种各样的挫折和不幸，我要用微笑去对待这些挫折和不幸。""说得好，"他小声地对自己说，"我也要用微笑去对待这次落选。"高志强这时又感到全身都是劲，决心做到落选不落志，努力把工作学习搞得更好。他平时极少写诗，但是，此时突然来了灵感，拿出日记本唰唰唰地写道：

八月六日

咏 志

霜打青松松更青，

雪压红梅梅更红。

愿你立下青松志，

心比红梅还要红。

把诗写好后，已经是晚上8点多了，他的精神状态已经恢复了正常。这时，他感到肚子饿了。政府食堂里早就已经没有饭菜了，他也懒得去外面买东西吃，只从抽屉里拿出一包平时供吃夜宵用的饼干来充饥。他一边咀嚼着饼干一边想，从明天开始，自己就不是协助刘日林副书记分管镇计生工作的领导了，只是一个普普通通的招聘干部了。领导安排做什么工作就把什么工作做好就行了，不需要再像以前那样花那么多时间和精力去考虑和协调处理全镇的计生工作了。今后应该在积极完成本职工作的基础上，集中时间和精力去攻读全国高等教育自学考试的课本，力争提前完成学业，完成学业后再努力争取"重新站起来"。

1988年春，也就是他提拔为镇党委统战委员半年后的一天上午，高志强从报纸上看到了一份关于全国高等教育自学考试招生简章的公告。简章里写明：如果考生学完了所规定的科目并在自学考试大学毕业，那么，国家就承认其学历，享受正规大学毕业生的待遇。他想，自己虽然已经是一个镇党委的委员了，但是，还只是一个招聘干部，每年还要被正式的干部评定一次。

如果被评定为不合格，照样有可能被解聘。要是我参加这种自学考试并顺利毕业，就可以转为正式的国家干部，就可以过上有尊严的生活了。于是，他决定报名参加全国高等教育自学考试。自学考试的专业很多，他经过比较后认为"行政管理"最适合自己，便报名学习这个专业。这个专业一共开设20门课程，学员要学完所有的课程，而且每门都要考60分以上的成绩才能毕业。他原计划是用5年时间完成学业的，这时，他决心把这次落选变为学习的催化剂、加速器，争取提前一年毕业。

理想很丰满，现实很骨感。高志强刚落选几天就被刘副书记当作计生站的一般干部职工用了，要专门负责整理一个村委会的计生档案，这要耗费大量的时间和精力。另外，他还要经常加班加点撰写计生工作的有关材料等，平时可以用来读书的时间比以前还要少，每天的学习任务都没有时间去完成。按照这种状况推算，他不但不能提前一年毕业，而且用5年的时间去学习也不可能毕业，为此，他感到很苦恼。后来，为了改变这种状况，他决定千方百计提高工作效率，向效率索要读书时间。不管做什么事情，他都比以前做得更快一些，以便能够挤出时间来学习。另外，他回去把自己打算集中时间和精力去参加全国高等教育自学考试的事情告诉妻子，请求妻子的理解和支持。在得到妻子的理解和支持后，他每个星期天和其他的节假日都不回家探亲了，把时间和精力全部用来读书。

一个星期天的早上，他吃了早餐后就把一个军用挂包扎在单车的车头（包里放着书籍、资料、笔记本、干粮等），还把一个装满开水的军用水壶挂到肩上，然后从镇政府出发，向竹子沟骑去。

竹子沟离镇政府约1.5公里，是高志强第一次到这里时看见水沟的两边长满了竹子而给它取的名字。这里空气清新，宁静，特别有利于集中精力看书，所以，他自从参加全国高等教育自学考试学习后就经常抽空到这里来看书学习。这次到达后，他把单车停放在一边，找位置坐好，然后从挂包里将《世界近代史》和相关的辅导资料取出来看。座位旁边的竹叶和野草上经常有些苍蝇爬在上面休息。他看了1个多小时的书后感到有些疲倦，起身去折了一条小竹梢来打苍蝇。每打中一只，他心里就兴奋一下，待精力恢复后又重新看书。到了中午12点多时，他感到肚子饿了，便从挂包拿出一包饼干用开水送着吃，吃完后又继续看书。到了下午2点多时，他感到很累无法再看下去了，便把书本和资料收起来放回挂包里，跨上单车一边骑着一边寻找新的学习地点。当骑到与洞明镇交界的东龙镇木排村的一座坟山边时精神好了许多，他发现这座坟山的拜台宽阔且平整，旁边的一棵大松树的树枝伸过来把拜台遮住了，阴凉自在，四周近距离又没有人，是一个较为理想的学习地点。他随即把单车停放在边上，把挂包里的《中国经济管理概论》和相关的辅导资料拿出来摆在拜台上就开始专心学习。过了几十分钟，东龙镇几个去赶集的群众从离高志强10多米远的小山路上走过。当他们发现高志强时边走边议论说："这个小子肯定是想当风水先生，直接把书拿到这坟山来研究。"

高志强听后觉得好笑，假装没听见，继续聚精会神地看书。在这里看了2个多小时后，他又感到很累。于是，他又把书和资料收起来放回挂包里，一边骑车提神一边去寻找新的学习地点。当夜幕降临无法再看书后，他骑车到洞明圩吃了一碗粉，接着，又回房间拿出《自然科学概要》和相关的资料来学习。《自然科学概要》里的知识基本都是他在学校里没有学过的，学得很吃力。什么分析化学、物理化学、细胞的起源和细胞学说、高能物理等，这些东西他以前闻所未闻，见所未见，很陌生。有些内容看了几遍都无法理解，十分难受。晚上8点时，他听到政府礼堂里有音乐和歌声响起，知道电影站准备在里面放电影。心想，现在反正是看不进去了，干脆去看一场电影，看完后再回来学习。

他走进礼堂后发现今晚放的影片是《屠城血证》，反映的是1937年侵华日军占领南京城后，对那些无辜同胞进行惨无人道的血腥屠杀的故事。他看见日军把已经放下了武器的人赶去活埋，看见日军在光天化日和众目睽睽之下强奸我女同胞……泱泱大中国被一个小小的日本欺负摧残到这个地步，他怒不可遏，非常气愤。在气愤的同时，他急切地寻找发生这些惨案的原因。经过思考，他认为首先是因为日本侵略者太凶残，太没有人性；另一个原因是我国的国力太虚弱，国民太愚昧。之后他进一步想，今天在中国共产党的领导下，我国虽然已经强大起来了，日本人不敢来侵略了，但是，从整体上看，我国国民的素质还是比不上日本人。日本的国民和其他一些西方发达国家的国民一样十分重视看书学习，而我国的许多国民现在都不重视看书学习。

看书学习可以使人脱胎换骨，可以增强素质。如果我国的国民再不重视看书学习，不努力增强素质，今后还是会落后，还是会挨打的，甚至会被打得更惨。为了防止再次发生类似南京大屠杀这样的惨案，每个中国人都应该争气，要自觉地加强看书学习，自觉地增强自己的素质。只有国民素质强，国家才会强。想到这里，他又起身走回房间看书。现在觉得头脑比先前清醒了许多，能看进去了，他决定抓住时机狠狠地学。他去沏了一大杯浓茶放到右边的桌面上，困了就喝一口提神，然后继续学。"三更灯火五更鸡，正是男儿读书时。"他一直看到第二天凌晨2点多才上床休息，到了6点时又起床把一本《大学语文》捧到了手上……

第二十二章　面临不得去参加自学考试的危险

　　全国高等教育自学考试每年举行两次：上半年一次，下半年一次。每次报考多少门科目由考生自己定。高志强以前每次只报考两科，已经通过8门了，还差12门没有通过。这次他原计划也只是报考《大学语文》和《自然科学概要》两科。落选后，为了早日完成学业，他突击加学了《中国经济管理概论》和《世界近代史》两科，所以，这次他一共报考4门。一天早上，他应邀到镇党委政府办公室拿一封信。这是县自学考试招生办公室寄来的，看后知道今年下半年的考试时间为10月27日和28日两天。他想，为了参加这次考试，自己日夜读书，读到头发都掉了许多。这次一定要全力以赴，争取4门都能考过。

　　"高志强，请你看一下黑板上的通知。"高志强刚走出到办公室门口，就听到办公室的小林叫喊着，便往左边的黑板上看，只见上面写着"……镇政府全体干部职工，请于今天上午8点30分到礼堂参加镇'秋季计生突击月工作'动员会。"

　　今年秋季计生突击月工作开始了，看到这个通知后高志强先是有些紧张，但是很快平静下来了。心想，好在这次自己应该不用再担任工作队的队长了。

　　动员会准时在镇政府的礼堂举行。参加会议的人有县委、县政府派下来的全体工作队员，镇党委、镇政府的全体干部职工，各村委会的全体干部和这次抽调来参加计生突击月工作的镇直单位干部职工等。县委县政府计生工作队的队长——县委常委、县委组织部的宋部长和镇三家班子的领导在主席台上就座，其他与会成员在台下自由选择位置就座。黄镇长主持，李书记作动员报告。

　　高志强认为这次李书记应该不会安排自己当工作队的队长了，所以，不需要像以前那么认真地听会了。他进入会场后，先走到左边最后面那张排椅的边角处就座，然后把肩上的军用挂包放下来，把《中国经济管理概论》拿出来认真学习，在学习中听着李书记作报告。

"下面宣布这次安排到各个村委会工作队的队长和队员名单：西岗村队长徐祖祥，队员张庆斌、卢崇生、杨泽伯……大堂村队长高志强，队员刘立坚、陈安福、王永才……"

李书记刚才说其他内容时，高志强都不怎么在意，继续看他的书，但是，当听到安排他担任大堂村工作队的队长时立即把书本收起来了，十分紧张地想：怎么还安排我当队长呢？而且，安排到全镇近年来计生工作做得最差的大堂村去当？自己最晚在本月26号下午就要去县城参加自学考试了，现在离26号只剩9天时间。在洞明镇计生突击月工作的历史上，从来没有过哪个村委会在9天内就能完成任务的先例。也就是说，按惯例在26日之前是肯定不可能完成计生突击月工作任务的。而按照规定，在没有完成任务之前，所有工作队的队员原则上都不得请假。确实有非常特殊的事情需要请假的，队员要向队长请假，队长要向李书记（指挥长）请假。队员向队长请假都会得到批准，因为少一个队员对全队、全村的工作影响不大，队长都会照顾队员的情绪。而队长向李书记请假则不一定会被批准，因为队长不在对全队、全村的工作影响极大。在这种情况下，假如李书记是一个有同情心，能够充分理解下属的感受，善于照顾下属情绪的人，他就会给予批准；如果他是一个没有同情心，不关心下属的感受，不照顾下属情绪的人，他就不会批准。从这次还安排自己当工作队的队长这件事情上看，李书记根本就没有同情心，是一个不关心下属的感受，不照顾下属情绪的人，所以，自己如果在工作任务没有完成之前去向他请假，肯定是不会得到批准的。为了参加这次考试，自己苦读了那么长时间，做了那么充分的准备。要是最后不能去考，实在可惜。怎么办呢？高志强急得抓耳挠腮。"人生能有几回搏"，过了一会儿后，他在万般无奈的情况下，紧闭双唇，瞪着两眼，用劲把两只拳头一握，以压倒一切困难的气势在心里对自己说："先带队在9天之内完成大堂村计生突击月的工作任务，创造一次先例，然后再去向李书记请假。"

散会后，高志强快步走去找到大堂村的杨支书，叫他通知所有的村干部留下来就地开会。接着，他又分别去通知刘立坚、陈安福、王永才三个镇干部留下来开会。当其他的与会人员全部走出礼堂后，高志强邀请大家集中到礼堂入门右侧最前面的那两张排椅上就座，然后走到他们的面前站着说道：

"同志们！我留大家来开会的目的是想和大家及时研究出这次计生突击月工作的方法，为完成我们大堂村的任务打好基础。由于众所周知的原因，我真没有想到李书记这次还安排我当计生工作队的队长，而且还是到大堂村来当。说实话，如果征求我的意见，我是绝对不愿意当队长的，更不愿意到大堂村来当，因为一般而言，一个落选之人当工作队的队长是难以指挥人的，很难把工作做好。另外，大堂村近年来每次计生突击月的工作任务都没有完成，是全镇有名的'计生工作后进村'，完成工作任务的难度要比其他村大得多。但是，既然李书记还不放过我，继续安排我当，我就不得不当了，而且还要当好。我想和大家一起努力创造一次奇迹，在本月26号前就把我们大堂村这次计生突击月的工作任务完成好，把大堂村'计生工作后进村'的帽子摘掉。请大家支持我的工作，共同为实现这一目标而努力。"

说到这里，高志强看了一下手表，然后继续说道：

"时间不早了，为了实现这一目标，下面请大家根据大堂村的实际，讨论具体的工作方法。杨支书，你对大堂村的情况很熟悉，工作经验也非常丰富，请你先发表一下意见。"

杨支书虽然年近60岁了，但是还是一个很要强的人。他因为近年每次都不能完成计生突击月的工作任务而愧疚。他早就盼望有朝一日能打一场计生突击月工作的翻身仗，把大堂村"计生工作后进村"的帽子摘掉，但是他也力不从心。他平时到镇政府参加各种会议时，都喜欢和中良村的林支书在一起聊天，从中知道高志强有劲头，点子多，工作能力强。以前没有共事过，没有亲身的感受。刚才听了高志强的一番话后，他觉得高志强很有气势和魄力，决定全力配合好高志强的工作，实现高志强定的目标。他想了想，非常诚恳地说：

"高队长！我首先代表我们大堂村党支部和村委会欢迎你来我们村当工作队的队长。你是一个什么样的人，我们心中有数。我们不管你落选还是不落选。你现在是我们大堂村工作队的队长，我们就一切行动听从你的指挥，请你放心指挥，大胆指挥。你来当队长，我们对摘掉大堂村'计生工作后进村'

的帽子就有信心，有希望了。根据我们大堂村的实际，我认为在26号前完成这次计生突击月工作的任务又难又不难，关键看你高队长的决心和魄力。如果你能在3天之内把凌崇敏夫妇这个'钉子户'拔掉，营造一种紧张的气氛，让我们村干部有风借，我敢说是可以完成的；若是你在3天之内甚至更长的时间都不能把这个'钉子户'拔掉，那就是绝对不可能完成的。说实话，现在我们村干部都憋着一股子劲，都想早日摘掉全镇'计生工作后进村'这顶帽子。只要你高队长能在3天内动员这对夫妇去落实政策，再重复一遍，我敢说在26号前一定可以提前完成我们大堂村这次的计生工作任务。"

高志强听后心里暗暗高兴，急忙问：

"凌崇敏夫妇的具体情况是怎样的？"

"凌崇敏夫妇的具体情况是这样的，"村委会凌主任忍不住替杨支书回答说，"他俩和我家同在一个屯居住，我对他俩的情况特别熟悉。他俩在几年前从外地返回本屯开办了一个大型的运动服加工厂。他俩已经有6个孩子了，1男5女，还一直不去落实计生政策。因为他俩不去，其他只生了2个或3个以下孩子的夫妇也跟着不去。就是因为这样，所以这几年我们村的计生突击月工作任务都无法完成。这次要是你高队长敢下决心要凌老板夫妇在3天之内带头去落实计生政策，其他计生对象的工作就好做了，我也相信26号之前是可以完成任务的。"

"凌崇敏的外号叫'凌滑头'，"计生专干施秀莲说，"他既顽固又狡猾，你高队长如果能在3天之内动员他夫妇俩去落实政策，我也认为26号之前我们村的任务是可以完成的。"其他的村干部也都纷纷发表了相同的意见。

"大家都说得很好，"高志强说，"综合大家的意见，我建议这次采用'先突破重点，后全面开花'的方法去完成我们大堂村的计生工作任务。也就是说先集中时间和人力去动员凌崇敏夫妇落实政策，然后再分散力量去发动其他的计生对象落实，努力争取在26号之前就完成工作任务，大家赞成不赞成？"

"赞成！"大家异口同声地回答。

高志强又看了一下表说："这样吧，现在是上午10点半，请你们村干部先回村委会清洗好炊具和碗筷等。我们工作队人员先回去简单收拾一下行李，11点左右带行李去村委会，到那时再讨论下一步的具体行动。"

第二十三章 "你去你去！"

"杨支书，请问凌崇敏老板的家离村委会远吗？"高志强带领工作队的其他队员拉行李来到大堂村委会后，发现村干部已经把炊具和碗碟都清洗好了，还把准备给他们住的房间和床铺都打扫干净了。

"不远，就在虾子屯，从村委会走10分钟就到了。"

"这样吧，"高志强看了一下手表说，"现在是11点20分，我们先一起去见见这个凌老板，然后再回来做午饭吃。"

听了他的话后，无论是工作队的队员还是村干部，心里都有这样的反应："他的工作作风跟别人不一样，26号前真有可能提前完成工作任务。"他们的肚子虽然都已经有点饿了，想动手做午饭吃，但是，个个都乐意跟他去。

凌崇敏老板40岁出头，伶牙俐齿，很精干，蛮神气，眼珠经常滴溜溜地转，上唇中间留着一小撮黑胡子。高志强带队到他家时，他在一楼客厅里沏茶接待。高志强把大家的身份和来意向他说明后，他很热情地说：

"去落实计生政策？这事好说，不过，俗话说'过门都是客'。吃午饭的时间快到了，估计你们还没有吃午饭吧！咱们先好好喝一杯好吗？"他说完就叫老婆去张罗饭菜。

高志强见状，马上制止道：

"凌老板！谢谢你的好意。因为我们还要到其他计生对象户做工作，所以没空在你家吃饭。另外，请你和你老婆商量好，在这两天里看谁去做结扎手术并把所欠的超生费缴清。我们就不妨碍你们吃午饭了，再见！"说完把手一挥，就带领大家往外走。

"让我们考虑考虑。"凌崇敏送高志强等人出门时说。

到了下午3点多，高志强想，凌崇敏的外号叫"凌滑头"。如果跟得不紧，他是不会去落实计生政策的，于是，又带领全体镇村干部来到他家。凌老板又带他们到一楼的客厅喝茶。寒暄几句后，高志强问：

"凌老板，关于落实计生政策的问题，你们考虑得怎么样了？"

"这个好办。"凌崇敏说，"请你们先上三楼指导一下我们家生产运动服的工作。"说着，就走在前面引路。

高志强想，我看你演些什么戏，挥手示意大家跟他上去。

三楼是一间中间没有隔断的大厅，几十个工人正在紧张而有序地缝制运动服。大厅东边的墙壁上挂着很多款运动服的样板：有夏装的、春秋装的和冬装的；有无袖的、短袖的和长袖的；有黑色的、灰色的和蓝色的，样子都很好看。凌崇敏带高志强一行人看了一会儿后说：

"这些运动服的布料都是福建省最新生产的高级布料。质量很好，穿着很舒适。现在是秋天了，我想分别为你们量身定做一套秋季运动服，麻烦你们帮我们宣传宣传。"说完就叫一个技工来身边，准备为大家量尺寸。

"凌老板！我再次谢谢你的好意。"高志强走到他的跟前说，"你做生意赚钱不容易，我们无功不受禄，你还是用其他更省钱的方式去做宣传吧！还有，请你们夫妇明天一定要按规定去落实好计生政策。我们就不在这里影响工人们干活了。"说完又把手一挥，带领大家一起走下楼梯。

凌老板只得跟着走下来，送高志强等人出门，说：

"我和我老婆再商量商量。"

到了晚上8点多，高志强想，对待凌崇敏这种人一定要趁热打铁，否则，将会功亏一篑。于是，又带领村干部来到他家一楼的客厅里。他的孩子们看见后都知趣地走开，只剩下他夫妻俩在场。高志强又同他随便聊几句后问：

"凌老板，你们夫妻俩商量得如何了？明天谁去做结扎手术？"

"高队长，"凌老板说，"我想请你到我办公室单独谈谈有关的事情好吗？"

高志强思考了片刻，心想，我看他还有什么花招要耍，说道：

"可以。"

凌老板把高志强带到五楼他个人的办公室后，把门关上，请高志强在自己的对面坐下后说：

"高队长，不怕和你说，我现在是有6个孩子，但只有1个男孩。我们夫妻俩都想多要一个男孩再去做结扎手术。我们正在请名师帮忙选择怀孕时间，待选准后就要第7个孩子，请你高抬贵手让我们多生一个。再生1个后，不管是男是女，我们夫妻俩都不会再要孩子了，一定安排一个人去做结扎手术。"说完，从抽屉里拿出一个大红包走过来往高志强的裤兜里塞。

"凌老板！"高志强用手把凌崇敏拿红包的手推开后说，"君子爱财，取之有道。我不要。"

"高队长，"凌老板再次把红包往高志强的裤兜里塞，说，"这件事天知地知你知我知，请你不要有什么顾虑，放心收下。"

"凌老板！"高志强再次用手把凌崇敏拿红包的手推开后很严肃地说，"有句话是这么说的，'不义之财莫伸手，好色不乱乃英豪'，你这红包我是绝对不会收的。另外，从你的言行看，你根本就没有考虑过什么时候去落实计生政策的问题。我告诉你，你第一个是男孩，按照政策规定，你后面的5个孩子都是超生的。现在全村的育龄夫妇都在看着你们，你们不去落实计生政策，全村的育龄夫妇都不愿意去。俗话说'事不过三'，今天我们已经连续三次来做动员工作了，请你们明天一定要去落实计生政策。人家许多只有2个孩子的夫妇都按政策的规定去做了结扎手术了。不怕对你说，我本人只有1个女儿和1个儿子，去年就去结扎了。政策面前，人人平等。你们已经有6个孩子了，而且已经有1个男孩了，还不去结扎，说得过去吗？如果你们不自觉去，我们将根据政策的有关规定强制你们去。"说完，就开门走下一楼客厅再次把手一挥，带领大家往外走，凌崇敏这次没有跟出来送客。

出了凌崇敏的家后，高志强想，他的招数已用完，都没有达到他想要的目的。他是一个狡猾的人，从他的神态看，今晚可能会逃跑，必须加以防范。高志强立即安排两个工作队员和杨支书在附近看守，然后，他和刘立坚一起赶回镇政府向李书记汇报，请求李书记今晚安排一辆吉普车到大堂村支持工作。车子开到凌崇敏家的旁边后，高志强叫杨支书回家休息，自己和三个工作队的其他队员以及司机连夜在车上观察凌崇敏夫妇的举动。

"三十六计，走为上计。"凌崇敏被高志强带队上门动员了三次后，发现自己以前用来对付计生工作队的方法都不灵了，担心被强制去落实计生政策，打算在今晚连夜逃跑，时间定在半夜。1点多时下着大雨，雨水把凌崇敏吵醒了。他打算雨停后就走，起床做好有关准备，但是，当雨停后，他突然想起高志强白天带队来逼得那么紧，晚上会不会派人来守着自己呢？如果派人来看守，自己不但跑不了，还要被加重处罚，于是，决定先摸清情况再行动。他爬上六楼登高远望，发现在他家房子左边不远处停着一辆吉普车。心想，这车肯定是高志强派人来看着自己的，说不定他本人现在就在车里面，跑不了了。这时，他沮丧地走回房间，上床躺下用双手垫着头思考了一会儿后对老婆说：

"看来，我们明天不得不去落实计生政策了。高队长已经把我们列为'钉子户'，一天之内三次带人来做我们的思想工作，现在又连夜派车派人来我们这儿看守，预防我们逃跑。如果我们明天不主动去的话，他肯定会按照政策的规定强制我们去落实的。与其被他强制去落实政策，还不如我们自己主动去好，起码面子上会好过一些。另外，我们可能是命中注定只有一个儿子，不要奢望了。这样吧，我去做结扎手术，你拿钱去缴纳超生费。"

说到这里，他向右翻过身来对老婆遗憾地说：

"如果还是胡部长来我们村当工作队的队长就好了。这几年，他每次来时，只要请他喝几杯，然后再送点钱给他就没事了。现在这个姓高的是个'刀枪不入'的人，没办法。"

"碰到这种人真倒霉！"老婆见他已经决定明天去做结扎手术了，不好反对，把手伸去抚摸他的下体，想在去结扎前同他再温存一次。

第二天吃了午饭后，高志强马上召集全体干部开会。说：

"同志们！今天上午我们镇工作队员陪同凌崇敏老板去做了结扎手术，他的老婆也拿钱到村委会缴清了超生费。午饭前，我和杨支书专门去探望了凌老板，看他做了结扎手术后有没有什么不良反应，他说一切都正常，请我们放心。他老婆对我们也没有怨言，照样热情地沏茶给我们喝。这说明我们这次计生工作的方式方法是对的，已经突破了重点。下一步我们要充分利用好凌老板夫妇的带头作用，争取'全面开花'，达到原定26号前就提前在全镇率先完成大堂村这次计生突击月工作任务的目的，达到摘掉大堂村'计生工作后进村'的目的。"

"高队长，为了达到你所说的目的，"杨支书说，"我建议现在把全村的计生工作任务按比例分给各个包片干部去完成。从下午开始，请你们工作队的人员在村委会用喇叭宣传造势，我们村干部分别回到自己所包的家庭去挨家挨户发动计生对象去落实政策。"

"好！我同意杨支书的意见。"高志强说，"不过，从今天下午开始，我先给你们村干部3天时间去工作。如果效果好，就继续用这种方法；要是效果不理想，再考虑改用其他办法。各包片干部如果谁先完成了任务，谁就可以提前休息；假如哪个包片干部自己不能完成任务，就来请我们镇工作队人员去帮忙，请大家一定要争取在26号前完成任务。"

10月25日中午，高志强吃了午饭后，把各个村干部上交的工作成绩进行反复核实，发现全村各项计生工作任务都已经完成，有的甚至还超额完成了任务。心里非常高兴，马上请大家来开会。说：

"同志们！告诉大家一个好消息，到现在为止，我们大堂村已经全面完成了这次计生突击月的工作任务，比原定的26号提前了一天。大堂村'计生工作后进村'的帽子已经摘下来了，而且摘得很利索。事实证明，大堂村的干部是一流的，祝贺你们！为了不食言，你们下午就可以休息了。"

"高队长，谢谢你对我们村干部的关心和照顾。"杨支书说，"你的诺言已经兑现了，你的情我们也领了，考虑到还有些收尾工作要做，我的意见是你们镇政府来的干部等一下可以全部收队，但是，我们村干部不要一下子全部休息，应该分批休息，继续留人在村委会值班。至于下午谁先休息，由我们村干部自己讨论吧。"

"很好，真不愧是老支书，考虑问题很周到，一切都按你所说的去办。"

李方成书记今天一早就和宋部长一起到县委中型会议室参加全县计生突击月工作汇报会，直到下午3点多才回到镇政府。当看见他走进自己的房间后，高志强马上过去向他汇报大堂村计生工作的情况。

"什么？你们大堂村已经全面完成任务了？"李书记瞪大眼睛非常吃惊地问。

"是的。"高志强一面满怀喜悦地回答，一面从口袋里拿出一张记录着大堂村这次完成各项工作任务情况的信笺交给他。

李书记看后连声说："好好好！好好好！"

　　"李书记,"高志强见他这么高兴,先向他简单汇报了一下自己参加全国高等教育自学考试的有关情况,然后,拿出一张请假条递给他说:"从明天开始,我想请三天假到县城参加自学考试,后天上午开考,等一下就去做些考前的准备,请你批准。"

　　"你去你去!"李书记说完马上拿笔在请假条的左下角写上"同意"二字,并写上了名字和日期。

第二十四章　重新站起来

高志强用那么短的时间就带队完成了大堂村计生突击月的工作任务，令李书记对他刮目相看。他走后不久，李书记高兴地走去对面那栋楼的301房间，准备将情况向宋部长汇报。

"部长，你好！"当应邀在宋部长左边的短沙发上坐下后，李书记说，"我向你汇报个好消息，大堂村今天中午已经全面完成这次计生突击月的工作任务了。另外，高志强这两年参加全国高等教育自学考试行政管理专业大学本科的学习，听说已经通过了8门单科。今年下半年他又报考了4门单科的考试，后天上午开考。他刚才提前一天向我请假上县城做些考前的准备，我已经同意他去了。"

宋部长得知大堂村已经全面完成这次计生突击的任务后，比李书记还高兴，因为这件事情对他有着特殊的意义。他思考片刻后对李书记说：

"你叫办公室人员详细收集统计好到今天为止，全镇和各个村各项计生工作任务完成的情况。今晚8点集中镇三家班子的领导开会，开会的目的是通报全镇计生工作情况，表扬先进，鞭策后进，要求大家向大堂村学习，迅速在全镇掀起计生突击月工作的高潮，加快完成任务的速度。"说到这里，他停下来喝了口茶，思考一会儿后继续说道："这样吧，开会后，你先把到今天为止全镇各项计生工作任务完成的情况，以及任务完成得最好村和最差村的情况通报一遍，然后由我就下一步如何加快完成我们镇计生突击月工作任务的有关问题提些要求。"

"好的！"李书记答应后停了一下，见宋部长没有其他的事情吩咐便走出房间，去镇党委政府办公室向陈主任安排任务，并要求他在下午下班前把任务完成好。

　　晚上8点整，洞明镇三家班子领导成员根据办公室的通知，全部集中在镇党委会议室开会，宋部长应邀到会指导。这个会议由李方成书记主持，他看大家都到齐后，拿起面前茶几上的统计表说：

　　"同志们！根据县委常委、组织部宋部长的指示，今晚召集大家开一个会议。会议的内容主要有两方面：第一，由我向大家通报到今天为止，全镇完成计生突击月各项工作任务的情况以及任务完成得最好村和最差村的情况。第二，请宋部长就下一步如何加快完成我们镇计生突击月工作任务的问题作指示。根据办公室人员的收集和统计，到今天为止，全镇完成计生突击月各项工作任务的情况以及任务完成得最好村和最差村的情况是：一、结扎：全镇完成了24%。其中，任务完成得最好的大堂村已完成了112%，完成得最差的广化村只完成13%。二、放环：全镇完成了27%。其中，最好的大堂村完成了114%，最差的明新村完成了16.5%……"通报完毕后，李书记抬起头，提高声音说道："下面请大家以热烈的掌声欢迎县委常委、组织部宋部长给我们作指示。"

　　宋部长先抬头环视了一下大家，然后很严肃地说：

　　"同志们！到今天为止，全镇完成计生突击月各项工作任务的情况以及任务完成得最好村和最差村的情况，刚才李书记都向大家通报了。已经全面完成了计生突击月工作任务的只有大堂村。为什么大堂村的任务会完成得这么好呢？'火车跑得快，全靠车头带。'大堂村这次计生工作任务完成得这么好，主要是高志强队长领导得力，组织有方。以前有人说他是个人才，也有人说他是个庸才，我没有亲眼看到。这次到洞明镇政府当计生突击月工作队的队长，是我特意请县委王书记安排我来的。来了以后，在草拟各村计生工作队的队长和队员时，我专门请李书记安排高志强担任一个村工作队的队长，并带队到以前计生工作比较落后的村去开展工作。目的就是检验一下他到底是不是人才，同时想检查一下他落选后的工作态度。李书记经过比较后安排他去大堂村当工作队的队长。据干部们反映，大堂村这几年是全镇计生工作有名的后进村，大家都不想去，但是，高志强被安排去当工作队的队长后没有任何怨言。他在镇计生突击月工作动员会结束后，马上在镇政府礼堂召集工作队员和村干部开会研究工作方法，接着就于当天上午带队上门做计生对

象的工作，吃住在大堂村。今年县委在乡镇党委、人大和政府换届前提名他
为洞明镇政府副镇长候选人。原计划让他当洞明镇政府的副镇长，所以，在
镇政府换届前免了他洞明镇党委统战委员的职务，没想到他在上次洞明镇人
民代表大会中落选了。现在他只是一个普通的干部，而且，是一个招聘干部。
在这样的情况下当工作队的队长，工作难度之大可想而知。只要他还能积极
地工作，不拖全镇的后腿，就已经很不错了。没想到他仅用了8天多一点的时
间就带队率先在全镇完成了该村的任务，事实证明他是个人才，我对他的表
现十分满意！"

说到这里，宋部长停下来喝了一口茶，然后，又看了一眼所有的与会人
员，在严肃的同时还加了一些批评的语气道：

"遗憾的是，这样一个年轻有为的干部居然有人对他产生了严重的偏见，
说他这也不行，那也不行。什么'只会在工作上死做烂做，人情世故不懂，
活力不够，不适合当领导'等，给他造成了很大的负面影响。在这里我要特
别强调一点，评价一个干部是行还是不行，目前只有一个标准，就是看他在
德、能、勤、绩方面的表现如何。如果他在德、能、勤、绩方面表现'行'，
他就是行；假如他在德、能、勤、绩方面表现'不行'，他就是不行。高志强
同志在德、能、勤、绩方面的表现都非常出色，尤其是在'绩'的方面，连
'天下第一难'的计生工作任务都能完成得这么好，你能够说他'不行'吗？
是不是整天泡在酒场上喝酒无度、吆五喝六的人才算'行'？希望大家今后
要消除对高志强同志的偏见。"

听到这里，胡部长、周逢先、林铎福和卢玉田都露出了很不自然的神情，
胡部长还低下了他平时那高傲的头颅。

"不但希望大家今后要消除对高志强同志的偏见，我还希望大家要虚心向
高志强同志学习。要通过向他学习，增强工作责任心，加快各村计生工作的
进度，争取提前完成本村的计生突击月工作任务。高志强同志作为一个普通
的招聘干部来当队长，而且是到一个大家公认的计生工作后进村当队长，都
能把任务完成得这么快，这么好。你们作为国家正式的领导干部，而且是到
工作难度相对没有那么大的村去当队长，没有理由不提前完成任务。我今天
上午同李书记一起到县委中型会议室参加全县计生工作汇报会。根据会上大

家汇报的情况看，目前洞明镇计生工作的进度在全县处于中下游的位置。如果不奋起直追，很快就会成为全县倒数第一。为了防止进一步落后，也为了能提前完成全镇的工作任务，我现在再次要求各个工作队的队长，从明天起都要像高志强同志那样带队到村委会去住，做到吃住在村委会。这个要求，在镇计生突击月工作动员会上李书记已经提出了要求。大部分的队长也这么做了，但是，还有少数队长提出了诸多理由，至今还没有带队到村委会去吃住。现在事实证明，凡是工作队人员没有吃住在村委会的村，计生工作都开展得不好，所以，从明天起，不管什么原因，所有镇工作队的人员都要做到吃住在村委会。既然是计生突击月的工作，就要有突击的气氛，不能懒懒散散，这是纪律。另外，从明天起，各个工作队每天下午下班前，一定要将所在村各项计生工作任务完成的情况报到镇党委政府办公室。办公室要把各村各项计生工作任务完成的情况进行排名，要进行通报。工作进度连续三天排名倒数第一的村，队长要向指挥长李方成书记说明原因。"

"宋部长是县委、县政府派下来的工作队长。"当宋部长指示完后，李方成书记紧接着说，"他是代表县委、县政府来支持和监督我们工作的，所以，从明天开始工作进度连续三天排名倒数第一的村，队长首先要向宋部长说明原因，也就是说要向宋部长做检讨！"

第二天一早，原来还没有吃住在村委会的工作队，在队长的带领下全部带行李下到村委会。镇办公室的人员按照领导的指示，每天下午都根据各村报上来的工作进度进行排名，并通过电话和书面等方式通报给各个村和有关领导。从此以后谁都怕落后，谁也不肯落后，谁都怕要向宋部长做检讨，形成了一种你追我赶的局面，大大加快了工作的进度。只用了15天时间，洞明镇就在全县率先超额完成了这次计生突击月的工作任务。这样的工作效率在洞明镇从来没有出现过，在整个王都县也极少有。宋部长看到这个结果后十分欣慰。

高志强去参加自学考试回来后，原大堂村的工作队员已经被镇计生工作指挥部安排到其他的村去工作了。他的工作由刘副书记具体安排，刘副书记有时安排他到镇计生站办公室接待来访者，有时安排他去给一些计生对象讲解计生政策，有时安排他去整理上报洞明镇计生工作的材料……不管安排他做什么工作，他都认认真真地把它们做好，刘副书记很满意。

王都县秋季计生突击月工作结束后不久的一天上午，高志强同计生站的人员下到大堂、板根和顺风等村慰问做了结扎手术的计生对象，直到下午5点多才回到镇政府大院。他把单车骑到车棚放好后低头走回房间。从镇党委政府办公室门前几米远的篮球场上经过时，被陈主任看见。陈主任一面去拿文件，一面大声喊：

"高副书记，请进来看文件。"

"什么时候调了一个高副书记来？"高志强听到陈主任的叫喊声后抬头前后左右看了一眼，见没有自己不认识的人，没有发现高副书记，便继续朝房间走去。

"高志强副书记，请你看文件。"陈主任见高志强没有朝办公室走来，就拿着文件跑到他的身边继续说。

"陈主任，你在叫我吗？"高志强听到喊他的名字后停下脚步，疑惑地用右手指着自己小声问。

"是啊！"陈主任边说边双手把文件呈送给他看。

高志强接过文件看时只见一行醒目的标题映入眼帘："关于任命高志强同志为洞明镇党委副书记的通知……中共王都县委员会。1990年11月30日。"看了这份文件后，高志强的胸脯怦怦地响，非常惊喜。把文件交还给陈主任并道谢后，他强忍着内心的激动快步走回房间。从里面把门反锁后，又一头栽到床上。不过，这次他不是因为悲伤，而是因为高兴。此时，他心潮澎湃，百感交集，大有风雨过后见彩虹的感觉。他真没想到自己副镇长落选三个多月后就峰回路转，被任命为洞明镇党委副书记，提前实现了重新站起来的理想。镇党委副书记和镇政府副镇长都是副科级的领导，是同一个级别，但是，因为镇政府是在镇党委领导下开展工作的，所以，镇党委副书记的职位在实际工作中比镇政府副镇长的职位还要高出一截。

在床上躺了一会儿后，吃晚饭的时间到了。高志强起身去吃饭，在镇政府的食堂里大方地加了一份猪肉吃，一口一块，好香！听说今晚礼堂里有电影看后，他还放下书本，去看了一场电影，心情极佳，电影名叫《小街》。

第二十五章　被安排分管"天下第一难"的工作

高志强被任命为洞明镇党委副书记的第二天晚上8点多，正关门在房间里学习自学考试的一门单科《科学社会主义》，忽然听到敲门声。他放下课本走去开门，当发现是李方成书记后，他马上请李书记在办公桌左边挨墙的一张木椅上坐下，去沏茶给李书记喝，把桌上的课本和其他有关的资料统统收了起来。

李书记看见高志强看的是自学考试的书，问道：

"上次去考得怎么样？"

"感觉还可以，但是到底能考得怎么样，还要等公布成绩之后才知道。"高志强回答。

李书记同高志强寒暄了几句后说：

"高副书记，我来这里主要是想和你谈谈关于你今后分工的问题。"

"好，请安排。"高志强认真聆听。

"我想请你专职分管我们镇的计生工作，请问你的意见如何？"

因为落选后还被安排去当计生工作队的队长，高志强认为李书记是一个没有同情心、不近人情的人，难沟通，以后很难得到他支持，而分管计生工作的难度特别大，如果得不到他的支持是不能把工作做好的，所以，他不想分管这项工作。说道：

"我建议你安排其他能力比我强的领导分管这项工作。"

"告诉你吧，关于安排谁来分管计生工作的问题，我是经过深思熟虑了的，非你分管不可。"李书记耐心地说。

"为什么？"高志强不解地问。

"计划生育是我国的一项基本国策。"李书记说，"上级对这项工作一年比一年抓得紧，现在已经把它列为重中之重，是'一票否决'的工作了。其他工作不管做得多好，只要计生工作任务没有完成，该被上级评为先进称号的单位评不上了，该得到提拔的干部提拔不了了，我们毫无疑问要把这项工作做好，但是，现在每年都倾全镇之力去开展两次计生突击月工作，这严重阻碍了其他工作的开展，直接影响了洞明镇经济和社会的发展。我觉得这种做法很不妥，要改变。我想找一个得力的人来分管这项工作，争取平时就把全镇的计生工作任务完成好，不用镇党委政府每年都安排两个月去开展计生突击月的工作。找谁来分管这项工作呢？经过几个月的观察和比较，我发现你的综合能力很强，不管分管什么工作都可以做得很好，所以，决定请你来分管。只有你才能完成这一艰巨的任务，希望你分管这项工作后迅速研究新的工作方法，努力按照我的意愿和要求去把工作做好。"

高志强在协助刘副书记分管计生工作期间，也像李书记那样发现现在县委、县政府和各乡镇党委政府，每年都安排两个月的时间去开展计生突击月工作的做法不妥，已经想出了一种新的工作方法。他曾经把他的方法向刘副书记汇报过，建议刘副书记采用。刘副书记因为有其他顾虑没有采用，为此，他很遗憾。听了李书记这番话后，他发现李书记的观点与他的观点完全相同，相信李书记今后会支持他的工作的，决定同意分管计生工作，并把自己以前想出来的工作方法向李书记汇报。他看了一眼李书记后说道：

"你既然决意要我分管，我一定服从安排。你的要求那么高，我恐怕会令你失望的。不过，在关于如何改变现在的做法方面，我在协助刘副书记分管计生工作期间倒是考虑过一种新的方法。"

"具体是怎样的？"李书记饶有兴趣地问。

"我觉得镇党委政府今后应该通过平时开展好'人口状况和计划生育政策教育活动'的方法来完成全年的计生工作任务，而不应该通过开展两次计生突击月工作的方法来完成。现在我们镇的计生工作和全国各地的计生工作一样，为什么那么难做？为什么是'天下第一难的工作'？我认为原因主要是许多计生对象都存在着以下的思想问题：一是对国家实行计划生育政策的原因不够清楚，认为不应该这么做，有抵触情绪。二是对我国的计生政策不甚了解，自己明明已经违反了计生政策，还自以为是地说自己没有违反，不愿按照工作人员的要求去做。三是有侥幸心理，抱着能拖则拖、能躲则躲的态度去对待计生工作，认为拖一段时间后，国家就不搞计划生育了，就不用去落实节育或绝育措施了，也就不用交超生费了。开展'人口状况和计划生育政策教育活动'能够很好地解决以上问题，能大大增强他们执行计生政策的自觉性。"

"你分析得很有道理，"李书记听到这里问，"那么，具体应该怎样去开展这项活动呢？"

"开展这一活动的具体做法是镇党委政府组织成立一支由20多人组成的'人口状况和计划生育政策教育活动'工作队。这支工作队分别下到各个村委会去开展这一活动。工作队每到一个村委会前，先由村干部负责通知本村的计生对象到村委会或到其他可以聚集较多人的地方开会，然后由工作队派一个人用以会代课的方式给他们上'人口状况和计划生育政策教育'课，最后由工作队队员分别找计生对象面对面做落实计生政策的思想工作。不知这种方法是否行得通？"高志强认真地汇报后问。

"这种方法很好，我完全赞成，这项活动工作队的队长就由你担任。"李书记说，"不过，开展这项教育活动，要想取得理想的效果，特别要注意把好上课关。要把课上好，要让计生对象能听得进去，他们的观念才会转变，才会乐意去落实计生政策。请你辛苦一点，我希望这课也由你亲自上。"

"如果你同意我使用这种方法，并且大力支持我的工作，我会尽力把课上好。"高志强说。

"这样我就放心了。"李书记说，"另外，也请你放心，我一定做好你的后盾。如果在开展工作中碰到什么问题需要我帮忙的，你只管来找我。"

高志强发现李书记还是蛮有同情心和人情味的，很容易沟通，于是消除了他在上次计生突击月中对李书记的误会。他俩越聊越投机，成了相见恨晚的好朋友。一直聊到11点多，李书记才向高志强告辞回去休息。

"士为知己者死。"高志强得到李书记的理解和支持后很感动，决心不辜负李书记的期望，尽最大的努力去把这项政策教育活动开展好，实现平时就把全镇的计生工作任务完成好的目的。经过一段时间的充分准备后，在1991

年春的一天，洞明镇"人口状况与计划生育政策教育活动"正式开始了，第一站定在人均耕地面积最少的板仓村。这天上午9点钟，高志强根据约定的时间带领镇"人教活动"20多个队员来板仓村村委会附近的一个大晒场上组织开会。

当镇党委宣传委员兼"人教活动工作队"的副队长王家兴整顿好会场后，高志强便上主席台准备上课。他看见有近200名育龄夫妇来开会非常高兴，环视了一下会场后，把话筒挪到合适的位置，用洪亮的声音说道：

"各位阿叔阿婶大哥大嫂们，大家上午好！下面我讲三方面内容：第一是我国为什么要实行计划生育。第二是目前我国主要有哪些计划生育政策。第三是我们应该如何去执行好这些政策。

"我国要实行计划生育的原因是人口增长得太快，太多人了。1949年新中国成立时，中国大陆人口为5.42亿，1957年达到6.47亿，1970年升至8.52亿，1980年达到了9.87亿……在短短的31年中，中国净增了4.45亿人，比1949年多了近一倍，比世界上绝大多数国家的总人口还多得多。然而，中国的国土面积却没有增加一分一厘。如果不注意控制人口增长，中国将会人满为患，永远贫穷落后，甚至无法生存下去。就拿我们板仓村来说，目前我们板仓村平均每人有水田加旱地约0.8亩。如果我们这一代人不实行计划生育，每对育龄夫妇不说像我们的老前辈那样平均每对生十个八个孩子，就算是平均生6个孩子，那么，到我们孩子的那一代，每人的田地平均只剩0.1亩多一点，那么少的田地怎么能生存下去呢？这就好比用一只碗大的玻璃瓶养泥鳅，水量是固定的。你放一两条泥鳅下去养，它们是能生存下去的，但是，如果你放几十条甚至上百条下去养，它们怎么能生存呢？所以，计划生育是一定要搞的。党和国家领导人为了使人口增长与经济社会发展相适应，1953年就根据一些专家的意见提出要节制生育，1962年开始组织对计划生育进行试点，1970年开始提倡'晚、稀、少'的生育政策，1980年提倡一对夫妇只生育一个孩子，把计划生育写入《中华人民共和国婚姻法》。1982年进一步把计划生育定为我国的基本国策，并写入中华人民共和国《宪法》。他们的决策是英明的，'多子多福'是中华民族几千年的生育观念。我和大家一样都有这种观念，而且都想把它变成现实，都想在年老后有一大帮孙子孙女围绕在周围嬉戏玩耍，享受天伦之乐。但是，耕地面积就那么多，我们已经没有追求'多子多福'的条件了，所以我们一定要打消'多子多福'的生育观念，树立少生、优生的观念。"

育龄夫妇们一直都在专心致志地听高志强讲话，当听到这里时不少人都在点头或交头接耳，表示赞同他的观点。

"下面再同大家学习一下我国有关计划生育的政策。综合起来，这些政策主要有夫妇双方都是国家干部职工的，只能生育一个孩子；农民的第一个孩子是男孩的，也只能生育一个孩子。如果农民的第一个孩子是女孩，经申请并得到批准后可以生育第二个孩子。生了两个孩子的，不管是男还是女，夫妻二人要有一方去做绝育手术；属超生的，要按政策规定缴交超生费。"

高志强看大家听得很入神，便进一步振作起精神提高声调说：

"全镇所有的计生对象（育龄夫妇）都要自觉执行上述政策，不要抱有侥幸心理，不要拖不要躲，否则，就要被镇党委政府组织力量按照有关政策的规定强制执行。你如果能自觉去执行，就不会被追加其他的处罚；你若是不自觉，被强制执行后还要追加其他的处罚。"

高志强这情理并茂的一堂课，使近200名育龄夫妇受到了很大的教育。纷纷议论着相关问题，都不同程度地增强了执行计生政策的自觉性。

接着，20多个工作队员便按照先前的部署，一个人找一对夫妇做思想工作，动员他们落实计生政策。由于他们现在明白了国家要实行计划生育的原因，懂得了计划生育的有关政策，更懂得了如果不自觉去执行这些政策就要被强制执行，并会加重处罚的道理，所以，当工作队员面对面地做了思想工作后，他们要么就去落实相关的"四术"措施、积极交超生费，要么就在"保证书"上签字决定在一个月内的一天去落实。活动开展得很顺利，不到12点就结束了。据统计，决定当天去或者在保证书上签字的有63人，当场交或保证一个月内交超生费的共有85750元，取得了"人教活动"的开门红。

板仓村的"人教活动"结束后影响很大，高志强接着又带领工作队到其他各个村去开展，持续了一个多月。由于在板仓村打下了良好的基础，后来到其他村时，这一活动也都开展得很好，取得了空前的成功。通过开展这次活动，全镇共有698个计生对象落实了相应的"四术"措施，收到了超生费96.3万元，超额完成了上级下达给洞明镇当年的计生工作任务，这年洞明镇党委政府不用再组织开展计生突击月工作了。

洞明镇党委政府通过开展"人口状况和计划生育政策教育活动"促进计划生育工作任务完成的做法，得到了县、地、省级领导的充分肯定。镇党委李方成书记分别被安排到县、地、省级有关计生工作的会议上介绍经验。

第二十六章　厚着脸皮去借钱

1991年秋，洞明镇政府新建好了一栋七层高的楼房。一至三层安排做会议室和各种办公室。四至七层建成套房，这些套房专门安排给镇政府已经结了婚，但是还没有套房居住的干部职工。高志强也在五楼分了一套，他这套房子坐北朝南，两室一厅，一厨一卫。大门口向着政府大院，很宽阔。后面的那间房为主卧，主卧的窗户与镇党委政府的大门同向。从窗户往下看，可以看到镇党委政府大门和围墙外面进入大门的路和附近群众的房子，也很开阔。屋内接通了自来水，空气流通，光线足。墙上粉刷着雪白的双飞粉，地面铺有米黄色的瓷砖。一天下午，他从办公室陈主任手里拿到钥匙后马上开门进去看。当他走到客厅、房间、厨房和卫生间详细看了一遍后，感到很爽，很满意。心想，有了这套房子以后可以帮妻子找工作了。

高志强自从到洞明镇武装部当招聘干部后，只有在农忙假和其他国家规定的节假日才有空回家做点事情，平时都是在单位里工作。母亲年老体弱，白天能帮助把孩子看管好已经很不错了，所以，家里的事情主要靠妻子一个人，每天里里外外忙不停。不管多大的事情，都是她一个人扛，非常辛苦。高志强出来当招聘干部的第二年秋天，妻子在怀第一个孩子时，由于遇到了秋旱，水稻受旱严重。为了使种下的水稻不因受旱而减产，她已经怀孕八个多月了，还多次挺着个大肚子，背着一架4米多长，近百斤重的水车，走到一公里远的稻田边车下面池塘的水上来灌溉水稻。过了几年后的一年年初，高志强的第二个孩子出生了，是个儿子。这年夏天的一天晚上，已经半夜了，儿子发高烧。为了不耽误儿子的诊治、不影响高志强哥哥嫂嫂们休息，妻子悄悄地去叫婆婆过来陪大女儿睡觉，然后就拿着手电筒独自抱儿子赶去离家1公里远的村委会卫生室找医生诊治……这些事情都是母亲告诉高志强的。高志强每次回来探亲听说类似的事情都很愧疚，他曾经暗暗下过决心，以后一定要帮妻子在外面找一份工作，让她免受这种苦。他担任镇党委副书记并组织开展了"人口状况和计划生育政策教育活动"后，就想在计生站帮妻子找一份工作，但是，因为当时洞明镇政府干部职工的住房很紧张，他仅分配得一间屋子住。孩子还小，母亲年老，母亲不能单独在方博村照料两个孩子。如果在计生站帮妻子找一份工作，就需要把孩子和母亲一起接到洞明镇政府来居住，一个房间是住不了那么多人的，所以，就一直没有找工作。

这晚他没有看书，在房间里来回踱步，考虑如何帮妻子在镇计生站找一份工作的问题。他想，计生站的日工分为镇日工和县日工两种。镇日工不强调户口问题，不管你是农业户口的人还是非农业户口的人，只要你有一定的文化并得到乡镇党委书记的同意就能做，但是，待遇相对较低且容易被辞退。而县日工不同，要求一定是非农业户口，而且，要经过县劳动局发文批准后才能去，难度很大，每年能当县日工的人很少。不过，一旦当了县日工，就不容易被辞退，工资也比镇日工高一些，还可以从一个乡镇计生站调到另一个乡镇计生站去工作，县日工实际上已经是半个工人了。现在是应该帮妻子找一份镇日工做呢，还是应该帮她找一份县日工做呢？为了让妻子出来工作后就不用再回到方博村去受苦，应该努力帮她找一份县日工做，他经过反复考虑和权衡后最终做出了这一决定。

妻子现在是农业户口，要想做县日工，首先要把她的农业户口转为非农业户口。要想达到"农转非"的目的，要得到县公安局的批准，并且要按规定交4000元转户费。

结婚以来，高志强和张瑞珍夫妻俩一直都省吃俭用。但是，因为收入少，开支大，到目前为止家里的积蓄只有2000元左右。要想给妻子转户口，至少还要再向别人借2000元。这2000元不是一个小数，相当于高志强两年的工资，很难借得到，但是，他没有退步，决心四方伸手，八面求助，厚着脸皮去把钱借到手。在镇政府大院的干部职工中，只有周逢先有些钱。其他人每月的收入只有一百元左右的工资，这些工资除了生活费外已经所剩无几，是不会有钱借出的。因为和周逢先心存芥蒂，高志强不愿意去向他借，所以，他没有办法在政府大院借到钱。为了能借到这2000元，他把亲戚、朋友、同学和战友等通通查点了一遍，看可以去向谁借到钱。通过查点，他认为目前在洞明圩开办服装加工厂被人们称为百万富翁的高中同学冯家炳最有可能借钱给他，于是决定去向冯家炳借。

"请问冯家炳在家吗？"一天晚上八点多高志强拎着一袋苹果来到冯家炳家里，看见他妻子蔡娟娟后问。

"他到广东跑业务去了，后天下午才能回来。"蔡娟娟请高志强在沙发上坐下后说。

因为老同学不在家，高志强不方便说借钱的事，只好找个理由告辞。到了后天晚上，高志强又来找冯家炳，冯家炳热情地沏茶给他喝。高志强向冯家炳了解了一些生意的情况后说："老同学！俗话说'无事不登三宝殿'，我今晚来找你……"他把原因说明后说，"请你借给我2000元，我有急用。"

"我现在手里没有钱，再过五天估计会收到一笔货款，到时候再说吧。"

高志强只好回去了。过了五天后的一个晚上，他又拎了一袋水果来找冯家炳借钱。

"我今天是收到了一笔货款，但是，又要进一批布料，资金周转困难，所以，不好意思，只能借1000元给你，你要不要？"冯家炳请高志强在对面的沙发上坐下后说。

高志强听后心里虽然不爽，但是也没有底气说不要的话，想了想说道：

"要，借多少都感谢老同学。"

冯家炳进房间拿了1000元现金出来交给高志强。高志强清点后写了一个借条交给他，然后向他道谢并告辞。出了冯家炳家后，高志强低头走了一会儿想，三哥去年承包村里的一个大鱼塘养鱼，不知他是否赚得些辛苦钱，下一步不得不回去向他求助了。

高志强特别有愧于他的三哥。他在小学一年级上学前，家里因为贫穷拿不出钱来给他交学费，当年差点不能上学读书。后来15岁的三哥在开学前的一个晚上自己背了一架水车去车干了一个野塘水，第二天早上抓了10多斤杂鱼拿到市场卖，卖了几块钱。这样高志强才有钱交学费，才能上学读书。之后，三哥作为家里的顶梁柱，日夜为家里卖命，高志强才能继续读到高中毕业。结婚后，高志强一家的生活比较艰难，又是三哥指导帮助张瑞珍种植生姜和黄麻卖，增加经济收入，使高志强的家庭很快走出了困境。因为自己长期得到三哥的照顾，从来没有什么回报，所以，这次他原先是不打算再回去向三哥借钱了的，但是，现在因还差1000元，在外面已经借不到钱了，不得不又回去向他求助。

高志强星期六的下午回来探亲，吃了晚饭后就来到三哥的家里。三哥一家人也已经吃了晚饭，侄儿侄女们都到外面玩耍了，只剩三哥三嫂在餐厅里。高志强应邀在三哥旁边的小木椅上坐下，寒暄了一会儿后就把自己想帮张瑞珍在洞明镇计生站找一份县日工做，要先把张瑞珍的农业户口转为非农业户口等情况告诉了三哥，然后问道：

"三哥！关于办理张瑞珍'农转非'所需的经费我已经筹到3000元了，还差1000元，你能不能借1000元给我？"

"我去看看。"三哥一面说一面朝房间里走去。过了一会儿，他拿了一个小布袋出来放到饭桌上，然后解开把里面所有的钱掏出来清点，大额的钱一共是1000元。另外，估计还有十多块零钱，三哥不点它们了。他把1000元塞到高志强的手上说："拿去！"

"全部把钱借给我，你家里没有钱开支怎么办？留一半出来吧！"高志强不忍心全部拿走，想把500元拿出来。

"你不要拿出来了，不要耽误帮张瑞珍办理'农转非'手续的时间。我家里的问题，我会另外想办法解决的。"

高志强怀着感激的心情把这1000元放进了裤兜里。

筹够钱后，高志强首先去把自己想在洞明镇计生站帮妻子找一份县日工的事情向李方成书记汇报，并请求他的支持。在得到李方成书记的支持后，他马上去县公安局按照要求帮妻子办理了"农转非"的有关手续，然后向县计生委打报告。每年向县计生委打报告要求做县日工的人很多，但是得到同意的很少。高志强因为在洞明镇带队开展"人口状况与计划生育政策教育活动"非常成功，有力地带动了其他乡镇计生工作的开展。计生委的黎主任很感谢高志强对他工作的支持，所以，当高志强拿报告给他时，他看后二话不说就在报告上签了"同意"二字，并写上了自己的姓名和日期。但是，当高志强把报告拿到劳动局请张局长签批时，张局长一直以名额有限为由不肯签批，拖了近一个月。高志强在无计可施的情况下不得不在一天上午到李方成书记的办公室汇报并请求说：

"李书记！关于我想在计生站帮妻子找一份县日工的事情，在你的大力支持下其他的手续都已经办妥了，但是，还差县劳动局这一关没有过，张局长一直都没有签批，请你帮我和他说一下好吗？"

李方成书记听后马上起身去镇党委政府办公室给张局长打电话……

第二十七章 不得不再三请求调离心爱的洞明镇

　　一天早上,高志强租了一辆小货车回方博村把妻子、孩子、母亲和相关的生活用品拉到了洞明镇政府。张瑞珍也在这一天带着县日工的通知书到洞明镇计生站报到上班。高志强一家人在一起生活得很幸福。

　　"光阴似箭,日月如梭。"1993年上半年,镇党委政府这届的任期又快结束了。大家都认为届满后,李方成书记工作成绩突出(尤其是在计生工作方面),个人素质又好,是一定可以得到提拔的。他提拔后一般都是由镇长接任他的职务,那么,镇长接任书记后由谁来接任镇长呢?按照惯例,若是在本镇党委政府的副职领导中有合适的人选,县委会优先在本镇党委政府的副职领导中提拔人员接任。要是在本镇没有合适的人选,再从其他乡镇或者县直单位中调人来接任。

　　洞明镇的许多干部群众都认为本镇党委的高志强副书记是接任镇长的最佳人选,因为他抓"天下第一难"的计生工作成绩很突出,而且,在他任职第二年时,镇党委又安排他兼抓镇党委政府招商引资的工作。经过一年多的努力,他在继续抓好计生工作的同时,又引进了5000多万元的资金,在洞明镇办了一个大型的布料印染厂,给当地群众增加了200多个就业岗位,给当地政府增加了可观的税收收入。人们发现高志强抓计生工作是一把好手,抓经济工作更是出色。他还于1992年上半年在全县率先获得了全国高等教育自学考试行政管理专业大学本科的文凭,不久后就从招聘干部转为正式的国家干部了。他既有丰富的实际工作经验,又有深厚的理论功底,综合能力较强。高志强本人也认为从德、能、勤、绩四个方面全面衡量,洞明镇政府下一届镇长的人选非自己莫属,所以,他在认真做好目前所分管工作的同时,已经开始暗暗地考虑当镇长后如何去把相关工作做好的问题了。洞明镇近年已经有100多家休闲服装加工厂，而且整体生意都不错。他计划等自己担任镇长后马上采取措施大力发展休闲服装加工业，使之上规模、上档次，成为支柱产业，以此带动全镇经济快速发展，把洞明镇建设成为全县、全省乃至全国的明星乡镇。

正当高志强雄心勃勃地为争取成为洞明镇的镇长和成为镇长后如何去干一番大事业时，4月下旬的一天晚上，镇水利站的陆兴邦站长邀他到房间下象棋。

陆兴邦与高志强是老乡，都是雄山镇人，只是村委会不同而已。他十几年前在省水利学院毕业后就分配到洞明镇水利站当水利专干，前年被提拔为站长。他比高志强年长几岁，在官场上混的时间比高志强长，对社会上的人情世故比高志强熟悉。自从到洞明镇水利站工作后，他就已经是正式的国家干部了。他和高志强虽然不是很谈得来，但是，"美不美家乡水，亲不亲故乡人"。因为在洞明镇政府的大院里，只有他们俩是老乡，碰到什么大的事情时，还是互通信息，相互关心。高志强落选副镇长后的第三天晚上，陆兴邦曾经买酒买菜单独到高志强的房间喝，安慰他。陆兴邦被提拔为站长时，高志强也独自买酒买菜到他房间里喝，祝贺他。

陆兴邦这次在他的房间和高志强下了三盘棋后就把象棋收起来，说："老乡领导！今晚下棋就下到这里吧，下面转入第二项活动。"接着，他从一个小餐柜里拿出一瓶米酒和一包咸脆花生放到茶几上，然后去拿了两个玻璃杯倒满了酒，一杯给高志强，一杯给自己。以往他俩碰杯后都是各喝一口就把杯放下，然后边聊天边慢慢把这杯酒喝完的，但是，这次陆站长和高志强碰杯后小声说："干杯！"一口就把一杯酒喝完了。高志强不知其意，只得跟上，也一口把一杯酒喝完了。这时，陆兴邦凭着酒气说道：

"老乡领导！我今晚请你来这里，除了下棋之外，还有一些重要的事情想告诉你。我不喝这酒，有些话说不出口。现在什么都可以说了，想到什么就说什么。如果说得不中听，请你不要见怪。"

"有什么重要事情要告诉我？"高志强好奇地问。

"是关于这届镇党委政府满期后你的前途和命运的事情。"

届满后自己的前途和命运是高志强目前最关心的事情。当老乡说到这种事情后，他顿时紧张起来，问："什么？届满后我的前途和命运你已经知道了？"

"你听我慢慢说，"陆兴邦先拿酒瓶又倒了两杯，举杯和高志强各喝一口后说：

"听说还有两个月左右全县的乡镇党委政府就要进行换届了。现在李方成书记被安排到省委党校参加中青年培训班学习。大家都清楚，因为他工作成绩突出，个人素质好，后台又硬，到换届时肯定会得到提拔的。他提拔后一般都是张镇长接他的位置。张镇长当书记后谁当镇长？据我了解，在一个月前不管是镇干部、村干部，还是镇直单位的干部，大多都认为你是洞明镇下一届政府镇长的最佳人选，但是，现在不是了。"

"为什么？"高志强有些激动地问。为了控制住自己的情绪，他捧起酒杯喝了一大口酒。

"原因是你遇到了我们镇党委的一个强劲对手卢玉田副书记。"陆兴邦也陪高志强喝一口后说，"卢副书记是一个城府很深的人，以前他一直都表现出一副与世无争的样子，但是，这段时间他突然向下一届洞明镇政府镇长的职务发起冲刺。为了能成为下一届洞明镇政府的镇长，他不惜血本，大搞感情投资，在洞明圩的饭店和家里分别请政府的一些干部，各村委会的支书主任，洞明圩比较有名气的老板和镇直单位的主要领导吃饭。我也有幸被邀请去吃过。在席间，他对每个应邀来吃饭的人都像亲人一样接待，非常热情。胡部长、林铎福和周逢先三人都是他的死党。他每次请客吃饭时胡部长、林铎福和周逢先三人都到场。这三人都一起在席间称赞他人缘好，交际广，有亲和力，能够团结大家共同把洞明镇的工作做好，最适合当下一届洞明镇政府的镇长。他们都知道你是卢副书记最主要的竞争对手，所以，在称赞卢副书记的同时，还毫不顾忌地说你的不是，毁坏你的形象。其中，说你缺乏社交能力，不懂人情世故，不关心干部群众疾苦，不能团结大家一起把工作做好，因而不适合做洞明镇政府的镇长等。'吃了人家的嘴软，拿了人家的手短。'应邀去吃了饭并得到卢副书记热情接待的许多人事后都到处为他说好话。据我了解，现在卢副书记的口碑已经远远超过了你，他成了洞明镇下一届镇政府最热门的镇长人选。"

陆站长说到这里停下来一边喝酒一边默默地剥花生米吃。高志强不方便说什么，也跟他一起喝酒剥花生米吃。过了一会儿，陆站长又继续说道：

"老乡领导！你已经获得了全国高等教育自学考试大学本科的文凭了，建议你从现在起要花些时间和精力去搞好人际关系，要舍得搞些感情投资，发展一些自己人，好在换届时多些人帮你说好话。因为现在这个世道势利的人多，正直的人少。许多友情、感情都是在私底下的酒场和饭局中培养起来的。你投之以桃，别人才会报之以李。你不这样做，在需要别人帮助时，别人是不会帮你的。大家都清楚，到换届时，谁得到提拔，谁得不到提拔。德、能、勤、绩只是一方面的因素，而且，这方面的因素远远比不上人际关系重要。在上级派人下来考核时，如果许多人为你说好话，评你为优秀档次，认为你可以提拔重用，你就会得到提拔重用。反之，你在德、能、勤、绩方面做得再好，假如你的人际关系不行，在上级派人下来考核时，没人帮你说好话，不评你为优秀档次，不说你可以提拔重用，你照样不会得到提拔重用。现在离换届的时间只剩两个月左右了，你如果还坚持'除了工作就是看书，除了看书就是工作'的观点，不花时间和精力去搞好人际关系，不舍得进行感情投资，我真担心你在下一届镇党委政府换届中，不但不能成为镇长甚至连镇党委委员的位置都保不住，会再度落选。"

陆站长说一会儿话，喝一口酒。高志强的情绪每激动一次后就喝一口酒。到了10点多，这瓶米酒就被他俩喝完了。没有酒喝后，陆站长不想说话了，高志强也不想听了，他向陆站长告辞回家。

高志强怀着紧张而复杂的心情往回走。回到新大楼后，他没有马上回家，而是走上楼顶来回踱步，思考今后该怎么办。几十分钟后，他匆匆地走回家。这时，妻子、孩子和母亲已经睡觉了。他走进房间打开自己专用的抽屉，拿出日记本，走到客厅打开电灯写道：

四月二十五日

我一定要把这件事情记录下来，因为太重要了。

晚饭后，水利站的老乡站长陆兴邦邀我到他房间下象棋。三盘后他就把棋收起来，拿米酒和咸脆花生邀我喝酒聊天。没想到他居然和我谈起关于这届镇党委政府期满后我的前途和命运的问题，这使我很惊讶。更让我惊讶的是，他把卢副书记这段时间在胡部长、林铎福和周逢先三人的配合下所做的事情说完后，以兄长般的口气对我说："你如果还坚持'除了工作就是看书，除了看书就是工作'的观点，不花时间和精力去搞好人际关系，不舍得进行感情投资，我真担心你在下一届镇党委政府换届中，不但不能成为镇长甚至连镇党委委员的位置都保不住，会再度落选。"

"前事不忘，后事之师。"从陆站长所反映的情况看，自己现在所面临的选举形势和1990年换届前十分相似。"以酒交友"是自己的短板。卢副书记这方面的能力远比自己强，别跟他竞争了。为了防止"再度落选"，防止再度出现落选后那种不堪回首的情景，防止再次给县委添麻烦，经过连夜上楼顶思考后，我决定忍痛离开心爱的洞明镇，请求县委把我调到全县最小、最贫穷、最落后的小成乡去工作。"问君能有几多愁？恰似一江春水向东流。"

5月初，高志强利用到县委党校参加一次政治理论学习的机会连续三次抽空到县委组织部，请求宋部长调他到小成乡工作。宋部长最后一次在办公室里耐心地问他：

"你为什么要反复要求调去小成乡工作？"

"因为那里人际关系简单，可以全身心投入工作，有利于干出成绩。"高志强不好意思把真实的原因说出来，编造了这个理由回答。

宋部长本来是不想让高志强去小成乡工作的，但见他态度那么坚决，同时认为小成乡也确实需要有他这样不怕艰苦而且能力强的人去工作，才能尽快改变目前贫穷落后的面貌，于是关切地说道：

"我告诉你，小成乡目前比你想象中还要落后，工作和生活条件比你想象中还要差。你如果真的想去那里工作，一定要做好吃苦的心理准备。"

"我不怕吃苦。"

高志强学习结束回到洞明镇工作的第7天，即5月13日，洞明镇和小成乡党委分别收到了县委的文件："……任高志强同志为中共小成乡党委副书记，免去其洞明镇党委副书记职务……请于1993年5月16日前到小成乡党委报到。"洞明镇党委办公室的陈主任收到文件后马上送给李方成书记阅览。李方成书记是前天从省委党校参加培训班学习结束后回来的，看后感到很惊讶，立即给县委组织部的宋部长打电话。过了一会儿后，他很遗憾又无奈地叫陈主任把文件送给高志强看。

　　高志强看后怀着又痛苦又高兴的复杂心情赶紧把手头上的工作做好，然后去办理有关的交接手续，计划于5月15日上午去小成乡党委报到。

下　部

第二十八章　一定要在小成乡"努力干出一番事业来"

小成乡是从山北镇分离出来的乡，位于洞明镇南边的山区，与洞明镇相邻。从洞明镇去小成乡有两条路：一条是从洞明镇政府大门走到公路后先往北走，到了罗德镇后往左转，然后沿着一条泥路直着往山区走，最后到达乡政府。如果开小车走这条路，从洞明镇政府到小成乡政府正常要走两个小时左右。另一条是从洞明镇政府大门走到公路后，横穿公路往南边的一条路走。这条路全都是崎岖的山间小路，途中还要经过一条没架桥的浅河。过了这条河后转向北边，再沿着山间或田边弯弯曲曲的小路走，最后到达乡政府。这条路只能骑单车或者摩托车，不能开小车。正常人骑单车走这条路，从洞明镇政府到小成乡政府一般要一个半小时左右。

5月15日上午9点多，高志强在李方成书记的陪同下乘坐一辆北京吉普车从镇政府大门出发，到了公路后往北走，中午11点多到了小成乡政府大院的篮球场上。因为小成乡没有程控电话，高志强他们出发前，没办法把信息告诉小成乡政府办公室的同志，所以，这时没有人出来迎接他们。司机见状后赶快下车走进办公室向里面的同志告知有关情况。高志强利用这个间隙观察了一下政府大院周边的环境，只见这个大院没有围墙，没有大门。东面有一幢三层高的青砖楼房，西面有一幢三层高的红砖楼房。中间是一个没有硬化的篮球场。南面离篮球架不远处是一条水沟，水沟过去是群众的房屋。北面篮球架的上边是小山丘，杂草丛生。山丘旁边是群众的住房，整个大院给人的感觉是窄小、简陋、房屋少，不像个政府，有点荒凉。

办公室的小徐听司机说后，因为乡党委的林书记外出参加培训学习了，不在家，乡党委政府的工作都是由容乡长主持，所以，马上跑上二楼乡长的房间向容乡长汇报，容乡长立即下来迎接。他们曾多次一起到县城参加计生工作等会议，所以容乡长和李书记、高志强早已认识。容乡长对李书记和高志强非常热情，一一握手后先安排人来帮高志强把行李搬下来，暂时放到乡政府办公室，然后派人去准备午饭。接着带李书记和高志强到自己住的套房喝茶聊天。高志强在喝茶聊天中偷偷观察容乡长居住的环境，地板上没有铺瓷砖，墙壁没有粉刷，只是用水泥、沙和石灰简单地批烫了一下。这让他感到有点意外，后来经过了解，作为一乡之长都不能单独住一套房，这套房是容乡长和另一个干部合住的。这让高志强感到吃惊，并且暗暗叫苦。这时容乡长看了看手表，发现已经聊了30多分钟了，便带李书记和高志强等人一起步行去小成圩米粉店吃午饭。

乡政府离小成圩大约100米，高志强第一次来小成乡对什么都很感兴趣。刚才通过在篮球场观察，了解了乡政府大院的状况；通过在容乡长的客厅和房间里观察，了解了小成乡干部职工的住房情况。现在进入小成圩后，他又边走边观察小成圩。发现小成圩很窄，仅由一条10多米宽、100多米长的泥路街道和一间约200平方米砖瓦结构的市场组成。街道的两边是个人的楼房或瓦房，市场位于距离乡政府远的那头街道的末尾，四边也是个人的楼房或砖瓦房。

这个小成圩和其他乡镇的圩一样，都是3天一个圩日，需要赶圩的群众就集中来到这里。因为平时到这里赶圩的人不多，所以，没有饭店，只在市场边有一间米粉店。今天为了招待李书记和高志强等人，容乡长专门安排小徐去叫米粉店老板杀了一只鸡，煮了2斤大米饭。

他们来到米粉店后，莫老板热情地带他们到里面的包厢就座。高志强抬头一看，见包厢里放有一张圆形的饭桌和若干张竹椅子，还有一架落地式电风扇。墙壁是泥砖砌成的，没有粉刷，有点黑。苍蝇满屋飞，嗡嗡叫。他们坐下后，莫老板先安排他的女儿上茶，过了一会儿就上菜了：一碟炒鸡，一碟炒猪肉，一碟辣椒蒜米炒空心菜，还有一盘韭菜滚鸡杂汤，酒是本地人酿的米酒。

大家按照习惯先喝汤，后喝酒，再吃饭。酒过三巡后，高志强的喉咙感觉有点不舒服，拿起勺子想再打一点汤喝。这时发现汤里有两只死苍蝇，他用勺子捞起来倒到桌下的地板上。看见那两只死苍蝇后，容乡长和小徐不以为然，没有什么异样的反应，但是，李书记的脸色瞬间变了。此后，他再也不敢喝这汤了。李书记平时不怎么喝酒，但是，当容乡长向他敬酒时，他一方面因为刚才喝了一碗有死苍蝇浸泡过的汤，想多喝点酒来消毒；另一方面出于对主人的礼貌，把一大杯酒一口干掉了。接着，他又回敬了容乡长一杯。高志强发现上面有两只死苍蝇后，本来是不想再喝了，但是，见容乡长和小徐还继续打来喝，知道这是这里常有的现象。为了尽快适应这里的生活，他也像容乡长和小徐那样继续打汤喝。他也和李书记一样，平时不怎么喝酒，但是，这时也是为了消毒和出于礼貌，比李书记还能喝。他除了和容乡长以及小徐互敬了几杯外，当容乡长和小徐继续向李书记敬酒时，因李书记酒量差，还替李书记喝了几杯。到了下午1点多，大家都吃饱饭了。高志强知道李书记下午还要参加一个会议，于是对容乡长说：

"容乡长！我想先送李书记回洞明镇，处理一点个人的事情，明天再回来上班。"

"不用急，"容乡长关切地说，"你可以先回去休息几天再来。"

在回洞明镇的路上，李书记和高志强的心情都不好，再加上喝了挺多酒，头有点晕，一直都是闭目养神，没有说话。当回到洞明镇政府大院准备下车时，李书记终于打破沉默，带着点责怪的口气说：

"高副书记！小成乡的情况今天已略见一斑，你看后心里不好受，我也不舒服。你计划调去那里工作之前，如果先和我说一声，我是不会同意你去的。我收到县委关于你任职和调动的文件后，马上给县委组织部的宋部长打电话，要求县委继续把你留在洞明镇工作，但宋部长说你已经连续找过他三次了，决意要去小成乡工作，没办法。现在说什么都晚了，希望你到那里后，继续以工作为重，努力干出一番事业来。

"另外，你爱人现在已经是洞明镇计生站的县日工了，谁也不能随意把她辞退。我建议你留她在洞明镇工作，不要带她和孩子过去。今天大家都看到了，小成乡党委政府房屋那么少，连乡长都要和其他干部共住一套房，是安排不出房间给他们住的。你妻子如果留在洞明镇工作，她和孩子以及你母亲今后还可以继续住在你们现在住的那套房子里，不要担心没有房子住。

"我要去开会了，多谢你这几年来对我工作的大力支持，以后如果有什么事情需要我帮忙的话，尽管说！"

高志强今天看了小成乡的有关情况，尤其是干部职工的住房情况后，心里非常难受，不知今后如何解决妻子、孩子和母亲的住房问题。现在住的这套房是比较高级的房，按规定是安排给洞明镇三家班子领导成员住的，所以自己调走后，家人没有资格再在里面住了。妻子只是洞明镇计生站里的一个县日工，按规定只能在政府的旧宿舍区里有一间单人宿舍住。一间单人宿舍怎么住得下四五个人？另外，原以为即使档次低一些，设施简陋一些，小成乡政府也会像洞明镇政府那样，凡是结了婚的干部职工都有一套房子住。这样就可以在把妻子调到小成乡计生站工作的同时，把母亲和孩子一起接到小成乡政府和自己一起生活，住房的问题就解决了。没想到小成乡政府的住房那么紧缺，连乡长都只是有一间房住，自己作为一个副书记怎么会有一套房住呢？没有一套房子，家里这么多人怎么住得下呢？高志强从小成乡回洞明镇的路上，心里一直在为住房的问题发愁，忐忑不安。现在听了李书记的这番话后，住房的问题解决了，心情很激动。此时此刻，他深深感到李书记是一个非常重感情的好领导，很想向李书记诉说一番感激的话，但是，因为心情太激动，再加上李书记又要赶去开会，所以，只好用劲握住李书记的手连声说：

"谢谢！谢谢！谢谢！"

李书记下车后马上走去开会了，高志强则回到自己的住房。这时，他觉得这套房无比珍贵。大家吃晚饭时，他把今天到小成乡所看到的情况和回到洞明镇政府后李书记所说的话，尤其是还可以继续在这套房子居住的话告诉妻子和母亲。妻子和母亲都觉得这套房子很好，住在里面很舒适，正担心不日就要随高志强一起到小成乡生活，不能在这里居住了，感到很遗憾。现在听说还可以继续在这套房子里住，非常高兴。尤其是张瑞珍，她内心是不想带孩子去小成乡这山区乡工作和生活的，怕影响孩子以后的学习和进步。现在听说不用去了，心情更是特别好，只有高志强还有些郁闷。

晚饭后，高志强为了解闷，拉着女儿和儿子出去散步。当走到篮球场边时，看见卢玉田、周逢先、胡部长和林铎福一个个喝得面红耳赤，兴高采烈地同政府的一些干部奔跑在篮球场上，好像是在庆祝胜利一样。尤其是卢玉田副书记，他以前从来不打篮球，现在也在里面大喊大叫，志满意得。那种得意样真是无法形容，好像他已经是洞明镇政府的镇长了，看着恶心。高志强今天去看到小成乡那种贫穷落后的状况后心情本来就不好，现在又受到卢玉田等人行为的刺激，胸口突然隐隐作痛。他马上拉着两个孩子转身走回家。边走边想，我作出调去小成乡工作的决定到底是对的还是错的？难道自己留在洞明镇工作真的会不但不能成为镇长甚至连镇党委的委员都保不住吗？为什么要主动放弃竞争机会让卢玉田等人得势呢？为什么要离开洞明镇这么好的工作和生活环境去小成乡自讨苦吃？这件事是不是办得太草率了？他越想越觉得不对劲，深为自己一而再，再而三地去向宋部长要求调到那里工作而后悔。"不行，必须重新考虑关于要求调去小成乡工作的问题，应该继续留在洞明镇和卢副书记竞争，不要调去小成乡工作了。"他刚产生了这个念头，马上就回过神来。心想，自己今天已经按照县委的通知到小成乡党委报到了，已经是小成乡党委的人了。不管原来所作的决定是对还是错，不管是经过深思熟虑还是办得太过草率，事到如今都已经木已成舟，不能改变了。正如李方成书记所说，现在说什么都晚了，现在再去重新考虑调去小成乡工作的问题有什么意义？"开弓没有回头箭"，既然无法改变既成的事实了，就应该义无反顾地坚持到底。今后要面对现实，全力以赴，不管小成乡有多么贫穷落后，也要坚定不移地在那里把工作学习搞好。"咬定青山不放松，立根原在破岩中，千磨万击还坚劲，任尔东西南北风。"一定要在小成乡里"努力干出一番事业来"，绝不能让胡部长和卢副书记等人小看自己。

高志强把两个孩子拉回家后就再也没有出门。

第二十九章　打碎牙齿也要往肚里咽

第二天一早，高志强吃了妻子做的早餐后就憋着一股子劲，骑着一架半新半旧的大单车从政府大门出发，到达公路边后横穿过公路，朝南边的小路骑去。他只是听别人说过有这么一条小路能去小成乡，但是从来没有走过，今天是第一次试探着走的。当他过了洞明镇的地界进入小成乡时，只见两边都是山，中间有一条崎岖的小路，看不到一户人家。已经是上午8点多了，路上还没有一个行人。当走了几十分钟时，被一条近20米长的小河拦住了去路。河中约有半尺深的河水缓缓地流着，水面五六米宽。高志强下车察看了一下后，重新骑上单车使劲冲过去，鞋子全部湿了。好在他今天穿的是凉鞋，被河水弄湿了也不碍事，如果是冬天穿布鞋或者皮鞋就麻烦了。

过了这条河后，他就向北走。路还是弯弯曲曲的小路，两边的山林更加茂密，路上同样看不到行人。除了听到一些鸟叫外，其他什么声音也没有，寂静得有点恐惧。路边野草上的水珠不断把他膝盖以下的裤脚沾湿，小腿的皮肤被裤脚上的露水弄得痒痒的。这时，他无心关注周围的景物，更无暇去顾及裤脚的干与湿、皮肤的痒与不痒，一心只想快一点赶到小成乡党委。只要遇到路面稍直稍宽一点的路段，就尽量加快骑车的速度。9点多时，终于赶到了。

他把单车放好后，马上走到容乡长的房间向他请示工作。

"你怎么不在家好好休息几天，那么快就过来？"容乡长请他在客厅的短沙发上坐下后问。

"不用休息！干惯活了，没活干心里空落落的，难受。请问安排什么工作给我干？"高志强说。

容乡长见高志强的工作责任心这么强，非常喜欢。想了想说：

　　"目前小成乡党委政府的中心工作是造林灭荒。造林灭荒是今年县委、县政府下达给小成乡党委政府必须完成的一项重要的工作任务。小成乡所有的山岭都分给村民承包了，但是，有些村民由于各种原因不愿去把自己承包的荒山种上树木，而上级又不允许有荒山存在，乡政府没有钱请人种，所以不得不组织政府的干部职工上山种树，把荒山消灭。这项工作是上个星期开始的，估计要持续一段时间。这样吧，等一下我就带领大家上山种树，你今天不要去。我安排办公室的罗主任配合你把房间打扫干净，把必要的生活用品购置好，明天你再参加种树吧。"

　　容乡长是和办公室的罗主任共住一套房的。这时，他进罗主任的房间把事情交代清楚后就走出房间下楼去领着干部职工们去种树了。

　　罗主任走出客厅对高志强说：

　　"高副书记，我们小成乡政府一共只有两幢房。除了安排一间大会议室，一间乡党委小会议室和一间党委政府的联合办公室外，其余的房子全部都建成套房供干部职工们居住了。每套房的结构都是两个房间、一个餐厅兼客厅、一个厨房和一个卫生间。因为人多房少，不管是一般干部还是领导干部，不管是已婚干部还是未婚干部，都只能分到一个房间居住，而且这个房间还要兼办公室用。容乡长安排你去和计生站的曾站长共住一套房。"

　　罗主任接着配合高志强到一楼乡党委政府办公室把行李搬到房间，把房间打扫干净，然后又小声地对高志强说：

　　"高副书记，我们乡党委政府同住一套房的干部职工都是饭菜同煮同吃，伙食费均摊的，但是，因为曾站长的肝有点问题，建议你饭菜自理，不要和他一起吃。另外，乡长叫我和你讲清楚，现在是逼不得已暂时安排你和曾站长同住一套房，以后如果有人调出有空房时，马上安排你到其他房间住。"

　　高志强一听要和一个患有肝病的人住在一起，心里本能地产生了一种恐惧感，因为肝病是会传染的，但是，既然都没有其他房间了，有什么办法呢？只好请罗主任带自己去购买炊具、餐具和其他一些油盐米等生活必需品回来。

　　第二天高志强就和其他干部职工一样，一早起床后就赶去乡政府的育苗场拔树苗，然后去买菜挑水回来做饭，吃了早饭后马上就戴草帽拿铁铲和树苗上山种树。这山六七百米高，要一步一步地走上去。其他的干部职工在走上山时精神抖擞，有说有笑。高志强在洞明镇工作时，除了中良村外，其他的村委会都是平原村，平时基本不用上山干活。现在和大伙走上山时气喘吁吁，无力说话，更加笑不出声来，但是，他默默地跟着大家走，不让自己掉队。走到植树点时，分组进行植树。两个人一组，一个负责挖树坑，一个负责拿树苗种。挖树坑要比拿树苗种辛苦，所以，这两个人一般都是轮流干。容乡长怕高志强初来乍到吃不消，有意安排年轻且身强力壮的统计助理小刘和他一组。小刘原计划一直由自己负责挖树坑，让高志强负责拿树苗种，但是高志强不同意。每隔几十分钟后，他就强行从小刘手里要过铲子来挖树坑，让小刘负责拿树苗种。他在挖树坑时，不管小刘怎么提前要求轮换，他也要等过了几十分钟后才肯把铲子交给小刘，他俩就这样一直轮流干着植树的活。

平时高志强都是12点半左右吃午饭的，今天他和其他干部职工一样，没带午饭来，干粮也没有，所带的一瓶凉白开也早已喝完。当干到下午1点多时，已经又饿又累，应该休息了，但是，他看其他干部职工也没有什么东西吃，照样干活，只好硬着头皮跟着干下去。到了3点多时，他的上衣全部湿透了，不但感到饿，而且全身发软，手脚无力。原来出的是热汗，现在却冒了冷汗出来。不但挖树坑感到吃力，就连拿着树苗弯下腰去种也觉得难受。这时，他才深刻地理解县委组织部宋部长的"小成乡的工作和生活条件，要比你想象中还要差"那句话的含义。怎么办呢？要不要休息？"顶住！'能受天磨真铁汉'，一定要顶住！打碎牙齿也要往肚里咽，"他默默地对自己说，"大家不休息，自己也不能休息，一定不能让大家笑话自己。这点苦都吃不了，以后就无法在小成乡工作和生活下去，更无法干出一番事业来。"他一直用顽强的意志无声地坚持种树，小刘看见他脸上挂满汗珠，而且面带青色，知道他很辛苦，但是，几次请他休息一下，他都不肯休息，也只好继续配合他干。到了5点多时，容乡长终于叫大家收工了，高志强拖着疲惫的身体回到乡政府。

因为工作辛苦，时间长，容乡长没有安排计生站的曾站长去参加植树劳动，他在计生站做业务工作。高志强回到套房时，发现他正在做晚饭，还没做好，只好忍着饥饿等他做好后自己再做。

高志强吃了晚饭，洗了澡并洗完衣服后已经是晚上10点多了。因为太困，他没有精力看书，提前上床休息了。谁知，躺到床上后腰酸腿疼很难受，根本无法入睡。他想了想又爬起来，拿了一个干净的塑料瓶到小成圩的一个商店买了几斤米酒、一大包花生饼回来。由于没有酒杯，他把米酒倒到口缸里坐在床头上喝，喝一口酒后咬一口花生饼，直到头晕才躺下休息。第二天一早，他又起来挑水，买菜，拔树苗，做早餐吃，为上山种树做准备。

高志强从小到大极少自己做饭吃。这两年来，妻子到洞明镇政府和他一起生活后，买菜、做饭、洗衣服等全是妻子做。他什么都不用干，只做公家的工作。到这里后，他除了做公家的工作外，还要到附近村民的露天水井挑水、买菜、做饭和洗衣服等什么都要自己做。因为工作辛苦，每天都只吃两顿饭，而且，饭菜单调营养差，他刚到一个多星期就变得又黑又瘦，手臂更是被晒脱了一层皮。小成乡的一些干部职工多次在一起私下议论说：

"高副书记刚来时又白又胖，怎么才来一个多星期就变成了这个样子？看来他在这里是待不下去了。"

高志强有一次偶尔听到大家的议论后心里很着急，认为这是大家对他不信任的表现，决心要用行动来消除他们的误会。事后，他白天继续和大家一起上山种树，晚上用花生饼和米酒消除疲劳。经过10多天的磨炼后，适应力大大增强了，他觉得工作和生活没有刚来时那么辛苦了。从此，他经常是每天一早就第一个到育苗场拔树苗，饭后又排在队伍的前头上山种树。因为阳光毒，气温高，他干得满头大汗，上衣每天都全部湿透，但是，和大家一样中途从不休息，天天如此。小成乡的干部职工发现他越干越精神，越干越有劲，都对他肃然起敬。

通过一个多月的奋战，高志强终于和干部职工一起出色地完成了县委、县政府下达给小成乡造林灭荒的任务，顺利地通过了严格的检查验收。

第三十章　被告黑状

王都县委所组织的乡镇党委、人大和政府换届工作一直在紧锣密鼓地进行。经过一段时间的严格考核和挑选后确定了下一届各乡镇三家班子领导的人选。

6月底的一天下午，县委组织部的林副部长来到小成乡组织乡党委政府全体干部职工开会，他说：

"下面我代表组织部宣读县委关于下一届各乡镇党委、人大和政府领导组成人员的文件：……调林伟东同志到县林业局任党组副书记，免去其小成乡党委书记职务；任命容万程同志为小成乡党委书记，免去其小成乡党委副书记职务；任命高志强同志为小成乡党委副书记，提名为小成乡第三届人民政府乡长候选人……"

高志强事前对得到提拔重用之事毫无思想准备，更不敢有这种奢望。他原先再三要求从洞明镇调来小成乡工作的目的，只是为了防止在换届时再度落选，再次给自己和家人造成伤害以及给县委带来麻烦。现在突然听到他被提名为下一届小成乡政府乡长候选人时非常惊喜，因为县委在关键时刻给了他一个施展才华的机会，一个创造业绩的平台。在惊喜的同时，他也产生了一些忧虑，因为小成乡实在太小，太落后了，自然条件又差，估计很难创造出成绩来。不过，他知道县委也只能给他这么一个平台了。散会后，他暗暗下决心，一定要最大限度地利用好这个平台，尽最大的努力去争取取得最好的成绩。"苔花如米小，也学牡丹开"，决不能因为小成乡太小太落后而不去发奋作为。

这晚睡觉前，他又去买花生饼和米酒回来在房间里庆祝。第二天早餐后，他就叫罗主任把小成乡政府从成立以来各年的工作总结、人大会上的工作报告和各种有关的统计报表等找来给他看。刚看了一阵子，办公室的罗主任又敲门进来，说：

"高乡长，刚才县纪委办公室通过专用对讲机通知你下午3点到县政府招待所204房间报到，县纪委的有关同志找你谈话。"

小成乡每天只有9点这一班车到县城。高志强看了一下手表，已经是8：35了。他只得把各种资料收拾起来，把他的军用挂包挂到肩上，走去小成圩班车上落站候车，下午3点准时来到了县政府招待所204房间。县纪委信访室的陆主任和纠风办的黄主任已经在这里等他了。

"请问你是高志强副书记吗？"陆主任看见高志强走进房间后问。

"是的。"高志强热情地回答。

"请坐。"陆主任指着他和黄主任对面的一张椅子说。

"谢谢！"高志强边说边坐到那张椅子上，挂包原封不动地挂在肩上。他估计谈话时间不长，所以，懒得把它拿下来。

陆主任向高志强介绍了他和黄主任的姓名和职务后就开始谈话，说：

"高副书记，根据领导的指示，我们向你了解一些情况，请你如实回答。"

"好的！"

"你在今年5月14号之前是在洞明镇党委任副书记吗？"

"是的"。

"你在洞明镇任副书记时是分管计生工作的吗？"

"第一年是专门分管计生工作，第二年之后在主管计生工作的同时兼管镇党委政府招商引资的工作。"

"你在洞明镇分管计生工作期间有没有私分过计生对象的逃跑罚款？"

"没有。"

"你有没有贪污过镇的计划生育款？比如，利用手中的权力通过巧立名目的方式把计划生育款占为己有？"

陆主任连续询问这些事情使高志强觉得奇怪。他想，陆主任怎么会一而再地询问这样的问题呢？是不是有人在背后告自己的黑状？是不是胡部长等人知道自己是下一届小成乡政府的乡长候选人心生嫉妒，诬告自己呢？是的，肯定是！他们这些人什么事都做得出来的。想到这里，他非常生气，很想大声说"你们问的这些问题都是洞明镇党委政府一些别有用心的人诬告我的！"

但是，他估计这两个主任不会相信他，只得忍住不说，迟疑了一下后才回答：

"没有。"

陆主任见他回答得不够爽快，认为肯定是有问题了，于是，加重语气道：

"真没有？"

"真没有！"高志强也加重了点语气回答。

"高副书记，我们纪委是保护干部的，"黄主任见陆主任和高志强说话的语气都明显加重，怕一下子就把关系闹僵，对了解情况不利，赶快打圆场说，"你只要如实地把事情交代清楚，我们会从轻处理的，不用怕。"

高志强见黄主任的话软中带刺，认为自己真是一个做了什么坏事的人，很不高兴地回答道：

"对不起，黄主任，我没有什么要交代的。"

"高副书记，我提醒你，党的政策历来都是坦白从宽，抗拒从严的，请你老实一点，我们不是凭空审问你的。"陆主任见高志强很傲慢的样子，看着不舒服，突然严厉地说。

高志强听到审问二字后觉得这是对自己的侮辱，毫不客气地回击道："陆主任，我们办公室的同志说你们是找我谈话的，所以我准时来到这里。如果早知道你们是找我来审问的，我是绝对不会来和你们见面的。你们凭什么审问我！"

陆主任以前在这个地方不管是对谁问话，对方不说胆战心惊，起码也是细声细气地回答，不敢正视他的，今天高志强这样的态度他从来没有见过。他认为高志强犯了错误还逞强，实在无法容忍，拍了一下桌子后厉声斥责道：

"我警告你，你如果在5分钟之内能自觉地把问题交代清楚，我们将对你从轻处理，否则，等我们下去把问题查出来后，一定对你从重处罚！"

高志强见陆主任拍着桌子来威胁他，心想，我被人诬告和陷害已经够冤枉，够气愤的了，你不去调查清楚情况就这样来威胁我，真把我当作一个犯人来看待，哪有你这样办案的？于是，忍无可忍地站起来，啪的一声把桌子拍得更响，然后双手叉腰，瞪大双眼，大声吼道："你这是逼供！我私分了哪些逃跑罚款，贪污了哪些计划生育款，你们可以去查呀！"说完头也不回就走出了204房间（当地的干部群众称它为"遇定死"房间）。

高志强走后，陆主任和黄主任请示县纪委的领导同意后，马上从县直有关单位抽调会计师和财务人员，火速赶到洞明镇计生站查封有关账户，搜索高志强的"罪证"。陆主任和黄主任认为一定要以最快的速度把高志强的罪证找出来，以最快的速度对他进行惩罚，以最凌厉的手段把他的嚣张气焰压下去。可令他俩万万没有想到的是，工作人员连续审查了五六个小时都一无所获。他们把高志强任职以来所涉及计生站的账户反复查了好几次，都没有查出任何问题。这时已经是晚上9点多了，陆主任和黄主任商量后决定安排其他人员返回县城，他俩则继续留在洞明镇处理有关的问题。

他俩先去洞明镇招待所开了一间套房，然后，连夜把林铎福叫来询问。

林铎福来到他俩所开套房的客厅后，应邀在两位主任对面的沙发上坐下。

"林铎福同志！你昨天下午打电话到县纪委信访室，说高志强有私分超生对象逃跑罚款和贪污计划生育款的行为，还说只要派人下来审查洞明镇计生站的账户就知道了，但是，我们的审计师反复审查都没有发现任何问题，请问你是根据什么来举报他的？"陆主任带着一种责备的口气问。

听到陆主任的责问，林铎福显得非常尴尬，呆呆地坐在那里不愿回答，因为他举报高志强的依据实在说不出口。

昨天上午11点多，县委组织部的宋部长来到洞明镇政府组织召开全体干部职工会议，代表组织部宣读县委关于下一届各乡镇三家班子领导组成人员的文件："……任李方成同志为县委常委、县委办主任，免去其洞明镇党委书记职务；任张明焕同志为洞明镇党委书记，免去其洞明镇党委副书记职务；任蒙天生同志为洞明镇党委副书记，提名为洞明镇下一届镇政府的镇长候选人，免去其长安镇党委副书记职务；任命卢玉田同志为洞明镇供销社副主任（保留副科级职务），免去其洞明镇党委副书记职务；免去胡崇帮同志洞明镇党委委员职务（保留副科级职务）；免去林铎福同志洞明镇党委纪律检查委员会委员职务（保留副科级职务）……任命高志强同志为小成乡党委副书记，提名为小成乡下一届乡政府乡长候选人……"散会后，卢玉田沮丧地邀请胡部长、林铎福和周逢先（周逢先原来是洞明镇政府分管政法工作的副镇长，前段时间被查实伙同洞明镇派出所的苏所长一起长时间包庇和怂恿一个赌头在洞明镇开设赌场，受到了党纪和政纪处分，这次没有被提名或者任命为镇三家班子的领导）三人到洞明圩得胜饭店二楼最里面的那间包厢喝酒。他们同病相怜，都为自己不能成为洞明镇下一届镇三家班子领导成员而有意见。同时，也为高志强被提名为小成乡下一届乡政府的乡长候选人而不服。他们一直都瞧不起高志强，经常在酒场上和社会上数落高志强。他们认为如果高志强能当下一届小成乡的乡长，而他们却连洞明镇三家班子领导的成员都当不上，以后会被人耻笑。为了维护他们的尊严，他们打算让县委撤销提名高志强为小成乡政府乡长候选人的决定。然而，要想让县委撤销这一决定很难，必须要有充足的理由。为此，他们一边喝酒一边搜肠刮肚地找理由，最后想起平时计生站开支100元以上的经费都是由高志强审批的。计生站的经费那么多，估计他会利用手中的权力巧立名目、中饱私囊，还会私分一些超生对象的逃跑罚款等。如果能让县纪委派人下来审查计生站的账户，就可以查出问题来。只要能查出高志强有问题，县委自然就不会坚持提名他为小成乡政府的乡长候选人了。那么，怎样才能使县纪委尽快派人下来审查洞明镇计生站的账户呢？他们经过讨论后认为由林铎福这个曾经担任过洞明镇纪检委员的人进行实名举报最有效，于是，就建议林铎福进行实名举报。林铎福下午去找了一架秘密的私人电话机向县纪委信访室的同志打了举报电话。

"林铎福同志！你怎么老是呆呆地坐在那里不吭声？你总不会凭空举报高志强同志吧！请你把举报的依据说一下有那么难吗？"陆主任见林铎福一直不说话，再次催促说。

林铎福见不回答过不了关，不得不胡乱找了些"依据"搪塞：

"是这样，我平时经常听一些干部群众说高志强有私分计生对象逃跑款和贪污计生站计生款的行为，昨天知道县委提名他为小成乡乡长候选人后，担心把这样的人提拔为乡长，今后会损害小成乡群众的利益，所以，打电话向你们举报他。他违法乱纪的证据只有你们才能查实，我是不方便去查实的。"

陆主任和黄主任听后都遗憾地摇摇头，想不到这么重要的举报，其依据竟然只是"听说"而已。这时陆主任的心里虽然对高志强白天的表现还耿耿于怀，但是，更多的是怨恨林铎福太不负责任，手中没掌握有半点可靠的证据就进行实名举报。

第三十一章　走遍全乡寻计策

"为人不做亏心事，半夜敲门心不惊。"高志强从"204"房间走出来后马上坦荡荡地去车站乘车回小成乡，晚上继续研读小成乡政府以前各年的工作总结、工作报告和各种统计表，对被诬告贪污计划生育款等的事情根本不放在心上。他想，我"身正不怕影子斜"，让县纪委去查吧。

高志强自从调到小成乡工作后就天天参加植树活动，没时间去调查了解情况，对小成乡的乡情知之甚少。他认为不懂得乡情的乡长是不能把政府的工作做好的，自己当务之急应该是尽快熟悉乡情，以便正确地制订好新一届小成乡政府的工作计划，为今后改变小成乡贫穷落后的面貌打好基础。为此，第二天吃了早餐后，他叫罗主任带他下乡调研。

罗主任首先带他去厚福村。当他俩骑单车到达木桶岭时，高志强发现前面不远处有一个山头种满了荔枝树，树上挂满了红红的荔枝，山脚的荔枝树旁边有一幢三层高的楼房，很漂亮，随即邀罗主任去参观。

荔枝树和这幢楼房的主人叫郑良德。罗主任带高志强到他家门前时，郑良德正在打扫庭院的卫生。他看到罗主任和高志强后，热情地请他俩到客厅喝茶。

郑良德是本地有名的种植荔枝高手，近60岁，为人厚道，性情温和开朗。当罗主任把高志强介绍给他认识后，他很高兴，说：

"高乡长好！欢迎你到我们家指导。"

高志强喝了两口茶后，见郑良德热情好客，非常高兴，微笑着说道：

"郑伯伯，你好！我和罗主任这次到你家，主要是想向你了解一下你种植荔枝的有关情况，欢迎吗？"

"欢迎欢迎！"一谈到种植荔枝的事情，郑良德立马来了精神，说道：

　　"我这荔枝是二十年前从外地购买优质树苗回来种植的，它与我们乡其他人种的荔枝不同。其他人种的荔枝一般都是禾荔，而我种的荔枝叫勒荔。勒荔的最大优点是核小肉厚、清甜可口、甜而不腻，吃一个想两个，很有营养。另外，其他的荔枝摘下来后，如果不采取保鲜措施，几天后皮就会变色，肉也会变味。而我的勒荔摘下来后，随便堆放在地上十天八天，皮不会变色，肉也鲜嫩如初。"他边说边叫他的小儿子出去摘一把回来给高志强和罗主任品尝。

　　"这种荔枝一般种植几年开始结果？"高志强听后两眼发光，好奇地看着郑良德问。

　　"这要看种植时树苗的大小了。如果种植时树苗较大，就会早一点结果；假如种植时树苗较小，就会晚一点结果。我所种的荔枝在种植时树苗较大，护理得又好，所以，种了3年就开始结果了，8年之后便大量结果了。"

　　"到了大量结果时，这种荔枝树每年一棵一般能结多少公斤荔枝？每公斤一般能卖多少钱？"高志强进一步请教。

　　郑良德想了一下后说：

　　"根据我种的情况看，到了大量结果的时候，这种荔枝树也和其他的荔枝树一样，结果的多少有'大年'和'小年'之分。'大年'时一般每棵有40公斤左右；'小年'时每棵一般有10公斤左右，平均每年每棵有25公斤。这几年我们乡的其他荔枝最贵的是5至10元一公斤，最便宜的只有2至4元一公斤，平均约5元一公斤。而我种的荔枝最贵时有40至50元一公斤，最便宜的也有20至30元一公斤，平均约35元一公斤，而且供不应求。今年已经决定卖40元一公斤了，过几天就摘去送给商家。"

　　这时，郑良德的儿子已经摘了一大把荔枝回来。郑良德分别拿了一小把给高志强和罗主任吃。高志强吃了一颗后，感觉其优点和刚才郑伯伯所介绍的完全一样，暂时把荔枝放下继续饶有兴趣地问：

　　"郑伯伯，一般一亩地可以种多少棵荔枝树？你家现在一共有多少亩？"

　　郑良德见高志强把荔枝放下后，又走过去把荔枝拿起来放到他手里说：

　　"高乡长！你要多吃，有人说吃荔枝会上火，有'一个荔枝三把火'的说法，但多吃一些后就不会上火了，所以也有'十个荔枝没有火'的说法，你一定要多吃。"

高志强听他这么说，便继续吃荔枝。

郑良德这时又兴趣盎然地回答高志强所问的问题：

"一般每亩山地可种荔枝树60棵左右，我现在一共种有荔枝树170亩，约10000棵。"

高志强很想继续向郑伯伯了解些种植荔枝的其他情况，但因时间不早了，还要赶去厚福村委会同村干部开座谈会，了解整个村的情况，便从裤袋里掏出小本子把刚才郑良德所说的重要内容和有关的数据记录下来，并核实清楚，然后向他告辞，和罗主任一起骑车去村委会。

因为昨天下午罗主任已经提前下来通知村支书廖帮旭，叫廖支书通知全体村干部今天上午9点30集中在村委会开会，所以，当高志强和罗主任10点多来时，他们都早已在这里等候了。高志强和各个村干部握手认识后，先向大家说明迟到的原因并向大家道歉，然后组织大家召开座谈会。廖支书代表村支部和村委会介绍了全村的基本情况和近年的工作情况后，大家就按照高志强的询问分别发言。高志强把支书和其他村干部发言中有价值的内容一一记到小本子上。当遇到一些一时不明白或者需要深入了解的内容时，又继续询问，直到完全明白为止。会议的气氛很好，开到12点多才结束。散会后高志强和罗主任应邀到廖支书家吃午饭，因为原先没有准备，家里只煮了一锅粥和一碟空心菜。廖支书准备去杀鸡、买酒回来招待他俩，高志强制止了他。高志强和罗主任和他一起吃了两碗粥后，听说本村的中邓屯和五德屯也分别种植了荔枝树，又请廖支书带去参观，直到下午5点多才返回乡政府。

第二天上午高志强又和罗主任一起到上旺村调研。他同几个村干部认识并谈话后，听说本村南冲屯的群众通过加工腐竹和养猪的方式发展经济，收入很不错，马上叫满支书带去参观，满支书首先把他俩带到潘家森家。

潘家森50多岁，这时正领着家人加工腐竹，看见满支书带人来时立即放下手中的活请大家去客厅喝茶。满支书把高志强和罗主任分别介绍给他认识，他听说乡长到来后也和郑良德一样很高兴，拿出一包香烟来分给高志强、罗主任和满支书抽。高志强平时是不抽烟的，这时出于礼貌高兴地把一支香烟接了下来，罗主任走过来用打火机帮他点着。

　　高志强见潘家森生得高大、健壮，手臂很粗，知道他是个劳动能手，吸了一口烟后问道：

　　"潘伯伯！我和罗主任听满支书说你家在加工腐竹和养猪方面都做得很不错，专门来参观参观，想向你了解一些关于加工腐竹和养猪方面的情况，耽误你点时间，可以吗？"

　　"可以！难得高乡长来关心我们。"

　　"请问每公斤黄豆一般能加工出多少公斤腐竹呢？"

　　"0.6公斤左右。"

　　"你家现在一般每天用多少公斤黄豆加工腐竹呢？"

　　"600公斤。"

　　"你家每天用那么多黄豆加工腐竹，正常有多少人干这项工作？"

　　"我家一共有13个人吃饭，劳动力比较多，每天正常都有6个人干这项工作，每人平均用100公斤黄豆加工腐竹。"

　　"你们家生产的腐竹销路好吗？"

　　潘家森听到这个问题时，顿时来了精神，说道：

　　"关于我们家腐竹的销路问题，一句话，就是供不应求。不光是我家生产的腐竹供不应求，而且现在整个小成乡生产的腐竹都是供不应求。因为我们小成乡是个山区乡，山上到处都有山泉，家家户户都用塑料管把山泉引回家里用。我们用山泉加工出来的腐竹与外面平原乡镇加工的腐竹不同，味道特别香醇，韧性够，不容易烂。你随便把它和丝瓜、青菜、竹笋等蔬菜一起煮来吃都很好吃；把它和鱼或猪肉一起煮来吃，更是吃一块想两块，所以我们小成乡生产的腐竹是不愁没有销路的。"

　　高志强听到这里，两眼又一次放光，看着潘家森问道：

　　"你们的腐竹一般卖多少钱1公斤？"

　　谈到腐竹的价格问题，潘家森的自豪感油然而生，说道：

　　"这几年外面平原乡镇的腐竹一般是6~10元1公斤，平均约8元1公斤。而我们生产的腐竹要8~12元1公斤，平均约10元1公斤，但是，如果同时摆在一起卖的话，顾客都是先来买我们的。"

　　"还有，据你所说，1公斤黄豆可以加工0.6公斤左右的腐竹。那么，100

公斤黄豆就可以加工60公斤左右。这60公斤腐竹平均每公斤10元，可以卖600元。这600元除了成本后，纯利润有多少呢？"高志强思考了一会儿后进一步问。

潘家森想了想后说：

"这600元大概有百分之三十属纯利润，也就是180元左右。"

"另外，我想再向你请教一下，你家生产腐竹所剩的豆腐渣是用来养猪吗？"

"是的。"

"每年你家养多少头肉猪？"

"每年都养两批肉猪，每批20头。另外，还养5头母猪。"

"每只肉猪一般能赚多少钱？"

"这要看市场的行情，一般能赚500元左右。另外，我家的5头母猪每年产猪仔约100头，除了自己饲养40头外，其余的卖出，每年也能赚几千元。"

聊到这里，高志强又掏出小本子把刚才潘家森所说的重要内容，尤其是相关的数据记录下来，并核实好。随后，又请潘家森带他们到他家的腐竹加工场和养猪场参观，直到12点多才与潘家森告辞，并应邀到满支书家吃午饭。吃了午饭后，高志强又请满支书带他和罗主任到该屯其他的农户参观，直到下午6点多才回乡政府。

第三天后，高志强在罗主任的引领下继续到其他的村委会和乡直单位调研。他不但每个村委会和乡直单位都走了一遍，而且，凡是听说有发展经济特色的地方都去实地考察过。

经过10多天的学习和调查，高志强不但熟悉了小成乡的乡情，而且对新一届乡政府应该重点做些什么工作有了自己的打算。

第三十二章　当选全县最小最贫穷乡镇的乡长

　　小成乡新一届人民代表大会的第一次会议还有20多天就要召开了。乡政府的工作报告虽然已经安排人写了，但是，因为新一届乡政府的工作计划还没有确定，所以，工作报告还没有写好。县纪委没有查出高志强有私分超生对象逃跑罚款和贪污洞明镇计划生育款的任何证据，因此，县委对提名他为小成乡乡长候选人的决定没有改变。

　　高志强下乡调查结束的当晚就想，为了有利于今后的工作和改变小成乡贫穷落后的面貌，一定要想办法使自己的"打算"变成为新一届乡政府的工作计划。为了达到这一目的，他8点多来到容书记的房间，在一张短沙发上坐下后说：

　　"我想向你汇报一下我这段时间对小成乡乡情的学习和调查所得，并对新一届乡政府的工作计划谈谈个人的意见。"

　　"好的，请讲。"容书记点燃一支烟后边抽边听。

　　"我这段时间详细学习了小成乡前两届乡政府的工作报告和有关资料，到各个村委会和乡直单位进行了调查，我认为新一届乡政府应该重点抓好以下工作……"

　　容书记听后发现高志强来到小成乡工作才两个多月就这么熟悉情况，提出新一届乡政府工作计划的意见非常符合实际，很满意。高兴地说道：

　　"明天上午8点半，我组织乡三家班子领导开会，你在会上也把你这段时间的学习和调查所得向大家介绍一下，把你对新一届乡政府工作计划的意见提出来。如果大家赞成，就把它们作为下一届乡政府的工作计划的内容写进乡政府的工作报告里，提交代表们审议。"

　　"好的。"高志强听后高兴地回到自己的房间为明天的发言做准备。

第二天上午8点半，乡三家班子领导准时到党委会议室开会。主持这次会议的容书记说：

"同志们！高乡长这段时间对小成乡前两届乡政府的工作报告和有关资料进行了全面学习和研究，还分别到各个村委会和乡直单位进行调研，对小成乡的历史和现状都有了比较全面而深刻的了解。通过学习和调查后，他根据小成乡的实际对新一届乡政府的工作计划提出了许多宝贵的意见。昨晚他和我说后，我觉得很好，所以，决定今天上午召集大家开会，让他也向大家介绍一下有关的情况，下面就请高书记讲话。"

高志强认为这次讲话的效果如何，对自己和乡政府今后的工作都十分重要，所以极力想把话讲到最好。他先抬头看了大家一眼，清了一下嗓子，调节好心情，然后才不慌不忙地说：

"各位领导，大家上午好！根据容书记的安排，下面我将我这段时间的学习和调查所得向大家做个汇报，对新一届乡政府的工作计划提些个人意见。我通过学习和调查后认识到小成乡共有8个村委会、3个乡直单位，派出所、税务所、工商所和卫生院等乡直单位还没成立。全乡共有19856人，面积100.3平方公里，耕地面积9725亩，其中水田7639亩、旱地2086亩，其他都是高山或丘陵。其中丘陵有4万多亩，所有的土地都是红泥土。去年农民人均收入为793元，而全县是1007元。乡政府通往县城的道路只有一条4米多宽的泥路，通往各村委会的都是不能通汽车或拖拉机的小泥路。这些小泥路在下雨天连摩托车都无法开，单车也没法骑，交通环境极差。全乡没有程控电话，不能使用电话和手机，平时乡党委政府仅靠一架专用对讲机和县委、县政府联系，信息闭塞。政府没有自来水，干部职工都是到附近群众的露天水井挑水回来饮用。政府大院只有一个没有硬化的篮球场，天一下雨就不能打球了，文化生活非常贫乏。小成乡是全市人口最少、人均收入最少、基础设施最差的一个乡。总之，小成乡目前方方面面都是全县倒数第一，我调查后心底直发凉。作为乡政府必须想方设法早日改变这种状况，否则，不但对不起县委、县政府，更对不起全乡人民。那么，怎样才能够早日改变这种状况呢？我的意见如下。"

高志强前面所说的情况大家都清楚，所以，听后没有什么异常的反应，但是，当知道他准备把改变这种贫穷落后状况的意见提出来时，个个都觉得新奇，一齐把目光投向他。

"新一届乡政府应该积极领导和发动全乡人民开展'三乡之乡'建设，早日把小成乡建设成'三乡之乡'。根据我的调查，小成乡在发展经济方面具有三方面的优势：第一是山岭到处都有山泉。这些山泉水质优良，用它来加工腐竹，腐竹也变成了优质的腐竹，销路好，是一条发展经济的好门路。第二是小成乡群众都有饲养母猪和肉猪的传统。如果把它和加工腐竹结合起来，也是一条很好的致富途径。第三是小成乡的土壤基本都是优质的红泥土，非常适合种荔枝，尤其是种勒荔。这三大优势就是我主张新一届乡政府应该积极领导和发动全乡人民开展'三乡之乡'建设，早日把小成乡建设成'三乡之乡'的原因。

"首先是要努力把小成乡建设成'腐竹之乡'。从上旺村南冲屯群众的致富经验看，生产腐竹是小成乡群众立竿见影的增收方式。小成乡现在有8000多个劳动力。如果像南冲屯潘家森家那样每人每天用100公斤黄豆加工出60公斤腐竹的话，全乡只要有八分之一的劳动力，即1000个去从事加工腐竹的生意，全乡每天就可以用10万公斤黄豆加工出6万公斤腐竹。每年则可以用3650万公斤黄豆加工出2190万公斤腐竹。按每公斤腐竹平均10元计算，就会有约2.19亿元的毛利润。根据潘家森等腐竹加工专业户这些年的实践，毛利润中的百分之三十是纯利润。这样，全乡每年所得的纯利润约有6570万元，按现在的人口数算平均每人可增收3300多元。如果有超过八分之一的劳动力去做加工腐竹的生意，全乡的收入将更加可观。"

大家听后啧啧称赞。

"第二是努力把小成乡建设成'生猪之乡'。从上旺村南冲屯的群众尤其是潘家森和潘宏辉等家庭的养殖情况看，这一项计划如果能成功的话，每年全乡最少也可以纯增收1000多万元，平均每人可增收约500元。"

大家听后也都说很好。

"第三是把小成乡建设成为'荔枝之乡'。目前全乡共有丘陵地4万多亩。据我调查，那些丘陵目前大部分都是长着杂草、杂树，完全可以把它们开垦出来种上荔枝。根据厚福村郑良德等人的经验，每亩可种荔枝树60棵，全乡可通过开垦荒地种植荔枝240万棵。到了大量结果时平均每年每棵树结出的荔枝约30公斤，每年可产荔枝约7200万公斤。如果这些荔枝都是勒荔的话，现在每公斤平均卖35元，全乡每年可增收超过25亿元。按现在的人口数算，平均每人每年可增收12万元。可以说，这4万多亩丘陵地是上天赐给小成乡人民的厚礼，是小成乡人民的金饭碗。种植荔枝，尤其是种植勒荔，是小成乡人民永远的致富门路。不过，这丘陵要慢慢开发，需要若干年后才能见效益。"

大家听后个个都点头称妙。

"这'三乡之乡'建设是立体的，可以良性循环。腐竹生产得多了，会剩下很多豆腐渣。这些豆腐渣是养猪的好材料，可以促进养猪业的大发展。猪养得多后，就会产生很多粪便。这些粪便是荔枝的绿色肥料，可以种植出更多优质的荔枝。荔枝多后，又可以获得更多的资金来扩大腐竹业的发展。"

大家听后都认为讲得非常符合实际，很有水平。

"为了切实推动'三乡之乡'建设和促进小成乡其他各行各业的发展，早日改变贫穷落后的面貌，我认为下一届乡政府还要努力办好以下几件实事：第一，要按照县委、县政府关于在全县各乡镇建立'农村合作基金会'的文件精神，尽快建立并努力办好'小成乡农村合作基金会'，为没钱购买腐竹加工设备、猪仔和荔枝树苗的农户提供小额借款，营造一种家家户户都争着靠加工腐竹、养猪和种植荔枝发家致富的氛围。第二，筹集资金安装好程控电话，早日把小成乡和世界连接起来，结束信息闭塞的历史。这样既方便党委政府工作、方便干部职工生活，也方便农民销售腐竹、生猪和荔枝等农产品，方便商家经商做生意。第三，筹集资金建设小成乡自来水厂，给政府干部职工和小成圩居民提供优质卫生的饮用水，结束政府干部职工不管是晴天还是雨天，冷天还是热天都要到附近村民的露天水井去挑水回来饮用的历史，同时增强对外地人和乡下人到小成圩定居的吸引力。第四，修建好小成圩的新大街，扩大小成圩的面积，增加小成圩人口，吸引外商到小成乡做生意，搞活小成乡经济。我就暂时说到这里，如果说得不对，请各位领导多多批评指正。"

高志强讲话结束后，容书记说：

"高乡长这段时间到各村各单位进行深入细致的调研的做法很好，希望大家今后要向他学习，多下去调查研究，拿出一些对小成乡经济和社会发展有益的建议来。另外，请大家对高书记关于开展'三乡之乡'建设的建议和下一届乡政府要努力办好的几件实事进行讨论，发表自己的意见。"

"我完全赞成高乡长提出的把小成乡建设成'三乡之乡'的意见，更赞成下一届乡政府打算创办的几件实事。把小成乡建设成'三乡之乡'，是小成乡长远发展的需要；将那几件实事办好，是全乡干部群众急切盼望乡政府办好的事情。把小成乡建设成什么样子，我在这里工作了那么多年都没有认真考虑过；高乡长来这儿这么短的时间就考虑得这么周到，这么贴切，我很佩服。"乡人大钟主席说。

"我完全赞同高乡长的意见。"蒋副书记说。

"我也赞成！"

"我也赞成！"

"我也赞成！"

……

其他与会人员也都纷纷发表了赞成的意见。容书记见高志强的意见得到了大家的一致赞成，最后拍板把高志强所提的关于把小成乡建设成"三乡之乡"的建议和下一届乡政府打算创办的4件实事写进乡政府的工作报告里，提交代表们审议。

8月初的一天上午，小成乡第三届人民代表大会第一次会议经过一段时间的紧张准备后隆重召开了。高志强代表乡人民政府向大会作政府工作报告，总结了上一届的工作成绩后，重点讲了新一届政府的工作计划。当讲到为了改变小成乡的贫穷落后面貌而要领导和发动全乡人民把小成乡建设成"三乡之乡"，以及为了促进"三乡之乡"建设和小成乡其他各行各业的发展而计划办好4件实事时，代表们的情绪顿时高涨起来，发出了雷鸣般的掌声。他们觉得新一届乡政府是一届非常有闯劲的政府，是很值得信赖的政府。最后，高志强和其他的两个副乡长候选人都全票当选为乡长和副乡长，政府的工作报告也获得了全票通过。

第三十三章　农村合作基金会刚成立几天就面临倒闭

　　中国在20世纪80年代为了尽快富裕起来，在"摸着石头过河"的观念指导下进行了多种改革试验。其中，建立"农村合作基金会"也于20世纪80年代中期被列入全国十大农村改革试验的内容之一。"农村合作基金会"是在坚持资金所有权及其相应的收益权不变的前提下，由乡村集体经济组织和农户按照自愿互利、有偿使用的原则建立的社区性资金互助合作组织。党中央和国务院都下发过文件要求办好"农村合作基金会"。安南省田贵市和王都县各级党委、政府为了有利于发展本地经济，纷纷下达文件要求建立农村合作基金会。其中，王都县委县政府更是下达文件指出："哪个乡镇党委政府不重视建立农村合作基金会，哪个乡镇党委政府的领导就下台"，指示各个乡镇党委政府都要把本乡镇的农村合作基金会尽快建立起来。

　　高志强认为建立小成乡农村合作基金会，既能完成县委、县政府交给的指令性任务，又有利于乡政府抓好"三乡之乡"的建设和兴办各件实事，一举两得，所以他还是乡长候选人时，就计划把建立小成乡农村合作基金会列为本届乡政府要兴办的四件实事中的第一件来抓。他正式当选为小成乡的乡长后，火速筹建小成乡农村合作基金会。在乡党委和容书记的大力支持下，经过近一个月的努力，小成乡农村合作基金会终于在9月初的一天上午挂牌成立。由于事前的各项准备工作都做得到家了，基金会获得了全乡群众的信任。群众纷纷拿钱到基金会入股。基金会刚成立几天就获得了40多万元的股金。高志强看到这种形势后非常高兴，觉得建设"三乡之乡"和兴办实事都有希望了。

　　"天有不测风云，人有旦夕祸福。"在基金会成立不到10天的一天早上，基金会的人吃了早餐后按照正常的时间去上班。当他们走进小成圩看见街道两边和市场周围的标语时瞬间都愣住了。这时，张副乡长叫其他人去基金会开门上班，自己马上赶回乡政府向高志强汇报：

"高乡长！不好了。"张副乡长拍门进高志强的房间时，见高志强正在伏桌看文件，激动地说，"今天是小成圩的圩日，信用社一早就在小成圩街道两边和市场周围贴着'农村合作基金会不合法！''拿钱到基金会入股没有保障！'等标语。现在圩上的群众都在议论着这些标语的内容和基金会的事情，我真担心他们看了这些标语后会产生恐慌，一起来基金会要求退股。"

"出去看看。"高志强听到张副乡长汇报后感到很突兀，站起来说。

他和张副乡长经过街道到达基金会的营业部时，发现街道两旁和市场周围的墙上竟然贴有10多条抹黑基金会的标语，非常恼火。他在营业部里坐下想了想，问道：

"张副乡长！请问到昨天下午，基金会一共获得了多少股金？"

"65万多。"

"一共借出多少了？"

"16万多，都是按照你的指示，借给本乡群众购买猪仔饲养或者建设作坊加工腐竹用，每一笔款都不超过5000元，现在基金会的现金有48万多。"

这时，高志强看见门外不远处有几个群众正朝营业部走来。没有时间了解更多的情况，也没有时间听基金会的人关于如何应对这件事的意见了，思考了片刻后对大家说道：

"信用社张贴这些标语是在制造一场风波，非常有害，他们张贴这些标语的目的是想把基金会扼杀在摇篮中。如果应对不好，不但基金会会倒闭，而且我们这届乡政府制订的'三乡之乡'建设和兴办实事的计划都将会胎死腹中，后果不堪设想，所以，我们必须尽最大的努力，以最快的速度把这场风波平息下去。为了防止基金会倒闭，我们要立即采取以下的应对措施：第一，今天基金会暂时停业一天。目的是防止一些立场不坚定的群众看见标语后产生恐慌，来要求退股，造成更大的负面影响。第二，今天下午在乡政府大会议室组织召开一次全乡股东代表座谈会。争取通过座谈的形式让代表们明白事理，坚定信心，继续拥护和支持我们办好基金会。大家等一下在营业部门口贴一张关于暂停营业的告示，然后一起回乡政府做好下午组织召开座谈会的相关准备工作。第三，从今天起暂时停止办理一切借款业务，把股金全部封存起来，以防不测。今后什么时候恢复办理借款业务，视情况而定。第四，大家在心理上要做到'每临大事有静气'。处理这件事要做到内紧外松，沉着应对，不要慌张，切莫自乱阵脚。"

容书记前天按照县委的通知要求到苏州市委党校参加培训班学习了，要过一个星期后才能回来，所以，平息这场风波的事情全部由高志强负责。这时，他见几个群众已经走到营业部的门口了，于是起身走回乡政府，并去办公室叫罗主任配合基金会做好下午召开座谈会的相关准备工作。

下午3点多，高志强坐在会议室的主席台上，听张副乡长说代表们已经到齐，基金会成员也把有关的会议资料发放完毕后说道：

"代表们！今天我们在这里召开一个小成乡农村合作基金会全乡股东代表座谈会。参加这次会议的代表有全体乡村干部、老师、退休老师、退休干部代表等近百人。为什么要召集大家到这里来呢？因为今天一早我们乡信用社在小成圩街道两旁和市场周围张贴了'农村合作基金会不合法'和'拿钱到农村合作基金会入股没有保障'等标语。这些标语严重损害了我们基金会的形象，如果不及时采取应对措施，基金会的发展将会严重受阻甚至会倒闭。你们都是我们乡农村合作基金会的优秀会员，基金会就是在你们的热烈拥护和大力支持下建立和发展起来的。我们相信你们是不愿意看到基金会的发展受阻的，更不愿意看到它倒闭，所以，我们在第一时间就请大家集中到这里来开会。开会的目的是通过坦诚交流，明辨是非，作出正确的选择。如果通过交流，大家认为基金会是信得过的，就请坚定信心，带头不信谣不传谣，继续大力支持我们；若是大家觉得基金会是不能相信的，需要退股，就请明天到基金会去办理手续。下面就请大家发表意见，如果有什么疑问或顾虑也请一起说出来。"

大家听了高志强的话后面面相觑，顿时严肃起来。

双岭村村支书郑万辉以往来开会时不说提前多长时间到，起码是不会迟到的，今天却迟到了十几分钟。高志强看见他很想说话的样子，便邀请道：

"郑万辉支书，请问你对信用社在小成圩上张贴标语抹黑基金会这件事有什么看法？有什么疑问或者顾虑吗？"

　　"既然乡长点名了，我就先说一下，"郑万辉支书说，"我今天来开会迟到了，原因是到了小成圩后看见这么多标语，感到很意外。更让我吃惊的是，来赶集的一些群众看到这些标语后纷纷发表议论，有的说'原来农村合作基金会是不合法的'；有的说'既然拿钱到基金会入股没有保障，我们就不要拿去了'；还有的说'我要赶紧把已经拿去入股的钱要回来'……我因为顾着听他们的议论，所以，这次会议迟到了。高乡长，我记得你们以前都说农村合作基金会是按照政策的规定成立的，但没有听你们说过是依照法律的规定成立的。我想请问一下，农村合作基金会这个组织到底合不合法？"

　　"农村合作基金会是一种新生事物。"高志强马上解释道，"大家看基金会人员发放的资料就知道了。农村合作基金会成立的时间还不长，国家的立法机关还没有对它进行立法，所以，农村合作基金会不存在合不合法的问题。农村合作基金会是根据党和国家的有关政策成立起来的，所以，只能讨论它是否符合政策，而不应该去讨论它是否符合法律。我在这里可以明白地告诉大家，小成乡农村合作基金会是完全符合上级有关政策的规定的。"

　　"我认为提问基金会合不合法这个问题没有多大意义，应该提问拿钱到基金会入股有没有保障。"小成村血气方刚的覃支书说，"高乡长，我想问一下，群众拿钱到基金会入股到底有没有保障？也就是说股东是否随时去都可以把他的股金要回去？这个问题是我们散会后就要答复群众的，很重要。"

　　"这要看具体的情况而定。"高志强回答说。

　　大家因为得不到肯定的答复后顿时紧张起来，高志强接着说道：

　　"基金会不是股金的仓库，它吸进来的股金是要有偿地借一部分出去的，否则，就不会有利息和分红给股东。我在这里先告诉大家，到昨天为止，我们乡基金会刚成立8天就获得了股金65万多。其中，借了16万多给本乡群众购买猪仔饲养或者购买设备建设作坊加工腐竹，现在库存的现金有48万多。我刚才说'要看具体的情况而定'的意思是如果全乡人民不受信用社那些标语的干扰，不信谣，不传谣，继续像前段时间那样踊跃地把家里的闲钱拿到基金会入股，不使用时不来退股。基金会又把一部分的股金有偿地借出去，不断地有利润收入。在这种情况下，股东一定可以随时把他的股金要回去。

而假如广大股东看见信用社贴出的那些标语后产生恐慌，明天一齐去要回股金，基金会最多能退还48万多，已经借出了的16万多是不能在明天退还给股东的。我在这里只能向大家表个态，因为小成乡农村合作基金会是乡政府主办的，是乡政府用乡财政为股东的股金做担保的，所以，大家拿钱到基金会入股一定是有保障的。"

"高乡长，听了你这番话后，我发现你是一个既懂业务又很负责任的乡长。"老成持重的退休干部何文才说，"我是从农业银行退休回来的，对资金的运转情况很清楚。不管是银行、信用社还是基金会，对所吸纳进来的资金一定要借或贷一部分出去，否则，就没有利润，就无法经营下去。既然已经借或贷了一部分出去，如果每个存款（入股）的人都同时去要回资金，那肯定是不能全部要回去的。乡长你刚才如果不先设条件就满口答复说'股东随时去都可以把他的股金要回去'，我会马上走人，明天一定去基金会要回股金，因为你是吹牛，是欺骗股东，是不负责任的，但是，你是先设了条件，然后才答应'股东随时去都可以把他的股金要回去'，情况就不一样了。从你刚才的答复中，我看出你是一个实事求是的人，是一个很负责任的乡长，所以，这个基金会是值得信赖的。我在这里表个态，我今后不但不会因为信用社贴出了抹黑基金会的标语而退股，有闲钱时还会继续拿去入股。另外，出于对基金会的关心和热爱，我想趁这个机会向乡长了解一下你们是怎样抓好基金会资金安全这项工作的。不管是银行还是信用社，都把资金安全这项工作列为重中之重。资金的安全工作主要包括两个方面：一是保管好，防止被偷盗；二是严把借款关，确保借出去的款能收得回来。不知道你们基金会在这两方面是怎样做的？"

"谢谢何老对基金会的信任，更谢谢你对我们的指教。"高志强高兴地说，"关于我们基金会是如何抓好资金安全这项工作的，下面请副乡长兼基金会主任张碧兰向大家详细汇报。"

张副乡长现在坐在高志强的右边，听到安排后，她按照高志强今天上午的要求不慌不忙地说道：

"在高乡长的领导下，我们基金会十分重视资金安全这项工作，具体的做法是：第一，在保管方面。每天大额的资金一定要拿到信用社去存放，会计保管存折，出纳掌握密码，存款和取款都是两个人一起去办理。一些小额备用金拿到乡政府的小金库存放，小金库的门口安两把锁，会计拿一把锁的钥匙，出纳拿一把锁的钥匙，资金的入库和出库手续也都是会计和出纳两人一起去办理。第二，在借款方面。为了确保所借出去的资金到期后能收得回来，基金会制订了一整套严密的借款制度。每一笔款都要严格按照这套制度去办理借出手续。这套制度是这样的：（1）除了借给本乡群众用来购买树苗、猪仔或建设加工腐竹小作坊的小额借款外，其余额度超过5000元的款项，一律要有足够的抵押物抵押或者要有能力做担保的人来担保才能借出去，否则不借款。（2）严格按程序审批借款……"

"这样做我就完全放心了。"何文才满意地说。

"我认为，除非不是共产党的天下了，否则，群众拿钱到基金会入股都是有保障的。共产党那么得民心，怎么会不是它的天下呢？"小成村妇联主任施秀莲说。

"我说几句，"上旺村的满支书说，"因为小成乡太小，人口又少，没有银行，全乡只在小成圩建有一个信用社。基金会成立后，因为它不但像信用社那样有国家规定的利息，而且还有一定的分红。在干部职工的带头下，群众除了把家里的闲钱拿到基金会入股外，有的还把原来存放在信用社的钱取出来拿到基金会去入股。信用社的领导感到很紧张，认为基金会抢了他们的生意，所以才会贴出那些标语。全国有千千万万个农村合作基金会，我们乡的周围也有洞明镇农村合作基金会、山北镇农村合作基金会等。我从来没有听说哪个农村合作基金会是不合法的，也没有听说拿钱到基金会入股是没有保障的。我们乡信用社之所以这么做，目的是想让全乡群众不敢拿钱到基金会入股，全部拿到他们信用社去存放。我认为我们在座的同志首先自己不要信谣传谣，其次，要对我们本村的群众进行正面宣传，叫他们大胆拿钱到基金会入股。"

"我完全赞成满支书的意见。"六冲村的黎支书说。

"我们村的干部今晚就要上门号召本村的群众不要信谣传谣。"新竹村的陈泰生支书说。

　　"我也要号召我们全校的老师继续拿钱到基金会入股。"小成乡中心校的莫校长说。

　　……

　　会议一直开到下午5点多才结束，大家如释重负，信心满满地走出会议室。

第三十四章　"我想辞职带孩子回方博村生活"

母亲年近90岁了，身体一天比一天差，1993年春还患了白内障。虽然高志强送她到县人民医院进行了治疗，但是，有一只眼睛还是瞎了，只剩一只还能模糊看到些东西。每当她从五楼带孩子下楼玩，然后又把孩子从楼下带上五楼时，既吃力又不安全。这年的下半年高志强的第二个孩子也上学读书了（上学前班），她便想回方博村生活。高志强极力挽留她，想让她在这里享几年清福，但是，到了1994年春，她经常对高志强和张瑞珍说："老人如灯芯火（她指的是家用的小煤油灯），随时都有可能被风吹灭。"高志强知道她的心意，决定不再挽留，和哥哥们商量后，于这年4月底的一天上午送她回了老家。之后，照料孩子的责任全部落到了张瑞珍的身上。她平时一边在计生站工作，一边要独自照顾好这两个孩子。

去年全乡农村合作基金会代表座谈会结束后的第二天，高志强一直在基金会坐镇，准备处理群众来退股的有关问题，可是，一整天都没有一个股东来退股，而且，还新吸纳了3万多元的股金，这让他非常高兴，在下班前就对张副乡长说："基金会明天可以恢复办理小额借款业务了。"

更让他高兴的是，自从平息了信用社所制造的那场风波后，基金会的发展非常迅猛，成立半年多股金就达到了200多万元，成了全县办得最好的农村合作基金会之一。在乡政府的宣传和发动下，不断有群众来基金会借款，到基金会借款回去发家致富的风气遍及全乡。有的群众到基金会借款回去加工腐竹、饲养猪仔后，几个月就有了效益，有的收益还比较大。他们把赚到的钱除了还清借款外，还把多余的部分拿到基金会入股，使基金会的资金获得了良性循环，实力一天比一天雄厚。

在近一年的时间里，小成乡政府在高志强的领导下不但把农村合作基金会办得风生水起，而且，其他各项工作也都做得不错。今年8月底星期六的一天晚上，他高兴地回洞明镇探亲，准备把他当乡长后所取得的成绩详细告诉妻子，让妻子也分享一份快乐。可是，当回到家看见妻子后立马没有这方面的兴趣了。妻子满脸愁云，精神不振，不愿说话，这是为什么呢？晚上睡觉时他轻轻地问道：

"你今天怎么了？精神那么差，又不说话，是不是碰到什么不顺心的事情了？"

听到高志强的询问后，张瑞珍更加伤心，泪水夺眶而出，翻过身去，背对着高志强小声哭泣。高志强见状，伸手到她的腰底下用力把她翻转过来，用责怪的口气说道：

"哭什么呀，天塌下来还有我顶着。你到底遇到了什么不顺心的事，快说！"

"我想辞职带孩子回方博村生活。"张瑞珍回答。

"为什么？"高志强追问道。

张瑞珍早就已经有了一肚子苦水，以前想向高志强说时他不在家；等高志强在家时，她又怕影响高志强的工作不愿说。现在见高志强追问得紧，自己实在忍不住了，便决定把这几个月来想说的话全都吐出来：

"现在分管计生工作的龙副镇长，在分管计生工作的同时还要分管镇文教卫生的工作。今年洞明镇教育工作的任务很重，听说明年要达到'两基'（基本实施九年义务教育和基本扫除青壮年文盲）的目标，上级要派检查组下来检查验收。为了能顺利通过检查验收，他要全力组织做好迎检工作，所以几乎没空来参加计生工作。由于他没空来参加，站长无法像你分管时那样通过开展'人教活动'的方式开展工作。平时就是大家发现哪里有计生对象还没有落实政策，站长就带着计生站的人去动员他们落实，经常是早出晚归。有时甚至是三更半夜就出发，直到第二天下午才回来。自从孩子的奶奶回老家生活后，我就顾不过来了。我经常是天没亮就起床做好早餐，把闹钟响铃的时间调好放到两个孩子的房间里，就去工作了。孩子听到闹钟铃声响后就自己起床吃早餐，吃了早餐就去上学。每天下午快下班的时候，要是站里的其他人能忙得过来，站长就会叫我提前回来做饭给孩子吃；假如事多，站里其他人忙不过来，站长就无法照顾我了。孩子下午放学回来做完作业后，就忍着饿来到我们这个房间，站在窗口往下面的大路看，盼着我回来做饭给他俩吃。我每次过了下班的时间才回到政府的大门口时，都会不自觉地抬头望一下，看他俩是不是站在窗口边看着我回来。每当看到他俩那着急的神态时，我就想起那些小燕子站在窝边抬头盼望妈妈带食物回来给它们吃的情形，鼻子就发酸，泪水就往下流，你知道吗？孩子不按时吃饭是容易生病的，前段时间两个孩子都已经感冒发烧了。"

张瑞珍说到这里用手擦了一下泪水，停了片刻才继续说：

"上面的事情虽然让我很难受，但我还能扛得住，不至于想到要辞职。我之所以想辞职带孩子回方博村生活，是因为今天发生了一件使我实在无法忍受的事情。"

高志强听了妻子刚才那番话后已经觉得问题很严重了，难道还有比这些更严重的事情？他慌忙地问：

"今天发生了什么事情？"

张瑞珍又擦了一下泪水后说：

"今天为了在天亮前赶到滑步村找几对超生夫妇去落实政策，站长通知大家凌晨4点半在计生站集合统一出发。我像以往那样，出发前把早餐做好放在饭桌上，把闹钟调好放到他俩的房间里，就随队下乡工作了。谁知不知什么原因，今天早上闹钟的铃声一直没响。他俩睡过了，起床时比正常的上学时间晚了一个多小时。他俩怕去学校后被老师批评，都不敢去了，在家哭了一上午。中午我回来后，他俩都让我以后晚上起来工作时，不管什么时候出发，在出发前就要把他俩叫醒。你想想，我经常都是天没亮就出发，有时半夜就要出发。我怎么能在出发前就把他俩叫醒呢？天没亮甚至半夜就把他俩叫醒，他俩哪里有精神去听课？"

高志强听到这里难受极了，一骨碌爬起来，独自走上楼顶，来回踱步，想着照顾好孩子的办法，能不能请站长照顾一下，不要在天没亮尤其是在半夜安排张瑞珍去工作呢？不行！计生站的人本来就不多，少了一个就不好开展工作了。再说，谁家没有困难呢？你妻子需要照顾，别人就不需要照顾了吗？这种办法行不通。能不能请一个保姆来照看孩子呢？不行！因为家里收入少，发不起她的工资，这种办法也行不通。能不能给县委书记或者县长打报告，请求他俩帮忙把妻子吸收为工人并调到其他单位工作，让她有时间来照料孩子呢？不行！因为自己不是老书记或老乡镇长。如果自己是老书记或者老乡镇长给县委书记或县长打报告，可能会得到照顾。自己现在当乡长的时间不长，没有多少贡献，没有什么资格，肯定是不会得到照顾的。怎么办呢？他一直在楼顶上苦思冥想到11点多还没有找到解决问题的办法。正在他束手无策之际，突然想起李方成老书记"今后如果有什么事情需要我帮忙的话，尽管说"的话。他想，老书记是县委常委、县委办公室主任，经常在县委王书记身边，如果能请得他帮忙，问题就可以解决了。想到这里，他快步走回客厅，拉着灯，找来信笺写报告，计划明天上县城，请李方成老书记帮忙。

第二天一早经过电话联系后，高志强就乘坐班车上县城了。到达汽车站下车后，他马上到街边找了一部公用电话机给老书记打电话：

"李主任好！请问你现在在家吗？我已经到了，想马上去找你。"

"我刚才突然接到一项工作任务，现在不在了。"

高志强听后有点失望，怎么那么巧呢？老书记不会是有意回避我吧，他想了想后又问道：

"请问你今天能有时间见我吗？我真的有急事想请你帮忙。"

"你下午两点半到我办公室吧，我抽出点时间见你。"

高志强下午提前10分钟来老书记办公室的门前等候，老书记准时来了。当老书记开门请高志强坐下并准备去沏茶给他喝时，高志强着急地说：

"你时间紧，不喝茶了，我把我家里遇到的困难讲清楚后就走。"

高志强接着把他家里所碰到的困难如实地向老书记反映，然后说："我想请你帮忙找王书记把我妻子吸收为工人，并安排到洞明镇工商所工作。"接着把报告呈给老书记。

老书记看了报告后陷入沉思，没有作任何表态。

高志强看见他这个样子着急地说道：

"李主任！这件事情是不是很难办？其实我也是知道的。不过，我实在是迫不得已才来请您帮忙的，所以，只要有一点希望，都请您帮一下，我实在没有其他办法来解决我家里所碰到的困难了。"

　　"不是我不想帮你办。"李主任把报告还给高志强说："我是想，你老婆和孩子按规定现在都不能在洞明镇政府的那套房住了。现在之所以还能住，是因为镇党委政府的领导给了我点面子。你这个报告是请县委王书记帮你把你妻子吸收为工人并安排到洞明镇工商所工作。我肯定会帮你拿报告去请他帮忙的。如果他不给予照顾安排，那就什么事都没得谈了；要是他肯照顾你，那你老婆和孩子就再也没有任何理由住在现在这套房了，我也不好意思再帮你说话了。洞明镇虽然是个大镇，但是，洞明圩和其他乡镇的圩一样，还是个农民圩，是很不方便租房住的。你妻子如果调到洞明镇工商所工作，今后去哪里住？你干脆打报告请求吸收你妻子为工人，并安排到城区工商所工作算了。如果你妻子安排到城区工商所工作，在城区租房很方便，你家人的住房问题就解决了。"

　　高志强听到这里简直不敢相信自己的耳朵。心想，把妻子从县日工吸收为工人并安排到热门的工商所工作，已经很过分了。如果再要求安排到城区工商所工作，连升三级，自己都开不了口，县委王书记肯定不会同意的。他认为写这样的报告纯属徒劳，不会有什么好结果的，但是，李主任叫他写，他只好在提包里拿出信笺再写一份。他把报告重新写好并交给李主任后便想回小成乡政府。李主任看了报告后考虑了一下说：

　　"小成乡没有程控电话，我明天去帮你请王书记照顾的结果没法告诉你。你今晚最好在城区住一晚，我明天上午上班后就帮你拿报告去请王书记签字。你在明天上午9点前来这里，我把他签字的情况告诉你。对了，今晚我有接待任务，没有时间陪你，你自己解决吃饭问题吧。"

　　高志强随即和他告辞，到县政府招待所开房住了下来。

　　第二天上午8点半，高志强就到李主任的办公室了解情况。李主任沏茶给他喝后说：

　　"你把小成乡的农村合作基金会办得很好，尤其是在平息信用社所制造的风波这方面做得特别好。王书记和韩县长都非常满意，他俩多次在相关的会上表扬了你。王书记今天一早要去省城开会，在出发前，我抓紧时间向他简单汇报了你家里的困难，并把你请他帮忙解决困难的报告给他了，他爽快地在报告上做了批示。"

李主任接着拿报告还给高志强，高志强急忙接过来看，只见上面写着"同意吸收为工人并安排到城区工商所工作，请相关部门给予办理有关手续"这句话，顿时激动得无法言语。

李主任见他这么高兴，嘱咐道：

"你今后要在继续办好基金会的同时，努力抓好你们乡政府所定的'三乡之乡'建设，办好实事，尽快改变小成乡贫穷落后的面貌，一定不要辜负王书记的期望。"

"我会的。"高志强说，"我不但要不辜负王书记的期望，更不能辜负您的期望。我知道，王书记之所以会做这样的批示，主要是您出力的结果，谢谢您！今天中午请赏个脸，和我一起吃饭。"

"不用破费。"李主任说，"你赶快抓紧时间去办有关的手续。"

恭敬不如从命。高志强再次向李主任道谢后马上拿报告赶去县计生委、工商局和劳动局等单位办理相关手续。各单位的领导看见王书记的批示后都不敢有丝毫懈怠，马上在报告上签上"同意……"的意见，非常顺利。当天下午赶回小成乡政府向容书记汇报有关情况后，第二天一早高志强又向容书记请假回洞明镇，帮孩子办理从洞明镇中心小学转到城区中心小学读书的手续，之后又在朋友的帮助下在城区租到了一套两室一厅的房子。张瑞珍做梦也没想到自己一下子就变成了一个工人，成了一个有米簿有商品粮吃的人，而且还能在县城有一份工作，那高兴的劲儿自不必说。两个孩子知道自己能到全县最有名的城区中心小学读书后也十分高兴。

在搬家前的一个晚上，高志强买了一瓶本地的好酒，买了半只烧鸭和一些花生米到陆兴邦房间请他喝酒。酒过三巡后，陆兴邦面带愧色地说：

"老乡，真对不起！那天晚上如果我不请你到这里下棋、喝酒，不对你说那番话。你就不会主动要求调到小成乡工作，现在洞明镇的镇长肯定是你。当时我实在有点短视，担心你再不花时间和精力去搞好人际关系，不搞些感情投资，到时候连镇党委委员都选不上。谁知你调走后，不少镇干部和村干部都感到可惜，说洞明镇调走了一个难得的好领导，很想念你。"

"喝酒喝酒！"高志强说，"要求调去小成乡工作的事是我自己作出的决定，与你无关。"

　　高志强认为现在再谈这件事只会扫兴，没有任何意义，所以不让陆兴邦再说下去。喝完酒后，高志强又邀请陆兴邦下棋。下了三盘后，已经是11点多了，高志强便向陆兴邦告辞回去休息了。

　　高志强第二天把家搬到城区租的房子里并安置好各种家具后问妻子："你还打算辞职带孩子回方博村生活吗？"妻子笑了笑，亲昵地说："你今后可以全力做你乡政府的工作了。"

　　这天下午，高志强怀着愉快的心情乘坐班车回了小成乡政府，接着，马上去找来一张白纸和笔墨，把"不到长城非好汉，不破楼兰终不还"的诗句写到上面，然后将它贴在了房间办公桌上方的墙上。

第三十五章　去做"乞丐"

高志强在组织成立、巩固和发展了小成乡农村合作基金会后，就开始着手兴办第二件实事——组织安装小成乡程控电话。他已经带人去拜访了有关部门的领导和工程师，知道从倡顺镇邮电所拉线进来安装最省钱，一共只需要10万多就可以安装好了，但是，因为乡政府收入少，没钱可用，所以至今还没有安装好。他把"不到长城非好汉，不破楼兰终不还"的诗句贴到办公桌上方墙上的当晚，就在房间里来回踱步，进一步考虑筹集资金安装程控电话的问题。直到深夜都觉得乡政府不管从哪方面挤，都挤不出钱来。到了第二天凌晨1点多，他在万般无奈的情况下紧闭双唇，瞪着两眼，使劲把两只拳头一握，小声地对自己说："去做'乞丐'，通过'行乞'来筹集资金。"

第二天起床后，他早餐还没吃就来到了容书记的房间。容书记见他急匆匆地进来，知道他有急事要说，就先请他在近门口这边的一张短沙发上坐下，然后自己在里面的那张坐下后问："这么早来，是不是有什么急事要讨论？"

"我想来向你汇报一下我关于筹集资金安装小城乡程控电话的打算。"高志强说，"安装小成乡程控电话是本届乡政府在人大会上向代表们承诺要办的一件实事。已经过去一年多了，因为乡政府没有钱，这件事还一直搁在那里。昨晚我考虑到深夜，如果等乡政府有钱后再去安装程控电话，这届乡政府是绝对安装不成的。为了取信于民，我打算去做'乞丐'，通过'行乞'来筹集资金安装程控电话。具体的做法是上门请小成乡的老板们赞助一点，请几个乡直单位支持一点，请联系我们小成乡工作的县民政局和检察院支持一点，请县政府再支持一点。不知道这样做能不能行得通，想请教一下你。"

容书记一边抽烟一边听，现在那根烟快抽完了，他把烟头按到烟灰缸里，说："这种筹集资金的方法，以前我们都没用过，效果如何也不太清楚。不过，既然乡政府没钱，要想把程控电话装好，目前也只能暂时用这种方法了。这样吧，这件事情就由你具体组织实施。如果需要配合，你认为谁合适，就叫谁去。先去筹集一段时间，看效果如何。要是效果好，就继续用这种方法；若是效果不怎么理想，再考虑其他的办法。"

"好！谢谢你的支持。"高志强起身告辞，去做"行乞"的有关准备工作了。他走出容书记所住套房的门口时，看见乡政府的出纳杨冬青正在篮球场那边，他觉得同杨冬青一起去最合适，便朝杨冬青走去。他把来意说明并和杨冬青讨论后，决定首先去请郭松文赞助。

郭松文是小成圩最有名的老板，40岁出头，中等身材，热情好客，在小成圩街边开了一间商铺，经营黄豆和煤炭生意。他现在正坐在商铺里的一张桌子前整理票据，见高志强和杨冬青进来后立即站起来说：

"欢迎贵客！欢迎贵客！"接着把各种票据收起来，请高志强和杨冬青到旁边的沙发上坐，去沏茶给他俩喝，然后在他俩对面的沙发上坐下。

高志强看了一眼铺里的那堆黄豆问：

"郭老板，近来生意不错吧？"

说到做生意的事情，郭松文长长叹了一口气说：

"前几年还可以，但今年很难做。"

"为什么？"高志强不解地问。

"现在市场竞争激烈，同一种黄豆或者煤炭在不同地方的价格不同。在同一地方早晚的价格也不同。我们这山区，手机用不了，程控电话又没有，信息闭塞。我经常都是进一些高价的黄豆和煤炭回来，所以赚得不多。如果有程控电话就好了，每当需要进黄豆或煤炭时，我先打电话到各地了解行情，在质量相同的前提下，哪里便宜我就到哪里去进货，这样就可以多赚点辛苦钱了。对了，高乡长！你不是说你们这一届政府要安装程控电话吗？什么时候安装？"

郭老板的询问正中高志强的下怀，他稍停半刻后耐心地解释道：

"郭老板，今天我和杨冬青主要就是为这事来找你商量的。我们这一届乡政府是计划安装小成乡的程控电话的，但是，因为小成乡基础薄弱，自然条件差，乡政府实在太穷，心有余而力不足。据我们了解，从倡顺镇拉线过来安装我们小成乡的程控电话是最省钱的，但是也要10万多才能安装好，乡政府实在拿不出这笔钱。请示容书记同意后，从现在起由我和杨冬青代表乡政府上门和一些个体老板及有关单位联系，看大家能不能赞助一些经费。如果大家能积极赞助，我们就想方设法尽快把它安装好；要是大家对这件事情不感兴趣，我们就暂时把它搁置起来，等乡政府有钱后再组织安装。你是我们第一个上门联系的老板，不知道你的意见如何？"

郭松文考虑了一下说：

"我赞助1000元。"

"郭老板！"高志强半认真半开玩笑说，"赞助1000元对于一般人来说已经是很多的了，但是，你是我们小成乡最大的老板，资金毫无疑问比一般人都多得多。还有，正如你刚才所说，如果有程控电话，你的生意会好做得多，可以赚更多的钱。我原以为你会赞助10000元以上的，如果连你都只是赞助1000元，我们就没有信心再去筹集资金了。"

"看在乡长亲自上门的分上，"郭松文想了想后说，"我赞助5000元，不能再多了。"

"你如果能赞助这个数，我们还是有信心继续去找人赞助的。不过，我要提醒你，赞助款是不能随便说的，你一定要考虑清楚啊！"高志强说。

"高乡长，我郭松文虽然是个大老粗，但是也懂得'一言既出，驷马难追'的道理。"他边说边打开抽屉，拿出一本基金会的存折说："你俩跟我来，我马上到基金会领钱给你们。"

收到郭松文的5000元后，高志强觉得这样"行乞"有点强人所难，实在过分了些，但是转而又想，如果不这样做，能要得到钱吗？在特殊情况下筹集资金是不能太文质彬彬的。

紧接着，他又和杨冬青上门去找小成圩其他个体户老板和几个乡直单位的领导，请他们赞助经费。遗憾的是，他再也没有碰到郭松文这么大方的老板了。他俩去找了十几个个体老板和几个乡直单位的领导，一共才筹得13000多元。

过了几天后，高志强觉得在小成乡再也"乞讨"不到钱了，便和杨冬青一起上县城去"乞讨"。他俩计划请县政府给5万元，请联系小成乡工作的县民政局和检察院分别给2万元。

一天上午10点多，高志强和杨冬青从小成乡来到县城后，先去县政府办公室，按规定把向县政府申请5万元经费的报告交给苏主任，请他帮忙办好有关的审批手续。然后去县政府对面的民政局，想请民政局支持2万元。

"请问你们刘局长在家吗？我俩有重要的事情想和他商量一下。"高志强和杨冬青来到民政局办公室后对周主任说。

"在，你俩等一等，我去看他有没有空。"周主任今年春天去过小成乡联系工作，所以，他和高志强以及杨冬青早已认识，他沏茶给他俩喝后就走出去了。

过了一会儿，周主任回来说：

"高乡长，我们局长现在有急事要办理。他叫我告诉你，你有什么事情可以先跟我说，然后由我向他汇报。"

"好！"高志强说，"为了方便工作，我们乡政府正在集资安装程控电话，想请你们民政局支持两万元，请你尽快将情况告诉刘局长，请他慷慨解囊。"

"好的，等一下我就去向他汇报。"

"谢谢你！"高志强向他道谢后就和杨冬青一起走出办公室往街上走。到了附近县政府招待所的旁边后想，这次一定要"乞讨"到钱，否则，就不回小成乡政府了。于是，他和杨冬青到招待所开房休息。

下午3点多，高志强又带杨冬青到民政局办公室找周主任，应邀在入门右边的一张长沙发坐下后问：

"周主任！请问今天上午你将我提的要求向刘局长汇报了吗？他的意见如何？"

"已经汇报了，他没有表态。"

"麻烦你带我去见一下他好吗？"

"不好意思，他上午下班时跟我说了，他下午工作很忙，叫我不要带任何人去打扰他。"

"那好，请你等一下再向他汇报，说我今天下午又来找过他，希望能得到他的支持。"

"好的。"周主任见电话铃响了，一面答应着一面去接电话。

　　高志强和杨冬青一齐起身向他告辞。

　　第二天上午8点多，高志强继续带杨冬青来找周主任。这次他俩主动坐到昨天下午所坐的位置，周主任又送茶来给他俩喝，高志强喝了一口后问：

　　"周主任！请问昨天下午你将我的第二次要求向刘局长汇报了吗？他的意见如何？"

　　"已经汇报了，对不起，他还是没有表态。"

　　高志强听后想，刘局长实在太傲慢太过分了，必须设法找到他当面谈一谈。思考了一下后，站起来走到周主任的办公桌上拿几张手纸说：

　　"周主任！请问你们的卫生间在哪里？"

　　"在出门左手边尽头的那间房。"周主任答。

　　民政局是个大局，在一栋五层高的大楼里办公。高志强出了办公室后虽然向左边走，但是没有去卫生间，而是去找刘局长。他认为刘局长肯定不会在一楼办公，所以向左边走到楼梯边后迅速从一楼走上二楼、三楼、四楼和五楼寻找刘局长的办公室。最后在五楼右边尽头那间门口边找到了"局长办公室"。他立即敲门进去，发现刘局长正在悠闲地看报纸。

　　刘局长昨天上午第一次听周主任说高志强有重要的事情要找他商量时，他认为高志强这个全县最小、最穷乡的乡长除了想来找他要钱之外，不会有其他什么重要的事情了。于是就叫周主任先把高志强要和他谈的重要事情了解清楚，然后再作处理。周主任第二次上来把高志强的请求向他汇报后，他示意周主任以后凡是高志强再来说要钱的事，都说他工作忙没时间见他。他本以为周主任可以帮他挡住高志强，高志强是没法找到他的。没想到高志强突然来到他的办公室，这让他感到很突兀。他只得请高志强在他对面的沙发上坐，但是没有沏茶给高志强喝，继续看他的报纸。高志强见他这个样子很生气，但是，因为自己是来求他给钱的，所以虽然有气也不敢表露出来，强忍着心里的不快说道：

　　"刘局长！听周主任说你很忙，所以，昨天我来了两次都不敢上来找你。刚才周主任也说你很忙，没空见我，但是，因为我有急事要见你，所以瞒着周主任上来找你，对不起。"

　　"你有什么急事？"

　　"是这样。"高志强说，"为了有利于工作，我们乡政府准备组织安装程控电话。因为乡政府没有钱，所以，想请有关的单位和老板赞助一些经费。其中，想请你们民政局赞助两万元。我昨天已经和你们办公室的周主任说了，请他向你汇报，不知他向你汇报没有？"

　　"汇报是汇报了，"刘局长说，"我们民政局也很困难，两万元又不是个小数，哪有那么容易给你？就是你们乡政府放在这里的，我们已经挪用了，也要等到我们周转过来后再还给你们啊！"

　　高志强感觉他根本就不想给钱，不但如此，还有一点挖苦的味道。心里本来就气，现在更是无法忍受，说道：

　　"刘局长！我是代表乡政府来求你的，是公事公办。如果你们在工作上不与我们有联系，不是我们的后盾单位，我是绝对不会来求你的。根据县委、县政府的文件规定，你们作为小成乡政府的后盾单位，是有责任和义务帮助我们乡政府解决一些实际问题的。我作为一乡之长，已经连续来了三次了。这次如果不是我瞒着周主任上来找你，你还会继续以工作忙为由不和我见面。我来到你办公室和你面对面坐了半天，你连茶水都不给我喝一口。事不过三，从今以后我再也不会为筹集资金来找你了。不过，丑话说在前头，筹集资金安装小成乡程控电话的事情是小成乡党委政府的决定。过后我将会和我们容书记一起把你们民政局不履行职责、不支持我们乡政府的事向县委、县政府的有关领导汇报清楚。到年底还要用书面的形式向县委、县政府的'双文明办'汇报清楚。"高志强说到这里就站起来朝办公室门口走去。

第三十六章　小成乡有了程控电话

"高乡长，请等一等！"刘局长原来根本不把高志强放在眼里，但是，听了高志强刚才的话后觉得问题很严重。如果处理不好会直接影响到自己的职务问题，一边说一边放下报纸起身跑过来把高志强拦住说，"我因为习惯通过看报纸的方式思考问题，你进来后我一下没有回过神来，没有沏茶给你喝，对不起。关于你们乡政府集资安装程控电话的问题，我并没有说不支持，只是考虑到一下子要两万元实在有些吃力。请你先坐下，我给你沏茶，咱俩再慢慢谈。"

高志强因为肚子里还有气，虽然不走了，但是站在办公桌边不应他。

"这样好不好？"刘局长双手捧着一杯茶送给高志强后说，"你既然已经来了三次，这次绝不能让你空手而归。我下去和我们的财会人员商量一下，挪一万元给你。"

"不管你们给多少，"高志强见刘局长的态度已经发生了180度大转弯，心想，自己是来求钱而不是来求气的，于是，放缓语气说，"我们乡政府都会感谢你们民政局的。"

高志强和杨冬青收到民政局的一万元现金后，马上到街上乘坐三轮车赶去检察院请求支持。当办公室的方主任带他俩来到黎检察长办公室时，黎检察长马上放下手中的活，想亲自沏茶给他俩喝，后来被方主任抢先去沏了。当高志强把来意说清楚后，黎检察长带着赞赏的语气说：

"集资安装小成乡程控电话这件事很有意义。安装好后，我们联系工作就方便多了，我们作为后盾单位毫无疑问是要支持的。请问你们去民政局联系过没有？"

"去了，刚从他们那里过来。"高志强说。

"民政局支持多少钱？"

"他们支持一万元。"

"那好，同样是后盾单位，有样照样，我们检察院也支持一万元。"他拿起话筒拨通财务室的电话，"吴股长！你去叫出纳拿一万元现金到我办公室来。"

"非常感谢黎检察长的支持！"

高志强和杨冬青收到这一万元后马上赶去县政府办公室，计划找苏主任了解昨天打报告向县政府申请那5万元经费的审批情况。

"你俩坐！"高志强和杨冬青进到苏主任的办公室时，苏主任冷冷地说。

"苏主任，"高志强找位置坐下后说，"请问我们昨天送来的那个报告得到批复了吗？"

"没有批复。"

"请问把报告送给县长了吗？"

"没有送。"

"为什么没有送？是因为县长不在吗？"

"高乡长！"苏主任不耐烦地说，"你以为我的职责只是为你们两个人服务吗？"

"我知道你很忙，请问你计划什么时候帮我们把报告送给县长审批？"

"这个说不准，要看情况。"说到这里，苏主任瞥了高志强和杨冬青一眼，然后从抽屉里拿一包还没有开过封的高级红塔山香烟出来，拉掉封条，掀开盖子，拿一根出来津津有味地抽。

杨冬青以前经常跟领导上县城的有关部门找人办事，对苏主任这种神态和动作的意思很清楚，他给高志强使了一个眼色。高志强知道杨冬青使这个眼色的意思，他本人更明白苏主任是在暗示要一条高级的红塔山香烟抽，然后才会帮忙拿报告去给县长审批，但是，他拒绝按照苏主任的要求去做。他认为苏主任的这种做法是报纸、电视和上级领导曾经批评过的典型的"吃拿卡要，不给好处不办事"的衙门作风，非常反感。心想，这是公事，我为什么要买烟给？我哪里有钱买烟给你？你不帮忙拿去给县长审批，我自己去。说道：

"苏主任！既然你那么忙，请你把报告还给我好吗？我另行处理。"

高志强和杨冬青两次到这里都是两手空空，烟都不给一支，苏主任本来就不爽，听了高志强的话后更不高兴了，打开文件盒迅速拿出高志强送来的那个报告往办公桌一甩，说："拿去吧！"心想，到时候你就会知错。

"谢谢！"高志强拿回报告后就和杨冬青一起向苏主任告辞，走出他的办公室。

高志强以前从来没有去找过韩县长，但是，听其他乡镇的领导说过他在县政府办公大楼的503号房间办公。他和杨冬青从苏主任办公室出来后立即去敲韩县长办公室的门，韩县长这时恰好在办公室里批阅文件和报告。

由于高志强来得太突然，甘秘书不在，韩县长请他俩在对面的长沙发上坐下后便起身想去沏茶给他俩喝。高志强马上快步去把他拦住，说：

"不用喝茶了，你工作那么忙，我向你汇报一件事就走。"

高志强回到沙发上坐下后说：

"我们小成乡还没有程控电话，与外界几乎隔绝。这严重制约着我们乡经济和社会的发展，给干部群众的工作和生活带来诸多不便：有的群众得了急病，想打电话请县人民医院派救护车都没法打；有的群众想做生意，但是，由于没有电话联系，信息不通而没法做，即使勉强做了也做不好；乡党委政府领导有事想向县委、县政府领导汇报也不行。为了改变这种状况，我们乡政府计划安装程控电话。因为乡政府没有钱，所以到处向个体老板和相关单位请求支持。"

高志强把向个体老板和相关单位请求赞助资金的情况简单汇报后继续说道：

"尽管我们已经努力了，但是，所筹得的资金还远远不够，所以，又打报告来县政府，想向县长请求支持。我们的报告昨天上午已经送到了县政府办公室苏主任处。因为他工作忙没空送给你审批，刚才我们请他还给了我们，我们拿回报告后马上来找你。我们也知道直接拿报告来请你审批是不符合有关规定的，但是，我们乡政府没有车，整个小成乡每天也只有一班车到县城，我们来一次不容易。所以，请县长你能够特事特办，现在就批钱给我们。"高志强说完从他的旧军用挂包里掏出那份报告呈给韩县长。

　　高志强在组织成立、巩固和发展小成乡农村合作基金会的工作中表现得很出色，给韩县长留下了很好的印象。现在他又亲自出马到处找资金安装程控电话，这件事让韩县长更加高兴。韩县长认为高志强很有干劲，很实在，是个难得的办事人，非常值得支持。看了一遍报告后说：

　　"小成乡的程控电话确实已经到了非安不可的地步了。你们做得对，就是应该这么干，我支持你们。"他拿笔在报告的右上角写上批语："同意县财政支持5万元，请财政局陈局长尽快办好相关手续。"接着说："你们先回去吧，等一下我安排政府办的人通知财政局的同志去办理。"

　　"不用政府办的人通知了，我和杨冬青一起把报告送去财政局吧，谢谢韩县长！"

　　高志强和杨冬青来到财政局找到陈局长，迅速把报告送给他。陈局长认真看了一遍报告，又看了一眼手表，然后真诚地说：

　　"高乡长，你们这笔款是韩县长特批的。这样吧，还有几分钟就下班了，请你放心，下午上班后我第一件事就是安排财务人员去办理转账手续，这5万元下午就拨到你们乡政府的账户上。"

　　从倡顺镇拉线到小成乡安装程控电话，实际一共要投入103000元。现在一共筹得88000元，还欠15000元。因为小成乡农村合作基金会以后经常要用电话联系业务，经乡三家班子和基金会的有关领导开会讨论，所欠的15000元由基金会负责赞助。

　　1994年10月中旬的一天，小成乡的程控电话正式安装好了。第一批有79家用户安装了电话机，乡党委政府办公室的这部是最先安装好的。经过试机，正式可以通话后，高志强马上用它分别打电话向县委王书记、韩县长和李方成主任汇报，还分别打电话向县检察院的黎检察长和民政局的刘局长表示感谢。容书记参加由县委组织的学习团到广东省参观学习了，他没有手机，因为老领导李方成主任也去参加了，所以，高志强向李主任汇报后，请李主任把手机交给容书记，也向容书记汇报了这一喜讯。容书记非常高兴。

　　小成乡党委政府的干部职工有一部分是本乡人，有一部分是外乡人。乡政府办公室的电话安好后，家在外乡的干部职工陆续用这部电话打电话回去向家人报喜，把电话号码告诉家里人，个个都欢天喜地。

晚上8点多，家在外乡的几个领导由于抑制不住内心的喜悦，相约一起带酒带菜到高志强所住的套房庆祝。其中，蒋副书记带了10斤米酒来，曾副乡长带一大袋油炸大蒜饼，乡武装部的王部长带一大包咸脆花生。他们邀请了十几个人来高志强的住处，说今晚要和高乡长一醉方休。

第三十七章　不到黄河心不死

　　林书记调走后的第二天，容书记就叫办公室的罗主任组织人员帮高志强把行李和生活用品搬到林书记原来的房间住，和曾副乡长同住一套房。平时高志强和曾副乡长是合伙做饭吃的，生活用水一般都是曾副乡长去挑回来。1995年夏的一天，曾副乡长到县城参加业务培训学习，晚上在城区住，没有回来。这一天正好是小成乡派出所挂牌成立的大喜日子。高志强下午下班后同容书记和分管政法工作的韦副乡长一起，应邀到派出所同干警们吃晚饭，讨论今后如何抓好小成乡治安工作的问题，直到9点多才回来。回来后又写了日记，忙完才到洗澡间准备洗澡。这时，他发现洗澡间和厨房里都没有水。今晚天较黑，刚才还下了一场雨。为了洗澡，他不得不摸黑到群众的露天水井去挑水。在到达水井前要先走一个小坡，他走下去时突然打滑跌到地上。不但衣服脏了，而且右边的屁股在跌下去时碰到了一块凸出地面的尖石头，疼得要命。他爬起来时想，我挑水的次数不多，都跌了一跤。政府的干部职工经常来挑水，不知道已经跌了多少跤了。乡政府一定要尽快把小成乡的自来水厂修建起来，这不但是兑现在人大会上所许诺言的需要，而且是保护干部职工身体健康的需要。

　　第二天一早他就去了容书记的房间，在沙发上坐下后先把自己昨晚去挑水时摔跤的情况向容书记说了一遍，然后说：

　　"容书记，为了兑现乡政府在乡人大会上所许的承诺，为了保护干部职工的身体健康，我想立即着手修建小成乡自来水厂，请问你的意见如何？"

　　容书记先关切地询问高志强的伤情，知道无大碍后说：

　　"这个自来水厂确实是要尽快修建起来了。这样吧，这件事情继续由你去组织。你在工作中如果需要什么人配合，就像上次那样，认为谁合适就找谁去。"

得到容书记的支持后，高志强暗暗下决心，一定要在今年就把小成乡的自来水厂修建好。他从容书记房间出来后决定继续叫杨冬青配合，于是马上到出纳室找杨冬青讨论有关问题。

他在一张木椅上坐下后先和杨冬青寒暄了几句，然后说道：

"我想和你讨论一下关于乡政府组织修建自来水厂的有关问题。你是小成圩人，对小成圩群众的思想观念比较熟悉。你说，假如我们乡政府把小成乡的自来水厂修建好后，小成圩的群众会不会乐意出钱使用自来水呢？"

"如果水质好，符合卫生饮用标准肯定会的，"杨冬青说，"问题是乡政府根本就没有条件把自来水厂建起来，如果硬要把它建起来，也会是一个废厂，无法使用。"

"为什么？"高志强不解地问。

"因为自来水厂里的水是供饮用的，所以水质一定要好，要符合卫生标准。离大江大河近的乡镇，都是抽取大江大河里的水来供自来水厂使用；与大型水库近的乡镇，都是抽取大型水库里的水。大江大河里的水是流动的，大型水库里的水又宽又深。它们的水质都很好，经过过滤和加工后完全符合卫生标准，所以可以饮用。而小成乡处于山区，离大江大河远，又没有大型水库，只有一条几米宽，一米多深，又脏又臭的小河。这样的水不管经过怎样的过滤和加工都不会符合卫生标准，都不能饮用。因为没有优质的水源，所以我认为我们乡政府没有条件建自来水厂。"

高志强听后顿时紧张起来。心想，当时的决策过于草率了，只考虑到要修建自来水厂，没有考虑到有没有条件修建。现在该怎么办？他站起来两手叉腰，紧张地在出纳室里来回走动，思考对策。

"不要太悲观，更不要把话说绝。"高志强思考一会儿后停下来说，"地面没有优质水源我们可以向地下要。我们小成乡许多山上都有泉水，这证明地下有水，说不定小成圩附近就有地下河流过。我们要尽快去请专家来帮助探测，如果能测出有地下河流过就好办了。地下河的水一般都是符合卫生饮用标准的。把它抽取上来后，就可以修建自来水厂了。"

"这是个好办法，我真没有想到。但是，这方面的专家和师傅去哪里找呢？"杨冬青问。

高志强想了想说：

"我们乡政府现在已经有程控电话了。这事好办，我马上到办公室打电话向县直有关单位的领导咨询。"

经过一段时间的努力后，终于在县建筑设计院邓院长的帮助下找到了一个师傅。这个师傅姓方，人们都尊称他为方老板，60多岁。他原来在省的一个地质队做探测工作，前几年退休后回田贵市老家成立了一家公司，专门帮助一些单位和个人探测地下水源和矿藏资源。高志强通过电话与方老板认识后便约他尽快来小成乡帮忙探测地下水源。

一天上午，方老板与他的助手小吕在邓院长的指点下开了一辆北京吉普车来到小成乡政府大院。他人老心不老，工作劲头很足。到达乡政府大院后只和高志强交流了一会儿，便自带干粮和矿泉水去做探测工作了。他俩首先爬到小成圩附近最高的一个山头查看地形地貌，然后认真地用仪器在小成圩周围进行探测，直到下午快到吃晚饭时才回到乡政府。因为容书记外出办事不在家，高志强安排杨冬青和办公室的小徐去群众家买了土鸡和原汁原味的腐竹回来接待他俩，请他俩到自己家吃晚饭。

"辛苦了，方老板，我敬你一杯！"高志强举起酒杯。

"我不怕辛苦，只怕辛苦没有价值。"方老板和高志强碰杯后说。

高志强见方老板不够精神，喝了一杯酒后问：

"方老板！今天探测得如何？帮我们找到地下河了吗？"

方老板也把杯里的酒一口喝完，然后说："真不好意思，今天我和小吕在小成圩周围几公里探测了大半天，都没有发现有地下河。"

高志强听后想，没有地下河就无法修建自来水厂，乡政府许诺要办的这件实事就没办法办理，而且，政府的干部职工永远都要到群众的露天水井去担水回来饮用，想到这里，心里瞬间感到很难受。为了减轻心里的压力，他起身去卫生间洗手。回来后总感觉有点不甘心，他想了想说：

"方老板，虽然你俩在小成圩周围探测了大半天都没有发现地下河，但是我们乡政府大院内说不定会有，请你俩明天再仔细地帮忙探测一下，看有没有。"

"不用探测了，肯定不会有的。"方老板说。

"为什么？"高志强问。

"因为下面有没有地下河流过，从地形地貌上就可以看得出来。"方老板解释说。

"请问什么样的地形下面会有地下河呢？"高志强向他请教。

方老板捧起酒杯喝了一口酒后，耐心地解释道：

"比如说，有两座大山夹着一条比较狭窄的地带。这样的地形地貌根据'两山夹一沟，沟岩有水流'的经验，下面的沟岩就多水，就容易形成地下河。还有'两沟夹一嘴，下面有泉水''山扭头，有水流'等。只要具备了这样的地形地貌，下面一般就会有地下河；不具备这样的地形地貌，下面就不会有地下河。因为你们政府大院内的地形不具备上述所说的条件，所以，我断定下面是不会有地下河流过的。也正是因为这个原因，所以我和小吕今天下午没有在政府大院内进行探测。"

高志强听后还是不服，说道：

"方老板，关于地质学方面的知识我一窍不通，不能和你讨论，但是我学过哲学。从哲学的角度看，事物都有一般性和特殊性两种。按照你刚才的说法，一般情况下政府大院内是不会有地下河流过的，但是，在特殊的情况下就不一定，所以，我还是请方老板明天上午帮忙探测一下，求你了。"

方老板想，高乡长一心一意想修建自来水厂。如果找不到地下河，乡政府就无法修建，所以他很固执。反正自己已经来了这里，所花的时间和精力又不多，为了让他信服，明天就先探测一下再回去吧。于是，捧起酒杯说道：

"高乡长，我理解你的心情，来！为了满足你的愿望，我和小吕明天上午再去探测一下，看看你们乡政府大院地下有没有地下河流过，干杯！"

"谢谢！干！"高志强见方老板答应后非常高兴，和方老板碰杯后将酒一饮而尽。

第三十八章　容书记亲自组织举办庆祝晚会

第二天吃了早餐后，方老板就在小吕的配合下拿水文探测仪在政府大院内探测。十几分钟后，他俩吃惊地对一个地方进行反复探测。当判断准确无疑后，方老板弯腰捡了一块石头画了一个圆圈把这个地方圈起来，然后满怀喜悦地走进高志强的房间说：

"高乡长！真是天遂人愿，老天特别照顾你。刚才，我和小吕按照你的要求在政府大院内进行探测。没想到，刚探测了10多分钟就发现在你们乡政府大院西面那幢楼前面约5米远处有一条地下河。"说到这里，方老板显得有些出乎意料，"这真是奇怪，从地形地貌看，政府大院内是绝对不会有地下河流过的，但是偏偏有，我平生第一次被打脸，这是你高乡长的福气。更值得高兴的是，根据我多年的实践经验，这条地下河里的水肯定是可以饮用的，不过最后以化验的结果为准。"

高志强正在房间伏案写一份材料，听说后马上放下笔，和方老板一起出去看。高志强的房间在二楼，杨冬青的房间在一楼。高志强下到一楼时，见杨冬青也在房间，便邀请他一起去看。从方老板所画的圆圈知道了地下河所经过的位置后，高志强抑制住内心的激动，先是对站在右边的方老板说："请你们尽快帮忙把河水钻探出来，等我们拿去化验。"然后对站在左边的杨冬青说："你今天去告诉我们乡那几个建筑工头，我们乡政府准备修建一座自来水厂，请他们准备来参加投标。他们都熟悉我们政府大院的环境，你就告诉他们以后就从这个地方抽水，请他们尽快把工程预算方案打出来交到你手上。"

方老板和小吕午饭也没吃就开车回公司拉钻探设备。第二天下午他们就把钻井机和三脚架等设备拉回来了，天黑前就安装好了。经过20多天的钻探后，方老板终于在一天的上午把近百米深的白花花的地下河水抽了上来。高志强和其他在场观看的干部职工一样非常高兴，马上安排曾副乡长取样拿去省卫生厅化验。第二天上午曾副乡长打电话回来向高志强汇报化验结果，所有的指标都合格，完全符合卫生饮用标准。高志强接到电话后，除了设宴盛情款待方老板和小吕外，还叫杨冬青把资金按照合同的规定马上付清了。吃了午饭后，方老板和小吕便要回去。高志强和杨冬青等同志热情地把他们送上车，还分别送了两箱上好的腐竹给他俩。

送走方老板和小吕后，高志强问身边的杨冬青：

"那些工头送预算方案来了没有？拿给我看看。"

"一个也没有送来，不知道为什么。"杨冬青回答。

"他们可能不相信真的有地下河水，你马上去告诉他们，地下河水已经抽上来了，而且化验合格，可以修建水厂了，叫他们快点拿方案来。"

给杨冬青安排了任务后，高志强朝自己的房间走去。一边走一边想，政府收到各个工头的预算方案后要择优选用，在保证质量的前提下谁愿意先垫资建设，就把工程交给谁。所欠的工程款参考其他一些乡镇的做法——先挂账，以后再筹款付清，力争在9月份就把水厂修建好，他越想越高兴。

"高乡长！情况不妙，很不妙！"下午4点多，杨冬青来到高志强的房间，自己坐到长沙发上神情沮丧地说，"我原来请了4个工头做预算方案，今天下午按照你的指示，分别去找他们了解情况。他们好像是商量过一样，没有一个愿意来参加投标修建自来水厂，都没做预算方案。"

"他们为什么会这样呢？"高志强非常不解地问。

"据了解，原因是这样的。"杨冬青慢慢汇报说，"乡政府这两栋宿舍兼办公楼是我们乡最有实力的工头钟达来承包建筑的，直到现在还没有拿全工程款。他说，其他乡镇政府的工程款最多两年内就会到账，唯有我们小成乡政府的工程款已经七年多了还没有到账，他说我们乡政府不守信用。另外，他还知道我们乡政府在小成圩的粉店里欠了一万多元，都已经五六年了还没有结账。小成乡的程控电话都是集资安装的，乡政府一分钱也没有出。他认为乡政府一身债务，肯定拿不出钱来修建自来水厂，肯定是要工头垫资的。他怕垫资后不知何年何月才能拿到工程款，时间拖得太长会亏本，所以，他坚决不做预算方案，不来参加招投标工作。我们乡的几个工头既是竞争对手，又是合作伙伴，他们的信息是共享的。钟达来不愿意来，其他几个实力较弱一点的工头更加不敢来了。"

高志强听了杨冬青的汇报后想，工头不愿意先垫资，乡政府拿不出钱，又不能再去向县政府和有关单位以及个体老板"行乞"了。去哪里找钱来修建自来水厂呢？他满面愁容，起身在房间里来回踱步。杨冬青见他心情不好，就出去了。

"高乡长，我想向你汇报一下工作，请问有空吗？"杨冬青出去一阵子后，张副乡长站在房间的门口问。

"有，请进！"高志强扭转头看见她后说。

张副乡长在高志强对面的长沙发坐下后说：

"高乡长，这段时间你除了要组织修建自来水厂外，还要配合容书记抓全乡的计生突击月工作，处理成立小成乡派出所的有关问题等。我看见你从早到晚都忙不停，所以，不好意思来打扰你，已经有一段时间没有来向你汇报工作了，但是，这次因为有重要的事情，不管你有多忙，我也要来汇报。我这次来主要是想向你汇报一下基金会的运转情况，这是基金会前两个月的月报表。"

她把报表交给高志强后高兴地说：

"由于你把基金会的基础打得很牢，现在形势很好，股金不断增加，已经达到300多万元了，借款的人也多。现在有好几个报告等着你和容书记组织有关人员开会讨论审批。以前借出的款到期的都能按时归还，不到期的也能按时交利息。现在基金会的利润已经达到，"说到这里，她压低声音说，"16万多了。"

高志强听后两眼发光，立马想到了一个主意，建自来水厂的资金全部由基金会出。水厂的归属权给基金会，作为基金会的固定资产。基金会出钱建好水厂后，以后各个用户的入户费和水费全部由基金会收取。这样，修建自来水厂这件事不但解决了干部职工和小成圩居民的饮用水问题，而且为基金会找到了一条稳定的创收门路，一举两得。他把自己的想法告诉了张副乡长，征求她的意见。张副乡长说：

"这个主意很好，我完全赞成。"

张副乡长发表了自己的意见后知道高志强的工作很忙就走了。

"山重水复疑无路，柳暗花明又一村。"高志强接着马上去向容书记汇报这件事。

容书记知道情况后，当天晚上8点就召集乡三家班子领导开会讨论这个问题。大家一致同意由基金会出资修建自来水厂。

钟达来和另外三个工头听说由基金会投资修建自来水厂后，都纷纷迅速制定方案，并及时把它拿到基金会参加投标。最后因为钟达来的方案既省钱又实用，乡三家班子领导决定采用他的方案，由他组织修建自来水厂。钟达来的做法是，在政府大院篮球场北面向后约100米远的那座山丘上建一个大水池，平时先用水管把从地下河里抽上来的水引到大水池里储存起来，然后再用水管把水从大水池里供给下面的用户使用，总造价是13.3万元。

经过两个多月的施工，工程队顺利建好了大水池，装好了相关的管道。小成圩的群众踊跃把钱存到基金会，第一批就有153户人安装了水表。

在乡政府干部职工和小成圩居民正式有自来水饮用的当天晚上，容书记亲自在政府的篮球场组织举办了一场KTV庆祝晚会。全体干部职工和小成圩的一些男女青年都来参加。有的唱歌，有的跳舞，一直狂欢到第二天凌晨1点多才结束。

第三十九章　夜访知情人

建好自来水厂后不久，高志强又在容书记的领导和大力支持下开始着手修建小成圩新大街的有关工作。他决心要在届满前把乡政府在乡人大会上许诺要办的最后一件实事办好。

一天晚上8点多，他专门去廖其汉家做客。

廖其汉是本乡人，家住小成圩，小成乡政府成立时从山北镇调回来担任了一届副乡长，一届乡政府督导员。高志强调到小成乡党委工作后不久他就退休了。退休后在小成圩街边开了一间小杂货店，平时如果没有其他什么特殊的事情，他一般都在店里看着摊位。现在他就在摊位坐着，看见高志强来了后，他马上请高志强到客厅喝茶，叫老婆出去看着摊位。

"高乡长！想不到你今晚有空光临寒舍，真难得，欢迎欢迎，请喝茶。"廖其汉一边拿茶给高志强喝一边说，然后在高志强左边的短沙发上坐下。

高志强接过茶杯后说，"我今晚到这里是想专门向你请教一些事情。"

"请教我不敢当，你想了解些什么事情？"

"我以前好像听你说过，小成乡政府刚成立时你就从山北镇调回来了，先担任了一届分管土地城建工作的副乡长，然后才当督导员是不是？"

"是的。"

"听说前两届乡政府都曾经组织修建过小成圩的新大街是吗？"

"是的。"

"那你对前两届乡政府组织修建新大街的情况比较熟悉吧？"

"比较了解，因为我担任副乡长时直接参与了相关的组织工作，当了乡政府督导员后，又协助分管乡土地城建工作的刘副乡长组织了相关工作。"

"是这样，"高志强喝一口茶后说，"我们这届乡政府的任期还有不到一年就要结束了，我们原来在乡人大会上曾经向人大代表们许诺过要办4件实事，现在只办好了3件，还差修建小成圩新大街这一件没有办。我想抓紧时间把它办好，免得人大代表和全乡群众说我们这届乡政府是一届说话不算数的政府。我今晚来找你的目的，就是想向你详细了解一下前两届乡政府组织修建新大街工作的情况和最终没有修建好的原因，以便从中获得些经验、吸取些教训，为我们本届乡政府争取今年把这件事情办好提供些帮助。因为白天工作太忙，我抽不出那么多时间来专门向你请教，所以只好晚上来。"

"请你等一等，让我先想一想。因为时间有点久了，有些事情记不清了，等我回忆一下再向你汇报。"

廖其汉通过喝茶来快速回忆，过了一会儿后慢慢地说道：

"前两届乡政府在组织修建新大街工作方面的情况大体是这样的，小成乡政府成立的那一年，在乡政府领导的申请和要求下，县政府批复并给钱我们乡政府把小成圩附近的这片荒地征了下来。不但如此，县政府还对这片荒地的用途作了明确的要求：一是修建新大街；二是建设新市场（县工商局的领导已经明确表态，我们什么时候把新大街修建好，他们就什么时候下来成立小成乡工商所，投资买地建设新市场）；三是开发商品房，把小成圩的面积扩大，方便群众经商做生意，搞活小成乡的经济。根据县政府的要求，当时乡政府就如何开发利用好这片荒地作出了一条硬性的规定：开发商进来从事商品房开发前必须先出资把新大街修建好。标准是长850米，宽25米，厚0.3米（先铺0.2米厚基石，然后再在上面铺0.1米碎石并把它们压平压实），然后才能够进行商品房开发。

"第一届乡政府的领导在县政府出钱出政策帮忙把荒地征收后，为了尽快把这块荒地开发利用好，马上到县市场交易中心依法进行招标。公告发出后曾经有几个商家来考察，看是否值得来投资。他们回去后，一个参加竞标的都没有，这件事情就宣告失败了。第二届乡政府的领导见事情已经过去了几年，估计形势已经好转，又去进行招标。公告发出后，也有好几个商家来考察，但是，他们回去后照样不去参加竞标。"

"为什么会出现这样的结果呢？"高志强又喝一口茶后问。

廖其汉想了想说："我认为原因主要有两个方面：第一，修建新大街的成本太高。修建这条大街虽然不用下钢筋，铺水泥，但是面积大，总面积超过了2万平方米。我们小成乡没有石场，所用的路基石和面上的碎石都要从外地购买并运进来。大家都知道，外地进入小成圩只有一条几米宽的泥路。如果是晴天，汽车或者拖拉机还勉强可以走；要是下大雨，几天都走不了，运输相当困难，所以成本高。第二，开发出的商品房没有人乐意买。以前小成圩没有程控电话，没有自来水，生活条件和乡下差不多，有些乡下自然村的生活条件甚至比小成圩的还要好，所以，乡下的人是不愿花钱到小成圩来买房的。因为这两个原因，所以自然就没有商家去参加竞标了。"

"现在小成圩已经有程控电话了，也有自来水了。生活环境已经比乡下好多了。现在开发出的商品房应该好销售了，价格也应该比以前高多了。假如我们现在再去进行招标，会有商家愿意来投资修建新大街，开发商品房吗？"高志强继续问。

"很难说，"廖其汉说，"我个人认为现在小成圩已经有程控电话和自来水了，吸引力比以前大了一些，但是，一个重要的问题还是没有解决。也就是说，修建新大街成本高的问题还没有解决，商家还是不怎么愿意来投资的。而要想让商家愿意来投资修建新大街，必须要想方设法减少投资成本，让商家来投资后有钱赚。"

"你分析得很有道理，但是，怎样才能把修建新大街的成本降下来呢？"高志强进一步问。

"这个我就不懂了。"

"哇哇哇！"这时，廖其汉的小孙女在房间里大哭。高志强听到哭声后看了一下表，说：

"哎哟，已经快11点了。不好意思，影响你家人休息了，以后再抽空来向你请教，再见！"

高志强向廖其汉告辞后回到了乡政府，但是没有回他的房间。他独自走上他所住的那栋楼的楼顶。"怎样才能把修建新大街的成本降下来呢？"他在楼顶上来回踱步，反复地思考着这个问题。过了几十分钟后，他忽然想到小成圩附近有很多山岭，这些山岭可能会隐藏有修建新大街所需要的石料。如果真的有，就设法把它们开采出来供修建新大街使用。这样，修建新大街所需要的石料就不用从外地运了。修建的成本就可以降低，商家就会乐意来投资修建了。想到这里，他好像发现了新大陆似的非常高兴，决定从明天开始就去寻找藏有石料的山岭。

在之后的一段时间里，他经常对小成圩附近10公里内的山岭进行调查。有时是专门去调查，有时是做其他工作时去调查。遗憾的是，调查一段时间了，他还是没有找到可以开采石头并能把石头拉出来用的山岭（有的山岭虽然有石头开采，但是汽车无法开进去；有的山岭虽然汽车可以开进去，但是山上又没有石头可以开采）。尽管如此，他还是继续寻找。

"功夫不负有心人。"一天上午，他骑车到双马村腐竹生产大户莫良雄家了解最近生产腐竹的情况。当走到半路时，发现右前边的那座山很奇怪，从山脚到山顶都没有一棵树，而且经过修整后可以开汽车进去，就又骑车去检查。到了山脚，他把单车放好就绕着山看，发现山上有些石头都是淡黄色，有的还有条纹。这是什么石头？能不能用它们来铺设街道呢？他想了想便往回走，决定暂时不去莫良雄家了，回乡政府打电话向他的表哥吴工程师请教。

吴工程师名叫吴昌东，他是高志强姨妈的孩子，比高志强年长两岁。他从中国矿业学院毕业后被分配到王都县矿产局工作，后来成了该局的一名工程师，高志强和他比较谈得来。高志强在洞明镇和小成乡工作期间，吴昌东都去拜访过他。高志强上县城开会时，只要有空，也都会到他单位和他喝茶聊天。平时互相遇到什么大事时，也会互通信息。今天是星期六，高志强回到乡政府后马上给吴昌东打电话，说：

"表哥，你明天有空吗？如果有，就请来我们小成乡一趟，帮我办一件事情。"

"办什么事？"

"是这样，今天我在离我们乡政府六七公里的地方发现了一座奇怪的山。这座山不长树，从山脚看，全都是石头。我看到的石头中大多都是淡黄色，有许多还有花纹。我想请你来鉴定一下它们是什么石头，能不能用来铺设街道。"

"你们打算铺设哪里街道？"吴工程师问。

高志强把乡政府打算修建小成圩新大街的有关情况向他介绍了一遍后说：

"不管如何，只要能抽得出时间，都请你来一趟。"

"好吧，我明天抽空去，大概10点钟到。"

第四十章　修建小成圩新大街梦想成真

第二天上午9点多，表哥就从城区骑摩托车来到了小成乡政府。高志强没有摩托车，平时都是骑单车下乡工作的。表哥来了以后，他为了加快办事的速度，就坐表哥的摩托车去，10点钟前就来到了这座山的山脚。

表哥把摩托车停好后，从工具袋里拿出了一把小镐头，叫高志强带他绕着这座山走一圈。当走了几十米后，他发现有许多露天的石头。这些石头都是淡黄色，大多都有花纹。他用小镐头从有裂缝处敲了几小块下来细看。看了一会儿后又继续往前走，过了100多米后发现了有一处的石头与刚才看到的不同，是青色的（高志强原来没有走到这里），他又用小镐头去敲。那些石头发出当当的声音，被敲的地方只现出了几个小白点，其他没有丝毫损伤。在山脚走了一圈后，表哥又邀高志强一起往山上爬。上到山腰时，他选择了几处有代表性的地方，先用小镐头宽的那头把表面的杂草刨掉，然后用尖的那头往下敲，把敲下的碎石捧在手掌上反复观察研究，上到山顶时又是这样做。高志强一直跟在他的身边，几次想问问题，但是，见他那么专注，又不忍心打扰他。直到陪他考察完这座山，从山顶往下走时才急不可耐地问：

"表哥，这座山的石头是什么石头？能不能用来铺设街道？"

表哥没有马上回答他的提问，而是很感慨地说：

"你们这座山是一座宝山，不申请开采利用实在可惜！"

高志强不满意他的回答，说道：

"表哥，你不要卖关子了，这座山的石头到底是什么石头？能不能用它们来铺设街道？"

"这座山的石头大部分都是优质的龟纹风化石。"表哥慢慢解释说，"石质硬度较高，属于次坚石类。它是修建街道和公路的好材料。另外，有小部分是还没有被风化的青石。青石是各种石材中最坚硬最环保最理想的建筑材料之一。这座山的那些龟纹风化石可以做铺设街道的基础石料，那些青石炸开后，可以用碎石机打碎做路面石料。"

高志强听后很高兴，想了想进一步问：

"对了，你刚才说'你们这座山是一座宝山，不申请开采利用实在可惜！'我们乡政府很想协助这座山的承包户申请开采利用，请问应该怎样去申请呢？"

"应该打报告向县土地局申请领取'采矿许可证'，得到这个证后就可以依法开采利用了。不过，申请领取'采矿许可证'的手续比较难办，涉及的部门有土地局、矿产局、林业局和环保局等许多个部门。一般而言，单靠承包户自己去办理是办不到开采许可证的，但是，如果乡政府为了搞好公益事业，出面去协助办理，应该可以办得到。"表哥耐心地指导说。

"多谢表哥指教，我们会全力协助这座山的承包户去申请领取'采矿许可证'。"高志强说。

这时已经下到山脚了，高志强愉快地邀请表哥回乡政府吃午饭。

高志强在带表哥去考察这座山的石头前，就已经安排杨冬青到小成圩的米粉店准备午饭了。现在他和表哥回到米粉店时已经有饭吃了。

杨冬青陪同高志强一起接待吴工程师。在吃饭聊天中，他了解了今天上午的情况，认为如果能用那座山的石头来铺设街道，那么，修建小成圩新大街的成本就可以降低了，就会有人来投资修建了。

吃了午饭后，吴工程师即返回城区。

送走表哥后，高志强不顾上午爬山的辛苦，马上对杨冬青说：

"杨冬青，你对那座山附近的村民比我熟悉，请你带我去调查那座山现在是谁承包的。"

"你爬了一上午的山，今天又是星期天，你要不休息休息？"杨冬青关切地问。

"不休息了，"高志强说，"我现在就想知道那座山的承包人是谁，好和他洽谈用这座山的石头来修建小成圩新大街的有关事宜，在没有弄清楚那座山的承包人是谁之前是睡不着觉的。"

杨冬青认为那座山肯定是双马村沙塘屯的村民承包的。具体是哪一户承包，只要到这个屯去找人问一下就知道了，于是，他回去骑单车和高志强一起赶去了双马村沙塘屯。

沙塘屯是个小山村，共有100多口人。杨冬青带高志强来调查后知道那座山名叫鸡翅山，是该屯的黄宏彰承包的。杨冬青认识黄宏彰，又带高志强去黄宏彰家，见到他的妻子后问：

"七嫂，（因为黄宏彰在他的兄弟中排行第七）七哥在家吗？这个是我们乡的高乡长，乡长有事情想找七哥谈谈。"

"不在，"七嫂说，"他这段时间去做贩鸡了，每天都是早出晚归的，一般都是天黑才回来。"

高志强听她这么说感到很失望，只好和杨冬青回乡政府，计划明天一早再来。这晚杨冬青请高志强到他家里吃饭，饭后高志强忽然想，黄宏彰是个早出晚归做贩鸡生意的人。万一明天他天刚亮就出去了，我们照样见不到他。为了能尽快和他谈事情，今晚就应该抓紧时间上门去找他。他把自己的想法告诉了杨冬青，杨冬青看了一下手表后说：

"我赞成你的意见，这样吧，已经快8点了。我去买两支手电筒回来，马上出发。"

他俩再次骑单车来到黄宏彰的家时已经是晚上8点多了。黄宏彰一家人已经吃了晚饭了。他本人在电视机前看电视，妻子在收拾碗筷，高志强在黄宏彰的右边坐下。

"黄宏彰，"杨冬青在高志强的旁边坐下后说，"这个是我们乡的高乡长，今天下午他叫我带他来找你，你不在家，他有重要的事情想和你商量。"

黄宏彰今年50多岁，皮肤黝黑，眼珠经常滴溜溜地转。他原来只认识杨冬青，不认识高乡长。听说高乡长白天晚上都来找他后，感到很奇怪，忙问：

"请问高乡长有什么事情要和我商量？"

"我想证实一下，你们屯附近的那座鸡翅山是你承包的吗？"

"是的。"

"上面为什么既不长树，也不种些庄稼呢？"

"唉，满山都是石头长什么树？种什么庄稼？"

"这么说，这座山平时没有给你们家带来什么好处？"

"是的。"

"你想不想让它今后给你们家带来些好处呢？"

"想肯定想，但是，它怎么可能会给我们家带来好处呢？"

高志强觉得应该进入实质性洽谈了，瞬间变得很认真地说道：

"黄宏彰，为了寻找石料修建小成圩的街道，我今天上午带县里的一个工程师来考察过你这座山的石头了。工程师说你这座山的石头大部分都是龟纹风化石，有小部分是青石。这两种石头都是修建街道和道路的好石料，长期埋没在这里实在可惜。为了很好地开发和利用这座山的石头，我和杨冬青今晚来你这里主要是想和你协商一件事情，乡政府准备组织修建一条街道，请你同意我们免费来挖这些石料去修建。假如经过挖掘和使用，证明这座山的石头确实大部分都是龟纹风化石小部分是青石，我们乡政府就协助你去办理'采矿许可证'，以后你可以对这座山的石头依法进行开采。这座山对你们就有好处了，你们就会有资金收入了。山里的矿石是国有的，没有乡政府的协助，你们是办不到'采矿许可证'的。"

黄宏彰听后刚开始很高兴，但是，当他低头想了想后却抬起头对高志强说：

"高乡长，对不起，我不同意乡政府免费来挖我这座山上的石头去修建街道。"

高志强听后感到很遗憾，问：

"为什么？"

"因为我担心你们乡政府说话不算数，免费用了我的石头去修建了街道，不帮我们办理'采矿许可证'。"

"我说过帮你们办理就一定会做到的，怎么会说话不算数呢？"高志强说。

"高乡长，口讲无凭，白纸黑字为证。"黄宏彰也很认真地说，"你们乡政府要想免费用我这山的石头去修建小成圩的街道，必须先和我签一个协议。协议的内容：第一，你们要把来挖我这山的石头和帮我们办理'采矿许可证'的事同时进行，不能等到修建好街道后再去办理。第二，你们乡政府今后如果不能帮我们办好'采矿许可证'，要按照市场的价格把石头钱支付给我们。"

　　高志强听后想，按照表哥的说法这个'采矿许可证'应该是可以办理下来的。退一万步说，估计石头钱也不会很多，为了把小成圩的新大街修建好，乡政府支付这笔钱也是应该的，于是大胆地说：

　　"可以，不过我在这里也向你提出一个条件：如果我们乡政府能协助你们办好'采矿许可证'，乡政府除了这次修建街道可以免费使用外，今后凡是乡政府组织的公共建设，假如需要用到你们这座山的石头，你们都要赠送，只能收取石头以外的其他费用。"

　　"好！就这么定！"黄宏彰爽快地答应。

　　第二天晚上，高志强经乡三家班子领导开会讨论同意后，又和杨冬青一起连夜骑车到黄宏彰家，同他签订了相关的协议。接着，高志强双管齐下，一方面协助黄宏彰向县土地局申请领取'采矿许可证'，另一方面再次到县市场交易中心招标。经过一段时间的努力，黄宏彰顺利地领到了'采矿许可证'。在招标工作方面，公告发出后陆续有10多个商家来考察投资环境，这些商家回去后全部都去参加竞标了。在竞标中，大家给出的地皮价格节节攀升，最后是一个财力雄厚的陈老板中标。

　　陈老板在乡政府的大力支持下，各项工作都开展得很顺利。几个月后就保质保量地修建好了新大街。县工商局成立了小成乡工商所，在街边购买了一大块地皮准备建一个商住两用的大型市场。在县工商局的带动下，本乡的群众也纷纷来小成圩购买商品房，计划来小成圩定居。陈老板开发的商品房不但价格比较高，而且供不应求。

　　顺便提一下，乡政府在招标拍卖这片荒地中获得了一大笔意想不到的收入，除了按政策规定给县政府有关部门缴清各种费用外，还剩下一笔可观的资金。高志强根据乡三家班子领导会议的决定，把这笔资金的一部分用去还清乡政府成立以来所欠的各种债务，向干部职工补发了历年按政策规定可以发放的各种补贴，修建了乡政府的大门和围墙，硬化了篮球场。另外，为了方便下乡工作，还参照其他富裕乡镇的做法，把剩下的钱分别给每个干部职工补助了4000元用于购买摩托车，还为乡政府购买了一辆从日本进口的右肽组装小车，分别给书记和乡长配备一部手机，大家都非常兴奋。

第四十一章　冒着生命危险去查处"发人瘟"事件

　　修建好新大街后，高志强这届乡政府在乡人大会上许诺要办的4件实事全部办好了。除此之外，他还密切配合容书记把县委、县政府安排给小成乡党委政府的各项工作任务完成得很出色。其中，在为民办实事、社会治安和发展农村经济等方面的成绩都排在全县的前列，年年都被评为县委、县政府颁发的"双文明"建设一等奖。更令人赞赏的是，到了1996年夏天，当高志强乡长的任期快满时，小成乡各村小烟囱林立，到处都是生产腐竹的小作坊，凡是生产腐竹的家庭也都饲养了不少的生猪，一些原来长满杂草杂树的丘陵已经种上了荔枝。"三乡之乡"的建设已经初具规模，农民的人均收入由1993年全县倒数第一的827元猛增到2075元，一跃成为全县各乡镇人均收入的第10名。小成乡从里到外都发生了根本性的变化，到处都呈现出一派欣欣向荣的景象。1996年7月初，县委根据工作的需要，调容书记到县农业局当副局长，高志强被任命为新一届小成乡党委书记。

　　成为小成乡的"一把手"后，高志强很高兴，决心进一步把小成乡的"三乡之乡"建设好，继续把其他该办的实事办好，为彻底改变小成乡贫穷落后的面貌而努力。在上任后不久的一天上午，他怀着喜悦的心情独自骑摩托车下乡检查"三乡之乡"建设的最新情况，9点多来到了上旺村委会南冲屯的老朋友潘家森家。

　　潘家森把高志强请到客厅喝茶后说：

　　"高书记，我知道你这次来是想了解我们家生产腐竹和饲养生猪的情况，谢谢你的关心。不过，我现在不想和你谈这些，而是想向你反映一下木理村满屋屯一个奇怪的死人事件。"

　　"什么奇怪的死人事件？"高志强听后觉得问题很严重，急切地问。

"是这样的，"潘家森说，"我女儿是嫁到木理村满屋屯的，她昨天下午带两个孩子回我这里躲着。她说满屋屯有一户人家在最近的一个星期左右的时间里就连续死了4个人，每隔一两天就死一个。其中，最近的那个是前天下午死的。每个人死后外人都不敢靠近，都是他们的家人草草地抬去埋掉，不知得的是什么病。还有一个是女的，已经嫁出去多年了，几天前因父亲去世，她闻讯赶回来帮忙料理后事，但回去两天后也死掉了。村上的人都说他们家发人瘟，会传染，很恐慌。听说满屋屯一共有300多人，为了防止被传染，现在许多年轻妇女都像我的女儿那样带孩子回娘家住。死者家的邻居也千方百计地远离他们。总之，现在这个屯不少小孩不能正常上学，大人不能正常工作和生活，简直恐慌到了极点。因为木理村这个屯离乡政府最远，又在山区，交通不便，消息闭塞，所以，现在外村外屯的人都不知道，你们乡党委政府的干部职工现在也不一定有人知道这件事情。"

听到这个消息后，高志强认为关心群众的生命安全比关心小成乡"三乡之乡"的建设更重要，于是立即起身说：

"我先到木理村满屋屯调查这个奇怪的死人事件，以后再抽空来向你了解你们家生产腐竹和饲养生猪的情况。"

"高书记，你不能自己去调查这件事。"潘家森说，"人瘟和猪瘟、鸡瘟以及鱼瘟等一样是一种瘟疫，确实是会传染的，很危险。你要吸取那个出嫁女的教训，千万不要现在就一个人去。"

"保护群众的生命安全是我的天职，'不入虎穴，焉得虎子'。我必须马上就去，再见！"高志强立即从潘家森家走出来。

他首先骑摩托车来到木理村村支书莫荣德家，计划先向他了解相关的情况，然后再请他带去死者的家里做进一步的调查。

莫支书此时正在客厅和几个人谈论着满屋屯的死人事件，见高志强进来后先请他坐下喝茶，然后汇报说：

"高书记，我们村的满屋屯最近有一户人家发生了奇怪的死人事件。我想等了解清楚情况后，再到乡政府向你汇报。"接着，他就把近日满屋屯的死人事件介绍了一遍。

高志强听后觉得和潘家森说得差不多，便请莫支书带去死者的家里找其亲属进一步了解情况。当到达家门口时，高志强对莫支书说：

"这种病听说是会传染的，非常危险。你回去吧，我一个人进去了解情况就行了。"

"这怎么行呢？你作为乡党委书记都敢进去，我作为村委会支部书记怎么不敢进去呢？"莫支书一边说一边加快步伐，比高志强抢先一步走进死者的家里，高志强也跟着进去。这时死者的亲属满世才夫妇正和两个孩子在家里做午饭，满世才见到莫支书和高志强后，请他俩在厨房里坐。

"满世才，这个是我们小成乡党委的高书记。他今天上午听说你们家这段时间有几个亲人不幸连续去世的事情，就亲自上门来调查和处理这件事情了。等一下他向你询问情况时，请你如实回答好吗？"莫支书说。

"好！"满世才回答。

"满世才，你好！"高志强说，"听说你们家这段时间有几个亲人不幸去世了，我和你一样很痛心，同时也觉得很奇怪。为了防止这种事情再度发生，我决定专门来调查处理这件事情。请你将你这几个亲人去世的过程和去世前的具体表现向我们描述一下好吗？"

满世才听了高志强的话后泪流满面，一时间说不出话来，过了一会儿才慢慢说道：

"首先谢谢高书记和莫支书对我们家的关心。我们家几个亲人去世的过程和去世前的表现大体是这样的，一个星期前的一天晚上，大约10点，我父亲洗了澡后不久说他的胸口有些不舒服，呼吸有些困难。我看他的脸色不太好，就请我的堂弟一起用双轮木车把他拉出小成圩，然后出钱请郭松文老板用他家的小车送去县人民医院。谁知刚到半路，只见他口吐白沫，两眼往上翻，全身抽搐了一会儿后就走了。我觉得莫名其妙，非常痛心。"说到这里，他擦了擦眼泪，停了片刻才接着往下说：

"我父亲去世的第二天，早就出嫁到林子村的姐姐赶回来帮忙办理后事，可她回去两天后也去世了。因为当时我不在跟前，她去世前的情况我不知道。我姐姐去世后的第三天晚上7点多，我母亲又说胸口有点闷，呼吸有些困难。我又请我们村的一个兄弟帮忙，想把她送去县人民医院诊治，但是，我母亲不准我送去，她怕会像我父亲那样在半路死掉。我见她态度很坚决，便没有送她去。我叫老婆帮她揉胸捶背，想让她好受些，但没有什么用。大概10点，只见她像癫痫病人一样眼睛往上翻，手脚乱动，口吐白沫，过了一会儿就不行了。"

说到这里满世才声音哽咽，泪水流到了面颊。

"大前天下午就更奇怪了，"满世才继续说，"我的一个小儿子从学校放学回来一个多小时后突然神态异常，说话不清晰，我赶紧背他出小成圩，想找车拉去县人民医院治疗。我老婆也跟着去，但是，刚到小成圩10多分钟，车还没有联系到，他的手脚就在我怀里猛烈地抖动，口出白沫，两眼往上翻，过一阵子后就再也不动了。"说到这里，满世才低下头，用手撑着头，说不下去了，他的老婆在一旁泣不成声。

高志强听到这里想，三个人死前都有口吐白沫，两眼往上翻和全身抽搐的表现，这会不会和吃了相同的食物有关？会不会是食物中毒？问道：

"你估计是什么原因造成你三个亲人在去世前都有口吐白沫等的表现呢？"

"不知道。"满世才说。

"会不会是食物中毒？"高志强问。

"不可能是食物中毒吧，煮的饭菜大家都是一起吃的。"

"我也不懂，但是每个人吃的量不同，每个人的抵抗力不一样。为了以防万一，"高志强走过去分别揭开满世才家的锅盖和饭桌上的铝盖，见锅里煮了半锅饭，饭桌上有一盘芥菜和一碟竹笋炒腐竹说，"我建议你们不要再吃这些饭菜了。"

"那怎么行！我两个孩子正要吃午饭去上学呢！不吃这些饭菜，吃什么？"

高志强见一时难以做得通满世才的思想工作，就去从提袋里拿出50元放到饭桌上说："对不起，这里没有信号，无法用手机打电话。我要赶回乡政府打电话向县政府汇报你们家的情况，请他们派人下来调查处理有关问题。我没空和你们讨论了，我把你们煮熟的这些饭菜买下来，由我处置。你们今天吃饭的问题，"他把脸转向莫支书说，"莫支书！请你帮忙解决。"说完就去把那些煮熟的饭菜倒到一个很脏的木桶里，并要求满世才好好保存着，接着就起身往外走了。

"高书记请等一等！"莫支书拿起那50元准备还给他，说："怎么能让高书记出钱呢？满世才一家人的饭菜不说今天，在调查处理结束这件事情之前都由我负责搞定，请你放心。"

高志强没有等莫支书拿钱给他，就迅速骑上摩托车赶回乡政府了。

第四十二章　"发人瘟"事件惊动了卫生部

高志强回到乡政府时已经快12点了，他马上到办公室给县政府办的何主任打电话（原来的苏主任已经于一年前调到县史志办当主任了）说：

"何主任，你好！我是小成乡的高志强，想向你汇报一件事情。"他用了10多分钟把自己到木理村满屋屯调查到的情况详细汇报后说，"请你尽快帮忙协调安排一些有关的专家和医生下来调查处理这种奇怪的死人事件，防止继续有人死亡。"

接着，高志强还不放心，又分别打电话向已经晋升为县委副书记的李方成老书记和县政府的周副县长汇报情况，并请求这两位分管领导迅速安排人员下来帮忙把这件事情处理好。

高志强打完电话后忽然想起县有关人员肯定是坐小车或中巴车下来。从乡政府到木理村有30多公里，既狭窄又崎岖不平，连双轮木车都难走，小车或中巴车是绝对不行的。于是，马上叫办公室的罗主任通知已经买了摩托车的干部职工回乡政府等着。

下午4点多，周副县长亲自带领县政府办、卫生局、防疫站和人民医院等单位的领导、专家和医生等10多个人乘坐一辆中巴车赶到小成乡政府。当他们的车开到篮球场时，高志强和蒋乡长去迎接。高志强向周副县长汇报了从乡政府到木理村道路的状况并得到他同意后，马上组织乡政府已经购买了摩托车的干部职工每人送一个领导、专家、医生或者其他有关人员下去。其中，他送周副县长，他们这辆摩托车走在最前面。

当到达满世才家时，高志强请大家下车。

周副县长紧接着说：

"许局长！你懂业务，下面由你做现场指挥，组织大家处理好有关问题。"

"好的！"许局长对大家说，"既然周县长安排我做现场指挥，我先谈谈我对这起奇怪死人事件的看法，然后再和大家一起做好相关的事情。根据高书记所反映的情况看，我估计这是一起食物中毒事件，所以，等一下由我和我们卫生系统的6个人员戴上手套和口罩，对死者家里的各种食物和其他相关的物品进行检查，并取足够数量的样品回去化验。其他的同志可以跟着我们在旁边看，但是，请不要触摸他们家里的东西。"

当卫生系统的6个人都戴上手套和口罩后，高志强就带大家走进了满世才的家里。因为事前高志强已经安排人提前下来通知莫支书，叫他去请满世才在家里等着，所以，现在莫支书和满世才夫妇都在家里。大家进到屋里时，莫支书和满世才夫妇都站起来迎接。高志强介绍他们互相认识后，许局长说：

"满世才大哥，对于你们家近日发生的事故，我们深表同情。为了弄清楚事故发生的原因，我们下面准备对你们家里的食物和其他相关的物品进行检查并取样回去化验和分析，请你们给予配合。"

"谢谢你们的关心，我们一定全力配合。"满世才动情地说。

许局长开始带领其手下的人对满世才家周围的环境和屋内的各种食物进行细致检查，当他看到木桶里那些饭菜时问满世才：

"这些饭菜是什么时候煮的？为什么倒在这里？"

"是今天上午煮的，我们高书记不准我们吃，并倒到了这里。"满世才说。接着，他把高志强今天上午到他家来调查这件事情的经过说了一遍。

"很好，很好！高书记对这件事情处理得非常及时。"许局长对旁边的刘医生说，"刘医生，请你拿一只医用袋来把这些饭菜全部打包回去。"

除了把这些饭菜打包回去外，许局长还和大家一起把满世才平时饮用的水，家里的稻谷、大米、腐竹和其他蔬菜等物品分别拿了一部分回去，计划对它们进行详细化验。当检查结束准备返回时，许局长走到满世才的前面很严肃地说：

"满世才，我们把你们家有研究价值的东西都带一些回去进行化验。在化验结果没有出来之前，请你们暂时不要喝你们家的水，不要再吃你们家里的任何食物，请你们一定要严格按照我所说的去做。"

"高书记，请你安排人跟踪落实这件事，既要让满世才和家人严格按照许局长所说的去做，又要让他们有饭吃并且吃得好。"周副县长接着对高志强说。

"好的。"高志强把任务领下来后对站在旁边的莫支书说，"莫支书！满世才全家人今天中午的饭菜是由你负责的，今后继续由你负责。"

"一定完成任务。"莫支书表态说。

周副县长见该做的事情都做了便带队返回，回到乡政府后已经7点多了。高志强对周副县长说：

"周县长！我们小成圩有一家饭店刚开张了几天，请你们到饭店吃了晚饭再走。"

"不吃了，吃饭是小事，尽快把样品的结果化验出来是大事。我们必须马上把从满世才家里取回来的样品拿回去化验，谢谢你！"

周副县长随即指挥大家坐上中巴车赶回县城。回到县城后，大家刚下车，周副县长又把许局长叫到跟前，说：

"你们取回来的样品多吗？"

"多，去一次不容易，我们对各种有关的物品都取了足够的分量。"许局长回答。

"满世才一家在不到十天内就死了4个亲人，"周副县长严肃地说，"如果不能尽快找到死亡的原因并加以防范，可能还会继续有人死亡。我建议你们除了把一部分样品留在局里化验外，马上派专人送一部分到省卫生厅，请卫生厅的专家们也帮忙化验。"

"好的，等我安排好我们这些医生和技术人员的工作后，由我和技术员一起带样品去，请林厅长今晚就安排人员进行化验分析。"许局长说。

经过加班加点紧锣密鼓的工作，第二天上午王都县卫生局和省卫生厅的化验结果都出来了。不但王都县卫生局不能从化验结果中弄清楚满世才4个亲人生前得的是什么病，是什么原因导致死亡的，连省卫生厅也感到奇怪，化验出来的结果与4人死亡的原因没有直接的关系。卫生厅和王都县卫生局从事化验工作的技术人员互通了化验结果后，大家都慌了神，因为找不到死者死亡的原因，就无法对症防治，满世才家甚至整个满屋屯就有可能会继续发生死亡事故。在这紧要时刻，林厅长迅速打电话将情况向卫生部的主管领导汇报，请求卫生部邀请国内专家给予会诊，以控制疾病的蔓延。卫生部的主管领导对这件事情非常重视，立即安排中国预防科学院配合处理这件事情。中国预防科学院几天内就派出了专家组赶到满世才家进行深入细致的调研，并把多种现场样品和原来王都县的医生们来时所带回去的样品一起带回北京。后来经实验室分析，这些样品含有毒鼠强。虽然含量不是很多，但是，吃后也会让人慢慢死亡。至此，在上下各级领导和专家们的密切配合下，经过10多天的努力，终于找到了满世才家4个亲人在10天内连续死亡的原因。这是中了毒鼠强的毒，属于老鼠药的二次中毒，不是发人瘟。死亡原因找到后，县卫生局在上级卫生部门的指导下，专门派医生带药到木理村满屋屯对满世才家的房前房后屋里屋外进行消毒处理。为了确保万无一失，医生还对满世才夫妇和两个孩子进行催吐、洗胃和导泻治疗，要求满世才家人停止食用家中现存的所有食物（包括粮食、蔬菜、调味品、零食等），还对全村的村民进行了相关的卫生知识教育。村民们知道情况后很快消除了恐慌情绪，带孩子外出躲避的人高兴地把孩子带了回来。全屯的学生都恢复了上学，大人的工作和生活也重新走上了正轨。

一天下午，满世才吃力地提着一只鸡笼走进乡政府的办公室，问小徐：

"同志！请问高书记在家吗？"

小徐上次在高志强的安排下也开摩托车送过人到满世才家处理毒鼠强中毒事件，也就认识了满世才。他看见鸡笼里面装有四只鸡就知道了满世才的用意，说：

"请你等一等，我去向高书记汇报一下。"

一会儿后，高志强跟随小徐一起来到乡政府办公室，见到满世才站在那里，说道：

"满世才，你请坐！"

满世才在一张沙发坐下后，高志强也在他的旁边坐下了。小徐分别给他俩沏了一杯茶，满世才喝了一口后动情地说：

"高书记，那天给我们做催吐、洗胃和导泻的医生对我和妻子说，如果不是您不让我们再食用那些煮熟的饭菜并及时请上级派专家、医生下来处理，我们全家4个人都会有生命危险，谢谢您救了我们的命。"

"不要谢我，是上级领导、专家和医生们帮助你们消除了生命危险，你要谢就谢他们。"高志强插话说。

"我们家里穷，拿不出什么来感谢您，"满世才接着说，"这4只是我们家饲养的土鸡，一年多了。今天上午吃了午饭后，我妻子把它们捉到笼子里，叫我今天下午一定要拿来送给您，表示一下我们的心意，请您一定要收下。"满世才说完站起来，准备回去。

高志强见状迅速站起来把他拦住说："谢谢你，给我送这么好的土鸡来，我很高兴。不过，你家条件不好，我不能白要你的。"然后把早已准备好的200块钱从裤袋里掏出来交给他。

满世才见状很不高兴地说：

"我怎么能收您的钱呢？"他用手把高志强拿钱的手用力推了回去，然后迅速跑出办公室。高志强把200元交给小徐，叫小徐追出去交给他。

过了一会儿后小徐回来说："高书记！不好意思，满世才跑得很快，我追不上他，这钱还给你。"

高志强想了想只好把钱收下，说："你去找人把这4只鸡全部杀掉，今晚请那天开摩托车送县里下来的领导、专家和医生去满世才家做检查工作的人一起来吃。"

下午6点多，高志强怀着喜悦的心情准备去小徐所住的房间和大家一起分享土鸡肉的美味。这时潘家森急急忙忙地拍门走进他的房间，高志强见他这般神态，知道他肯定又有重要的事情要向自己反映，只得请他坐下并沏茶给他喝。

第四十三章　难产的两项决定

"高书记，你对木理村满屋屯的'毒鼠强'中毒事件处理得非常好，现在全屯人都恢复了正常的生活。这个时候，你本来是应该高兴，"潘家森茶也顾不上喝就急忙说，"但是，我这次赶来找你，是想又告诉你一个不幸的消息，昨晚我们村有一个妇女，不知得的是什么急病，在送往县人民医院的路上死掉了，很可惜。"

"真是多事之秋啊！"高志强听后遗憾地说。

"高书记，类似昨晚我们村那个妇女的死亡情况，我们乡以前也发生过，而且不止一次。为了有效防止我们乡群众发生非正常的死亡事件，我这次赶来找你，不但是为了把我们村那个妇女去世的情况告诉你，而且，主要是想来向你提一个建议。"

"什么建议？"高志强问。

潘家森喝了一口茶后用祈盼的眼神看着高志强说："我建议乡政府早日把小成乡卫生院建起来。如果我们乡有一个卫生院，昨晚我们村的那个妇女就不一定会死掉。还有，今后我们乡假如再出现什么中毒事件，病人就会因为及时得到诊治而大大减少死亡事故的发生。据我了解，现在全乡群众都非常盼望我们有一个卫生院，我这个建议实际是全乡群众的要求。"

高志强听后觉得潘家森的建议很重要，也很有道理，思考片刻后说：

"乡政府会积极考虑你的建议的。这样吧，你来得正好。今天木理村满屋屯的满世才捉了4只土鸡来感谢我，我给他钱，他死活不要。我叫办公室的小徐把鸡杀了，邀请那天用摩托车帮忙送县领导和专家下去处理木理村满屋屯'毒鼠强'中毒事件的干部职工集体聚餐。木理村满屋屯'毒鼠强'的中毒事件能够得到妥善处理，也有你的一份功劳，所以，请你和我一起去喝一杯。"

潘家森是个不喜欢喝酒的人，一听要喝酒后就马上告辞回家了。

高志强和蒋乡长一起到小徐所住的房间吃晚饭。饭后，他邀请蒋乡长到外面走廊，把潘家森反映的情况和所提的建议告诉蒋乡长，并和蒋乡长讨论是否要建小成乡卫生院的问题。经过认真讨论后，他俩认为乡政府应该积极采纳潘家森的建议，马上开始筹建小成乡卫生院，明天上午就一起上县卫生局请许局长批准。

许局长上次来小成乡参加处理了毒鼠强的中毒事件，很理解没有卫生院的不良后果，所以，当高志强和蒋乡长来请他支持修建小成乡卫生院的事情时很上心，热情地和他俩讨论有关的问题。经过反复讨论和协商，最后大家商定了一个协议，建设小成乡卫生院所需3亩左右的土地由小成乡政府无偿提供，建设卫生院所需的一切经费由县卫生局负责解决，在得到土地后的半年内把卫生院建好。

从卫生局回来的当天晚上，高志强马上在乡党委会议室组织召开乡三家班子领导会议，讨论有关的问题，并邀请乡土地所的郑所长列席。

"同志们！今天这个会议主要是讨论建设小成乡卫生院的问题，"高志强说，"木理村满屋屯'毒鼠强'中毒事件刚过去没多久，前天晚上上旺村又有一个妇女不知得的是什么急病，在送往县人民医院的途中去世了。假如我们小成乡有一个卫生院，这个妇女就不一定会死掉。所以，现在全乡群众都非常盼望我们乡能有一个卫生院，希望我们乡政府能够早日把这个卫生院建起来。因为乡镇卫生院是县卫生局的下属单位，要想把小成乡的卫生院建好，必须要得到县卫生局的支持才行，所以，为了不让群众失望，今天上午我和蒋乡长到县卫生局请许局长支持。经过反复协商，最后和他达成了一个建设小成乡卫生院的协议。"他把协议的具体内容说明后说，"现在我们乡政府手中已经没有土地了，建设卫生院所需的3亩左右的土地必须向群众征用。应不应该征地以及如何去筹集资金征地？请大家发表一下意见。"

高志强的话音刚落，郑所长就急忙说道：

"我认为今年不应该征地，原因是国务院已经下发了文件，要求各地从今年起暂时停止两年征用土地。如果在这种情况下进行征地，万一上级追究下来，我们难以承担责任。"

"为了慎重起见，我建议先向县政府打报告。如果县政府批准，我们就征；假如县政府不批准，我们就不征。"分管乡城建土地工作的老副乡长李春成说。

"我认为这次不但要征用土地，而且要多征几亩。"副乡长兼基金会主任张碧兰说，"因为我们是为了修建卫生院而征的，是为民办实事，不用怕。另外，因为乡政府穷，拿不出钱征地，所以，建议多征几亩来搞房地产开发，通过这样来解决征地经费问题。"

其他人员有赞成征地的，有主张不要冒险违反国务院文件精神的，没有统一的意见。这时，高志强综合考虑大家的意见后说：

"刚才许多同志都发表了意见，我觉得这些意见都有一定的道理，但是，也或多或少有些偏见。下面我也谈谈我的意见，我认为根据我们乡的实际，第一，要进行征地。因为正如刚才张副乡长所说，这是建设小成乡卫生院的需要，是保护全乡人民健康，最大限度防止非正常死亡事件发生的需要，是特事特办的需要。为了尽快把小成乡卫生院建设好，征地的事情宜早不宜晚，不能再等了。共产党办事是实事求是的，越是高级的领导越是这样。如果我们这样做，相信上级领导是会支持我们的。即使不支持，也不会过分责怪我们。退一万步说，如果这样做上级领导怪罪下来，要追究责任。我作为书记，到时候主要责任由我负，不会让你们受处分的，请大家放心。第二，所征用的土地只能是3亩左右，全部都用去建设卫生院，一分一厘也不能干别的。政府绝对不能借此机会去征地搞房地产开发，因为那样做是严重违反国务院文件精神的，上级追究下来谁也负不了这个责任。第三，既然国务院下发了文件暂停两年征地，我们也不要向县政府打报告，因为在这种情况下县政府是不会同意我们征地的，不要为难县领导，请大家考虑一下我的意见。"

"我说几句，"分管政工的黄副书记说，"我赞成征地，以最快的速度把小成乡的卫生院建起来，但是，如果不多征几亩来搞房地产开发，征地款从哪里来？"

"是啊！没有钱，拿什么去征地？"大家你一言我一语地就征地款的问题议论开来。

"关于征地款的问题，"高志强见大家对这个问题讨论得特别热烈，说：

"今天下午我和蒋乡长从县城回来的路上讨论过了，下面我把我和蒋乡长讨论的结果向大家讲一下，也听听大家的意见。

"征地所需的经费估计要10万元左右，我和蒋乡长认为暂时从基金会的利润中开支。这几年基金会在大家的共同努力和全乡人民的大力支持下有了一些利润。在按规定留够风险金的前提下还可以拿出10多万做其他用途。这笔钱我和乡长原计划是用来建乡党委政府办公楼的，现在因为建乡卫生院比建乡党委政府办公楼更着急，更迫切，所以我和蒋乡长认为应该先拿这笔款去征地。"

"我发表一下我的意见。"蒋乡长说，"我认为建设卫生院的地是一定要征的，而且要快。如果因为征地建设小成乡卫生院而要承担什么责任的话，我和高书记一起把责任全部承担下来，不需要你们其他同志负责。另外，关于征地经费的问题，我也认为应该暂时从基金会的利润中开支。至于建设乡党委政府办公楼的经费，以后再慢慢想办法解决。"

"我赞成征地，但要拿我们准备建设乡党委政府办公楼的钱去征地，我坚决反对，"副乡长兼基金会主任张碧兰激动地说，"高书记，你最清楚，小成乡农村合作基金会是我们乡政府办的基金会，是用乡财政为基金会股东的股金作担保的。这些利润纯属是乡政府的钱，你早就指示我和基金会其他的同志要努力办好基金会，除了促进全乡的经济发展外，要争取获得些利润来建设乡党委政府办公楼。在大家的支持和我们基金会人员的努力下，获得了这笔利润。我们基金会的人都盼望你早一点拿去建设乡党委政府办公楼，让大家能早一天有地方办公。谁知你今天突然要把它拿去征地建设乡卫生院，我实在想不通。"张碧兰说着说着便伤心地哭了起来。

"高书记，要拿建设乡党委政府办公楼的款去征地，我不说反对，但心里实在有点不舍得，能不能不动用这笔钱去做征地经费呢？"乡人大的方主席说。

大部分的领导也发表了相同的意见，也就是说，大部分领导都不同意把这钱拿去征地建设乡卫生院。高志强很理解大家的心情，更理解张副乡长的心情。如果是其他的事情有人敢这样顶撞他的话，他早就发脾气了，但是，在这件事上他没有发，也发不起，因为在是否拿这笔款去做建设卫生院征地经费的问题上，他本身就很矛盾，又想拿又想不拿，在经过反复权衡后才和蒋乡长一起决定拿的。面对大家的反对意见，他沉思一会儿后慢慢说道：

"要说'不舍得'的话，我的内心深处可能比大家更不舍得用掉这笔钱，因为如果用掉这笔钱去征地，乡党委政府的办公楼不知何时才会再有钱去修建，但是，因为时间紧，乡政府又没有其他的资金可用，假如我们不拿出这笔钱去征地，就会错失和县卫生局合作的机会，小成乡卫生院就更难修建起来了。相比之下，我还是认为应该把这笔钱拿去征地，因为这是人命关天的事情。再说，我们在座的都是中国共产党的党员，中国共产党的宗旨是全心全意为人民服务。我们不应把这一宗旨只挂在口头上，而应该落实到行动上，尤其是当政府利益与群众利益发生矛盾时舍得把钱用到有利于群众利益的事情上去。做到'民之所好好之，民之所恶恶之'。"说到这里，他发现大部分的同志好像已经认同了他的观点，于是，接着说道：

"这样吧，'横看成岭侧成峰，远近高低各不同'。在讨论重大问题时，由于每个人所站的角度不同，一时间有不同的意见是正常的，下面我们采用举手表决的方式决定两个问题，第一是表决要不要征地建设小成乡卫生院，第二是表决要不要把那笔款拿去征地建设小成乡卫生院。下面先表决第一个问题。"

"高书记，请等一等，"李春成副乡长说，"我还有几年就退休了，我参加工作几十年从来没有做过违反上级文件规定的事情。今年国务院已经下达文件让暂停两年征地，你们还要征。书记、乡长说如果上级怪罪下来要负什么责任，全由他俩负，事实不是这样的。根据我几十年的工作经验，凡是被上级追究责任的，除了主要领导被处分外，分管领导也是脱不了身的。我是乡政府分管土地城建工作的领导。如果因为违规征地而被上级追究责任的话，我肯定是要被处分的。我现在不求有功但求无过，不想在临近退休时受到处分，毁掉我几十年的声誉，所以，我不参加这个表决，我弃权。以后征地有什么功劳与我无关，要是被问责也不要来找我。"说完就大踏步走出了会议室。

他走出去后，会场的气氛一下子变得很沉闷紧张，但是，高志强没有因为这样停止他征地建设卫生院的决心。他环视了一眼大家后说：

"李老的心情请大家理解，但请不要受他情绪的影响。下面进行表决，同意征地建设小成乡卫生院的同志请举手！"

　　大家都举了手。

　　接着，高志强又说："同意把原计划用去建设乡党委政府办公楼的10万元拿去征地修建小成乡卫生院的同志请举手！"

　　"高书记！请允许我先说一句话。"副乡长兼基金会主任张碧兰说。

　　"请讲！"高志强回答。

　　大家以为她会像李副乡长那样说了一句话后就走出会场，都对她表现出一种厌恶的神态。

　　"我刚才听了高书记那番话后，"张碧兰说，"我改变了原来的态度，不反对用这笔钱去征地了。"

　　"好！下面我们进行表决，"高志强高兴地说，"同意把原计划用去建设乡党委政府办公楼的10万元拿去征地修建小成乡卫生院的同志请举手！"

　　除了郑所长因不是乡三家班子的领导成员没有表决权外，其他的与会者全都举起了手。

　　散会后，高志强叫郑所长组织土地所的同志在小成圩附近踏勘，看哪一片土地最适合征用，并把土地的相关情况了解清楚。

第四十四章 "小半仙"终于在协议上签字

几天后的一天早上，蒋乡长来到高志强的房间，想了解一下有没有郑所长他们去踏勘选择建设卫生院用地的信息。他刚到不久，郑所长就急匆匆地过来，说：

"高书记、蒋乡长好，根据那天散会后高书记的指示，这几天我组织所里的其他同志和我一起去进行了详细的踏勘和调查，认为在小成圩附近最适合征用河边三岔路口的那片旱地，因为那个位置相对离群众的房子远，又在路边，方便看病的人来往，而且排污又方便。这片旱地的面积又合适，我们量了一下是2.98亩，符合'3亩左右'的要求，这片地全都是青子村第13队群众的，不过，这片土地涉及的户数比较多。"

接着，郑所长将一份写有这片旱地基本情况的资料交给高志强。

高志强看后清点了一下，发现这片旱地一共由53户群众的耕地组成。也就是说，要想把这片旱地全部征用下来，要做通53个户主的思想工作。

"这53个户主中有多少个是党员？平时谁在群众中比较有威信？"高志强问。

"有6个是党员，平时比较有威信的是王树新和覃运权。"郑所长回答说，"他俩都是党员，其中，王树新是村民小组的组长。"

高志强随后和蒋乡长、郑所长一起讨论如何尽快把这片旱地征收起来的问题。他们决定成立3个工作组分头去做工作，其中，高志强和蒋乡长各带领一个组，另一个组由乡人大的方主席带领。这三个组成立起来后既分工又合作，先去请王树新、覃运权和其他党员把土地使用权转让出来，然后再去做其他群众的思想工作。各个组的工作都开展得很顺利，效果很好，一个星期后就有48户群众的户主和乡政府签订了征地的协议。眼看征地工作任务就要完成了，高志强很高兴，但是，最后遇到了以外号叫"小半仙"为首的5户群众的抵制和阻挠，不管怎么做思想工作，他们都不配合，都不肯在征地协议上签字。

"小半仙"的真实姓名叫陈全益，王都县师范学校毕业后被安排到小成乡青子村小学做语文老师。几年前因为超生被开除了，他因为不能当老师，所以，对小成乡党委政府很不满。他平时喜欢看书看报看电视新闻，国务院关于暂时停止两年征用土地的政策他早已经知道。在乡政府征地建设卫生院这件事情上，他决心进行抵制，以发泄内心的不满。他除了不肯把自己家的土地使用权转让出来外，还逐家逐户去叫群众不要把土地转让给乡政府，说乡政府的做法不符合国务院的文件精神，但是，因为大家都希望能把乡卫生院建起来，再加上各户被征用的土地一般不太多，所以，绝大部分的群众都不听他的话。他见这样，就集中精力去做他的伯伯、叔叔、堂兄和堂弟的工作，叫他们不要将土地使用权转让给乡政府。这4户人家平时都很听他的话，所以，这次也坚持按照他所说的去做。

"小半仙"等人的土地位于这片旱地的中央，而且有0.48亩之多。因为他们不肯转让土地，修建乡卫生院的工作被迫全面停止。10多天后的一天上午，高志强"病急乱投医"到乡政府办公室给县检察院的黎检察长打电话：

"黎检察长好！我向你汇报一件事情，我们乡政府这段时间进行征地建设乡卫生院……这5户群众硬是不愿意把土地使用权转让出来，请你们出出力，让他们把土地使用权转让出来好吗？"

黎检察长听后解释说：

"对不起，这5户群众不同意转让土地这件事情没有违反法国务院目前的政策，检察院不能对他们采取什么强制措施，所以帮不上忙。"

求助失败后，高志强更加焦急、烦躁和疲劳。当从乡政府办公室走回到房间时一头睡到了沙发上。过了一会儿后，他在迷迷糊糊中想起潘家森的话，"我建议乡政府早日把小成乡卫生院建起来，现在全乡群众都非常盼望我们乡有一个卫生院，我这个建议实际上是全乡群众的要求。"这些话让他仿佛找到了解决问题的金钥匙，他马上爬起来，在房间里来回踱步。心想，既然现在全乡群众都非常盼望我们乡有一个卫生院，要求乡政府能早日把这个卫生院建起来，那么，如果乡政府现在把因为那5户人不愿意把土地使用权转让出来，所以无法把乡卫生院建设起来的情况告诉全乡群众，那么，全乡群众肯定会对那5户人的做法有意见，必然会有人主动出来帮乡政府做工作，让他们把土地使用权转让出来。只要有群众主动出来做工作，事情就好办了，因为那5户人不怕得罪乡政府，但是，怕犯众怒。应该用什么方法把情况告诉全乡群众呢？"组织召开一个全乡群众代表会议"，他经过周密思考后作出了这一决定。

在蒋乡长的大力支持下，第二天下午3点，乡党委政府在乡教委办新建的一个大会议室里组织召开了一个由全体乡村干部、乡直单位领导、各学校校长、各村民小组组长、全体人大代表和全体党员参加的"全乡群众代表会议"。蒋乡长主持，高志强作报告，他说：

"同志们！今天召集大家来这里召开一个'全乡群众代表会议'。会议的主题是关于筹建小成乡卫生院的问题，围绕会议的主题，下面我讲三方面的内容。第一，筹建乡卫生院的必要性。第二，筹建乡卫生院工作所取得的成绩。第三，筹建乡卫生院所遇到的问题。

"为什么要筹建小成乡卫生院呢？因为没有卫生院，小成乡群众平时患一个小小的感冒都要到邻近乡镇的卫生院去医治。患其他较大一点疾病的要到县人民医院去治疗。我们乡离县城比较远，一些病人在去之前由于没有得到本乡医生的诊治，在半路就去世了。前段时间的一天晚上上旺村一个妇女得病后就是这样去世的。类似的悲剧，听说以前也发生过。为了防止类似的悲剧再度发生，为了保障全乡人民的健康，这段时间乡政府根据全乡群众的要求，已经开始着手筹建小成乡卫生院了。"

整个会场鸦雀无声，与会者都在全神贯注地听高志强讲话，不少人还不停地点头，以示对高志强所讲内容的欢迎和支持。

"乡政府在筹建卫生院的工作中取得了很好的成绩……"他把在筹建中所取得的成绩详细地向大家说了一遍。大家听后都露出了满意的笑容，认为小成乡卫生院很快就可以建成了。

"但是，"高志强很遗憾地说，"到现在为止，还有5户人家不配合乡政府征地，不愿意把土地使用权转让出来建设卫生院，不管我们乡政府怎么做思想工作都做不通。他们的土地集中在我们准备用来建设卫生院那片土地的中央，而且占有0.48亩之多。根据乡土地所同志去踏勘后所得到的情况看，全乡只有那片土地适合建卫生院。如果他们不愿意把土地使用权转让出来，小成乡的卫生院就无法建设。因为我们无法动员他们把土地使用权转让出来，所以，乡政府可能要被迫放弃建设乡卫生院的工作了。"

潘家森是中共党员，今天按通知要求来参加这个会议。刚才听了高志强所说的第一部分和第二部分的内容后比其他参会者都要高兴，因为是他向高志强书记提建议，要求乡政府早日把小成乡卫生院建设起来的，但是，当听到第三部分后，他又比其他每一个参会者都着急。怎么能放弃呢？他想，这次放弃后，小成乡卫生院不知何年何月才能建设起来了，不行，一定要帮乡政府做通那5户人的思想工作，让他们把土地使用权转让出来，他站起来大声喊道：

"高书记，不能放弃，一定要坚持把小成乡卫生院建起来！"

"对！一定不能放弃！一定要坚持把小成乡卫生院建起来！"木理村的莫支书等十几个与会者也像潘家森那样站起来喊。

"我们也不想放弃，也想尽快把卫生院建起来。"高志强说，"但是，我们乡政府做不通那5户人的思想工作，又不能强制征用他们的土地，所以不得不打算放弃，请大家原谅。"

"高书记，乡政府虽然无法做通他们的思想工作，但是，我们有办法。那5户人家的土地在什么地方？请带我们到现场看看，让我们认识后去做他们的思想工作。"潘家森说。

"对！请带我们到现场看看。"许多人跟着潘家森说。

高志强见大家那么迫切，那么主动想帮乡政府去做通那5户人的思想工作非常高兴。他想了想说道："请大家跟我来。"

他从主席台下来并走出会场后，径直向那5户人家的地块走去。200多个参会人员浩浩荡荡地跟在后面。到了现场，大家发现小半仙正和那几个人在这里种红薯，非常气愤。有几个血气方刚的年轻人压不住心头的怒火，走过去把他们刚种的红薯苗全部拔掉了，有的人大声骂道：

"你们这么顽固，几厘地都不愿意转让出来。假如因为你们不配合，乡卫生院无法建好，我们全乡人民都会骂你们，你们祖宗十八代人都不会安宁。"

潘家森走到小半仙的跟前大声问道：

"小半仙！是不是你带头抵抗乡政府，不同意把土地使用权转让出来的？"

小半仙见潘家森是长辈，家庭富裕，社会威望高，又不是出于私心，所以，不便责怪他，只是含糊地应付两句，不作正面回答。潘家森更加气愤，谩骂道：

"人家说你是'小半仙'，很聪明。我看你是'小半猪'，比猪还笨。你以为你是在抵抗乡政府吗？你实际上是在抵抗全乡群众。乡政府是根据全乡群众的要求去组织建设乡卫生院的，我也曾向高书记提出过这个要求。你不同意把土地转让出来，就是不让建设卫生院，就是和全乡人民作对。"

在潘家森对小半仙进行谩骂和数落的同时，一些村干部又去分别做其他4户的思想工作，请他们顾大局，同意把土地转让出来建设卫生院。那4户人看见这么多人来，心已经虚了一半。他们本来就不想拒绝乡政府征地，只是受小半仙的唆使，才不同意把土地转让出来的。现在看见这种阵势，怕得罪众人，再加上村干部做工作，他们就都同意把土地转让出来了。郑所长这段时间天天都随身带着协议，这时，他乘势及时从挂包里把它们拿出来，分别和这4户人的户主签订了征地协议。接着，郑所长又来让小半仙签订。小半仙说："这事等我回去考虑考虑再定吧。"潘家森听他这么说，知道他是在拖延，实际上还是不同意把土地转让出来，大声说道：

"不行！我们这200多人是全乡群众的代表。今天我们原计划是来这里认识你们的地块后，就集体上门去做你们的思想工作的。既然在这里见到你们，就要你们在这里同意征地。其他4户都已经签了，就差你没有签。告诉你，你不同意征地，就不能离开这里！"

"对！你不同意征地，就不能离开这里。"先是一帮人边说边走过来把小半仙围住。接着，其他人迅速走近，把小半仙围在中央。"众怒难犯，专欲难成"，这时，小半仙面对200多个强烈要求他把土地转让出来的全乡群众代表，觉得如果再不同意征地，卫生院建不起来，今后自己不管走到哪里都会被人骂，而且，还会连累家人。思考片刻后沮丧地说："看在大家的面子上，我同意把土地转让出来。"

　　看见他在协议上签字后，大家都松了一口气。木理村的莫支书特别激动，当大家纷纷散去后，他拿着50块钱来到高志强的身边悄悄地说："把那50块钱还给你，你今天这招'以民治民'的办法实在高明。"

第四十五章　满腔的修路热情变成满脸伤情

为了方便了解"三乡之乡"建设的情况，帮助解决在建设中所碰到的问题，从而加快全乡建设的进度。高志强自从当了乡长后就分别从加工腐竹、饲养生猪和种植荔枝三方面选择了若干农户作为自己"三乡之乡"建设的定点联系户，平时一有空就像走亲戚一样到这些农户家里去看看，这种做法一直坚持了下来。

1998年8月上旬的一天上午，高志强来到厚福村种植荔枝的联系户郑良德家了解情况。郑良德深知高志强的来意，请他到客厅喝茶寒暄了几句后就忍不住诉苦道：

"今年我们家的荔枝结了很多果，属于'大年'。按理说收入应该要比去年多的，但是，实际收入比去年还要少很多。"

"为什么？"高志强不解地问。

"因为我们村到小成圩的道路状况太差，连双轮的木车都走不了。往年客商上门订购后，我们都是请人用摩托车或者单车帮忙把荔枝拉出小成圩卖给商贩。今年因夏季经常下雨，路面常有黏性的烂泥，摩托车和单车在上面时，烂泥会把车轮和车轮盖粘在一起，走不动。我们只好一边摘一边请人用肩膀挑出去卖。因为路远且难走，每天挑不了多少，熟透的荔枝时间长了不摘就会腐烂。后来，我们看到树上的荔枝有的已经开裂变坏了，只好请村中的人来摘回去吃，一分钱也不收，大概损失了3000多公斤，十几万元。"

高志强听后想，前几天在走访潘家森和张恩荣时，曾经听他们反映今年因雨水多路难走，腐竹和生猪不能及时拉出小成圩销售而造成了些损失。没想到因为道路难走的问题，种植荔枝的郑良德户损失更大。狭窄难走的道路已经严重阻碍了小成乡"三乡之乡"的建设，如果不解决好这个问题，小成乡的"三乡之乡"建设将很难再有大的发展了。我们小成乡现在有可以免费使用的铺路石料,乡政府应该出面组织群众集资修路,尽快把全乡的道路修建好。于是,对郑良德说:

"请你放心,我们乡政府将尽快出面组织群众集资修建道路。等把路修好后,你们家的荔枝和全乡其他群众的荔枝、生猪和腐竹等货物就可以拉出去销售了。"

"我就是等你高书记说这句话。"郑良德的脸上堆满了笑容。

接着,高志强就和郑良德告辞。出了门后想,修建乡村道路需要很多石料,一定要用到黄宏彰鸡翅山的那些石头。他那山的石头现在开采得怎么样了?修建乡村道路需要那么多石头,他还肯不肯按原来的协议免费供给石头?去了解一下,他没有回乡政府,而是骑车去双马村沙塘屯找黄宏彰。

"高书记好,请进屋喝茶!"黄宏彰刚走出大门,准备去鸡翅山做事,见到高志强骑摩托车到他们家门前时高兴地说。

高志强停好车后跟着黄宏彰来到客厅,黄宏彰沏了一杯雷公根茶给他喝。

"我这次来主要是想向你了解一下你们开采和利用鸡翅山石头的情况,"高志强喝了一口茶后问,"怎么样?还算可以吧?"

"可以!"黄宏彰很满意地说,"自从你们乡政府帮我们办好开采许可证后,我就不做贩鸡生意了。我筹集资金购买了一辆挖掘机对这座山的石头进行开采,因为我们出售的价格比较便宜,所以,不但本乡的群众,而且附近山北、昌顺等乡镇的群众和有关单位也都来购买我们这座山的石料回去修建道路、篮球场和晒场等。你们乡政府,尤其是你高书记帮我们家找到了一条比较稳定的赚钱门路。我们非常感谢乡政府,尤其是感谢你高书记。"

"不用谢,这是合作共赢。当年如果没有你们的支持,小成圩的新大街至今可能还没有建成呢。"高志强说,"我这次来还想告诉你一件事情,我们乡的道路又狭窄又坎坷难走,尤其是在雨天。每当下了几天雨后,连单车都骑不了。群众想把荔枝、腐竹和生猪等拉到小成圩去销售都没办法,所以,乡政府计划出面组织群众集资把全乡各村委会到小成圩的道路全部修好,到时候也要用到你们这山的石头,请你密切配合。"

黄宏彰的眼珠滴溜溜地转动了几下后说:

"把各村的道路修建好对今后我们进一步开采和销售这座山的石头也有好处，我们一定大力支持。我们不但不赚政府的钱，还要适当给点支持。在价格的问题上，你们组织铺路要用的石头和上次铺设街道一样，肯定是基石用风化石，面上的碎石用青石。我们只收税费、爆破费、挖掘费、碎石费和装车费这五方面的款。石头按协议规定，像上次铺设街道时一样赠送。平时我们卖给别人的价格是150元一车，卖给你们乡政府或者村委会用去修建道路的只收80元一车并且优先供应。当然，如果上面那五项费用由你们自行处理，我就一分钱也不收。"

高志强得到黄宏彰的承诺后非常高兴，当天晚上8点就组织召开乡三家班子领导会议，专门讨论组织群众集资修建乡村道路的问题。在会上，他首先介绍了这几天他到相关"联系户"了解到的情况，重点是介绍郑良德家的情况，同时还介绍了他去和黄宏彰联系石料的情况，然后强调说：

"狭窄难走的道路已经严重阻碍了小成乡'三乡之乡'的建设。如果不尽快把小成乡的路修好，小成乡的'三乡之乡'建设将很难再有大的发展了。为了继续推进小成乡的'三乡之乡'建设，我认为从现在起乡政府应该把修建乡村道路的事情列为头等的大事来抓，把全乡每个村委会到小成圩的道路都修建成宽3.5米，厚30厘米（像小成圩大街一样铺20厘米厚的基石，面上再铺10厘米碎石，并用碾压机压平压实），两边开好排水沟，晴天和雨天都能通汽车的道路。争取在1999年元旦前全部完成，请大家讨论一下我的意见。"

大家几乎天天都下乡工作，深受乡村道路难走的苦，早就盼望能改变这种路况了，所以，听了高志强的话后都很高兴。

"我完全赞成高书记的意见。"蒋乡长说。

其他的与会者也纷纷发表了相同的意见，高志强见大家对这件事情都很上心，接着说道：

"为了有利于组织好这项工作，需要成立一个修路工作指挥部。我建议指挥部的指挥长由我和蒋乡长担任，成员由全体乡三家班子领导成员组成。我们乡有8个村委会，其中小成村村委会就在小成圩旁边，不用修建道路。新竹村的村委会位于小成圩通往县城公路的旁边，也不用修了。其他6个村都要修，所以，指挥部下面要设6个工作组。每个组负责下去组织修建一条乡村道路，实行责任制。第一组由我兼任组长，组员由杨冬青、梁惠艳、陈全志和黄新昌四人组成。因为平时我联系上旺村，所以，由我带队负责组织修建小成圩到上旺村这条道路。第二组由蒋乡长任组长，组员由刘成男、李嘉西、张品燕和杨春艺四人，负责组织修建小成圩至厚福村这条路。第三组由方主席任组长……"

当他把6个组的组长和组员名单以及各个组负责组织修建哪条道路都说完后问："请问大家对上述提议有没有什么不同意见？"

"没有！"大家异口同声地回答。

高志强见大家越来越热情，非常开心，继续说道：

"乡政府拿不出钱，各个村委会也都是'空壳村'，所以，修建每条道路的资金全部要靠各村的群众集资，工作难度比较大，但是，我们乡有免费的修路石料。群众对修路很积极，只要我们的思想工作做到家，相信他们是会乐意拿钱的。我们一定要树立信心，克服困难，努力争取在明年元旦前完成修路任务。"

各组的组长纷纷表态一定要全力以赴按时完成本组的修路任务，绝不拖全乡的后腿，会议在热烈的气氛中结束了。

第二天一早，高志强便带领本组的全体人员到上旺村组织召开全体村干部和各村民小组组长会议，传达乡三家班子领导会议精神，成立上旺村修路工作指挥部。在接下来的日子里，他又天天带队去组织有关人员踏勘路径，确定道路的走向，放好边线，埋好桩，然后，在村干部的提议下请本村的工头何祺发帮忙做修路的预算方案。何祺发夜以继日地工作，几天后就把预算方案做出来了。他把预算方案拿到倡顺镇打印了几份，回来后先分别送了份给村支书和主任，然后，在晚上9点多送了一份到乡政府交给高志强。

高志强很赞赏何祺发的工作责任心，心想，明天就可以安排村干部制订集资方案进行集资了。他沏茶给何祺发喝后就开始浏览预算方案，他最关心的内容是修好这条路一共要投入多少资金以及人均要集资多少钱。当他发现一共要投入1086228元，人均要集资429元时大吃一惊，问何祺发：

"你有没有搞错？怎么要那么多钱？"

"没有错，是要那么多钱的。"何祺发说，"小成圩到我们上旺村委会这条路全长达5.2公里。道路所经过的地方要推平3座小山丘，要填平3米多宽、20多米长、2米多深的一部分鱼塘。其他路段不但狭窄，而且都是一高一低，坑坑洼洼的，不方便平整路基。另外，还要支出一些青苗补偿费等。光平整路基就要花费一笔巨额的资金，上面还要铺上两层石头。全村只有2532人，人口那么少，要修建的道路那么长，是一定要投入这么多钱才能按要求把路修好的。如果用的石头不是免费的，所需的资金还要更多。"

"哦，"高志强说，"这么晚了，你回去休息吧，等一下我再详细看一下预算方案，有什么疑问明天再去找你。"

何祺发走后，高志强就拿这份预算方案来看，发现每一项都做得很细，要用的每一笔资金都有充足的依据。他这时才相信修建小成圩到上旺村村委会这条路（简称"上旺路"）确实是要用到1086228元的，人均也确实是要集资到429元的。他把预算方案放回桌面后进一步想，其他要修建的五条道路的长度与上旺路差不多，都是山区，难度也不一定比上旺路小。现在各组虽然暂时还没有把预算方案做出来，但是，修建其他各条路所需要的资金也不一定会比上旺路少。要按要求把这6条路全部修好，估计一共要用650多万元。小成乡群众的收入只是近几年，尤其是近一两年才多了些，以前一直都是全县倒数第一，家底很薄。这么大的一笔资金全部由农民集资，农民怎么能负担得起？根据小成乡群众的实际，这次集资修路的资金，人均绝对不能超过300元，否则，不但不可能筹集到，还会激起民愤，影响政府的威信，影响其他工作的开展。然而，超过300元的部分应该去哪里找呢？高志强为了这个问题一直考虑到深夜，都没有找到解决问题的办法。

几天后，其他5个村的预算方案都做出来了。果然不出高志强所料，每个村的修路资金都超出100万元了，每人平均集资的数额也都超过400元了，群众都负担不起。鉴于这一情况，高志强经过和其他三家班子领导讨论后不得不取消组织集资修路的决定，他满腔的修路热情变成了满脸的伤情。

第四十六章　被省纪委责令停止集资并进行整改

今年王都县委、县政府的主要领导都走了好运，都提拔了。为了有利于培养省级的后续干部，今年年初省委在全省范围内挑选了几个年轻的现职正处级领导进入厅级的领导班子。王都县的韩县长是全国重点大学的毕业生，工作能力较强，还不到40岁，正符合省委的要求，于是被提拔为厅级的东龙市市委常委、市委组织部的部长。原来王都县分管政工的吴副书记接任他县长的职务。几个月后，由于工作需要，王书记又被提拔到田贵市任市委常委、市委秘书长。田贵市委把新北县的县委书记江湘龙同志调到王都县任县委书记。江书记和吴县长上任一段时间后发现王都县原来其他的工作都不错，大多都排在田贵市各县市区的前列，但是，乡村道路普遍较差。如果不改变这种状况，势必影响王都县下一步的发展。为了改善全县乡村的交通环境，增强全县经济和社会发展的后劲，县委、县政府决定组织打一场"村村通公路大会战"。在9月初的一天下午，县委、县政府在县委中型会议室组织召开了一个"王都县村村通公路大会战动员会"。参加会议的人员有县四家班子的全体领导，各乡镇党委书记和乡镇长，县直各单位行政正职领导等。开会前，工作人员先把会议资料发给大家看。这些资料的内容是关于修路经费的补助和道路的修建要求等。

会议由吴县长主持，江书记做工作报告，江书记说：

"同志们！为了改善王都县乡村交通环境，加快全县经济和社会的发展，县委县政府决定在今年秋、冬两个季节组织打一场规模宏大的'村村通公路大会战'……"

江书记一共作了一个多小时的报告，内容分为组织开展"村村通公路大会战"的目的意义、工作任务和工作要求等5个方面。特别强调各乡镇要高度重视这项工作，一定要在明年3月前按质按量完成"村村通公路"任务。

高志强会前详细看了会议的有关资料，尤其是看了"关于修路经费的补助问题"的内容后非常兴奋。他觉得县委、县政府组织的这场"村村通公路大会战"是修建小成乡乡村道路的绝佳机会，因为在经费方面有县政府的补助，小成乡就有条件把原计划修建的6条道路修好了。江书记在报告中所布置的工作任务和所提出的工作要求与他的想法高度吻合，这使他更加激动。他觉得县委、县政府做出"村村通公路大会战"的决策实在太好了，于是，当即情不自禁地一边听报告一边在笔记本上快速写了一篇600多字的短评《这个决策，好！》。散会后，他把稿件稍加修改后拿到《王都县报》编辑室交给一个值班的编辑，然后和蒋乡长一起赶回小成乡政府，连夜组织召开乡三家班子领导会议，传达贯彻会议精神。

高志强先请蒋乡长传达了县委、县政府的会议精神，然后说道：

"同志们！前段时间我们被迫停止修建乡村道路，是因为要钱太多，群众承担不起。县委、县政府组织的这场'村村通公路大会战'对我们小成乡的修路工作是雪中送炭，是一场及时雨。我们小成乡属于山区乡镇，只要我们按照要求把道路修好，每公里可以获得8万元的经费补助。有了这些补助款后，就可以大大减轻我们乡群众的负担。我算了一下，每公里得到县政府补助8万元（这些经费分三批下拨：经检查已经正式开工修路时下拨三分之一，在道路基本修建成时下拨三分之一，道路全部修建好并经过验收合格后再下拨三分之一）后，各个村委会只要向农民集资200多元就可以把道路修好，所以，现在是修建我们小成乡6条乡村道路千载难逢的机会。机不可失，时不再来，我们一定要抓住这个机会把路修好。下一步我们要双管齐下筹集修路资金，首先，各个村要根据本村的实际情况迅速制订好集资方案，开展集资工作。其次，要以只争朝夕的精神投入工作，尽快开工修路，争取在全县率先获得县政府的第一批补助经费。"

大家听后，修路的热情重新被点燃起来。

从第二天开始，各组的组长就带领本组的人下到相关的村委会传达会议精神，组织开展修路工作，天天都是早出晚归。上旺村在高志强的具体组织下，不但集资工作做得好，而且率先开工修路。一天下午2点多，在约0.5公里长的路上有4辆挖掘机挖土，3辆推土机推土，10辆手扶拖拉机运土。1000多名群众和学校的师生参加劳动，他们有的锄土，有的铲泥上车。整个场面机声隆隆，人声鼎沸，彩旗招展，热火朝天。应邀到现场检查和指导修路工作的吴县长看见后非常激动，叫高志强找来一把铁铲，忘情地和群众一起铲土上车。他对身边的高志强等人说：

"我很长时间没有见过这种集体劳动的场面了，很感人。"

在他的带动下，其他随行人员也纷纷向群众要来工具参加劳动。

吴县长是在百忙中应邀来检查指导小成乡的修路工作的。他参加了几十分钟劳动后便要回县城处理其他事务。当他把铁铲还给高志强时，高志强说：

"吴县长，我们小成乡这次一共计划修建6条乡村道路，除了这条今天开工外，其他的5条都决定在明天和后天开工修建了。"

吴县长看见这个修路的场面本来就很高兴，听到高志强汇报后想了想，对旁边陪同他一起下来检查修路情况的县交通局方局长说：

"方局长，你明天就把县里的第一批补助经费拨给小成乡政府，给高书记和小成乡群众鼓鼓劲。"

送走吴县长等一行领导后，高志强又继续参加了一会儿劳动，要求村干部和群众不要辜负吴县长的关怀，下决心在全乡乃至全县率先把道路修好，然后满怀喜悦返回乡政府。他想，这次不用担心钱不够了，明年元旦前一定可以完成全乡道路的修建任务。

"高书记！县纪委给我们乡党委寄来了一封信。"

当高志强回到乡政府的篮球场时，办公室的小徐急忙跑来向他汇报，并把信给他。

"县纪委怎么会给我们乡党委寄信？有什么事？"高志强接过信后加快步伐走回房间。坐到椅子上后，他拿剪刀小心剪开信封口，把里面的信件取出来，只见里面有一张信纸，信纸上写着：

小成乡党委：

你们乡有群众向省纪委写检举信，说你们乡党委政府不顾群众的死活，强迫各个村委会制订方案向农民集资修路，严重违反了党中央、国务院关于减轻农民负担文件的决定。里面还附有其中一个村委会关于集资修建乡村道路的方案。省纪委责令你们立即停止集资并进行整改，请你们立即执行，并用书面形式把落实的情况如实向我们县纪委汇报（然后由县纪委向省纪委汇报），绝不能再做违反党中央国务院关于减轻农民负担文件决定的事情。

中共王都县纪律检查委员会办公室

1998 年 9 月 16 日

　　高志强看到这里，刚才的高兴劲儿一点也没有了，非常紧张。心想，要把小成乡的6条乡村道路修建好，需要大量的资金。县政府补助的那些只够三分之一左右，大部分的资金都是要向受益的农民集资的。停止集资就意味着要停止修路，意味着小成乡的乡村道路无法修建好，意味着小成乡的"三乡之乡"建设严重受阻。"路通财通，事事通；路阻财阻，事事阻。"为了早日把小成乡的乡村道路修建好，早日把小成乡建设成为"三乡之乡"，让群众早日过上富裕幸福的生活，一定不能停止集资。然而，不停止集资又如何向省纪委交差呢？省纪委责令不能做的事还能再做下去吗？他怀着矛盾而又焦急的心情从椅子上站起来，双手叉腰在房间里来回走动，寻找应对和处理好这件事的方法。

第四十七章　圆梦"村村通公路"

他走了一会儿后想，县委、县政府不也在号召我们组织群众集资修路吗？我们响应号召组织小成乡的群众集资修路怎么会违反党中央、国务院关于减轻农民负担文件的决定呢？难道县委、县政府也号召错了？应该马上将情况向县里的有关领导汇报，请领导作指示。他立即给县政府分管交通运输工作的姜副县长打电话：

"姜县长，你好！我是小成乡党委的高志强。我想向你汇报一下我们乡党委政府组织群众集资修建乡村道路的有关问题。"他把前段时间的集资工作情况和被省纪委责令"立即停止集资并进行整改"的情况汇报后说，"我们以前只是在会上听县里的有关领导传达过党中央、国务院关于减轻农民负担方面的文件，但是没有看过原文，对里面的具体内容不太清楚。请问我们小成乡党委政府现在组织群众集资修路的做法，算不算违反党中央、国务院关于减轻农民负担文件的决定？应不应该'立即停止集资并进行整改'？"

"党中央、国务院近年下发过一份关于减轻农民负担的文件。"姜副县长说，"这是一份秘密文件，只发到县（市）一级，没有发到乡镇。这份文件较长，作出的决定较多，大概有十几条，详细内容我也记不清楚了，这份文件现在县委保密局里。关于你所提问的两个问题，我一时不能作出明确的答复，请你到县委保密局找到那份文件学习并按照文件的要求去办理就行了。我现在在出差，比较忙，就谈到这里吧，再见！"

第二天一早，高志强就叫司机送他去县委保密局，于9点多赶到周局长的办公室。

"周局长！我想向你借一份文件看。"高志强在周局长的对面坐下并喝了一口茶后，先把他想借阅一份文件看的原因说清楚，然后说，"听说那份文件在你们保密局里，不知名称是什么，我想请你借给我学习一下，可以吗？”

“你想看的那份文件的名称叫《中共中央 国务院……的决定》。这份文件是一份秘密文件，现在确实是在我们局的文件室里，但是，我不能马上借给你看。你要想看这份文件，必须先按规定办好借阅手续。”周局长认真地说。

“要先办理些什么借阅手续？”高志强问。

“要先回单位出介绍信并盖上公章，然后找我们县委常委、县委办的黄主任签字同意。”

“这么麻烦，我以前没有来借过文件，不懂你们的要求。现在我已经来了这里了，请你通融一下，先把文件借给我看一下，以后我再回去补办有关的手续行吗？”高志强请求说。

“不行！凡是秘密文件都要先办好相关的借阅手续，然后才能借出，这是规定。如果我违反了这一规定，是要被领导批评甚至会被处分的，请你不要为难我。”

高志强见他讲得很在理，只得按照他的要求去做。他从周局长的办公室出来走到走廊后，马上一边走一边给乡党委政府办公室的罗主任打电话，叫他先写好介绍信、盖好乡党委的公章，然后和司机一起开车赶回乡党委。拿到介绍信后，高志强看一下手表，刚好是10点50分。他知道从乡党委到县委保密局的时间一般都是一个小时左右，于是，他又叫司机马上开车再次送他上县委保密局。因为这次是赶路，所以，司机把车开得特别快，11点40分就再次到县委保密局了。

“周局长！请问县委办黄主任的办公室在哪里？”高志强进入周局长的办公室站着问。

“在三楼往东最尽头的那间。”周局长说，“不过，今天上午他在县委常委会议室开会。常委会议室在三楼往东第三间，不知散会没有。你到三楼问一下工作人员或者第一秘书股的同志就知道了。”

周局长的办公室在四楼，高志强从他的办公室下到三楼后就往东走。看见一个女工作人员刚从常委会议室走出来，说道：

“同志！我是小成乡党委书记，姓高。我有事想找一下县委办的黄主任，请你帮忙请他出来一下好吗？"

"不行，常委会有一个规定，会议期间不接待来客，请你到散会后再找他吧。"

高志强听后想，黄主任散会后肯定要先拿笔记簿和会议资料回办公室然后再回家，到他的办公室门口去等他吧。他先往东走到最尽头那间房门口的左边，然后调转头，背靠走廊的拦河墙，面朝西，两眼紧盯常委会议室的门口。现在离下班时间只剩10多分钟，他估计黄主任很快就会散会的。没想到一等就是几十分钟，12点半了还没有散会。他因为从小成乡党委赶到县委，又从县委赶回小成乡党委，又再从小成乡党委赶到县委，颠簸了几回，现在肚子很饿，但是不敢去找饭吃，一直忍着站在那里等黄主任散会，会议一直开到下午1点多才结束。这时，不出高志强所料，黄主任匆匆地拿笔记簿和会议的有关资料回办公室。在他开门时，高志强向他请求借阅文件之事。他开门进入办公室后，高志强马上把介绍信呈上请他签批。黄主任见他在这里等了自己那么长时间，接过介绍信后立即就在上面签了"同意"二字。

周局长早已下班，高志强和司机一起去吃了午饭后在车上闭目养了一会儿神，下午上班时又准时来到周局长的办公室。

"得到黄主任的签字同意没有？"周局长知道高志强急着要借这份文件学习，所以，今天下午特意提前来办公室等他，看见高志强踏进他的办公室门口后立即问。

"已经签字同意借阅了。"高志强拿出介绍信送给周局长。

周局长看后说："请跟我来。"

周局长把高志强带到档案室后，先把介绍信放到一个文件盒里，然后去取高志强想要的那份文件。

"请让我把这份文件拿回去和乡三家班子领导一起学习一遍，然后再拿回来还给你好吗？"高志强问。

"不行，"周局长拿着文件打开与文件室通连的阅文室说，"你只能在阅文室里看，看完后要立即把文件还给我。另外，你看后不能摘抄或摘录文件的内容。这些都是县委对秘密文件的管理规定。请你一定要按规定办事，不要为难我。"周局长交代完后便把文件交给高志强，然后从外面把阅文室和档案室相通的门关上，去他外面的办公室办公了。

高志强只得按规定老老实实地在阅文室里阅读这份文件。这份文件确实比较长，在关于如何减轻农民负担的问题上作出了十几条决定。高志强逐字逐句地进行阅读，经过反复阅读和研究后，他从其中一条"严禁在农村搞法律规定外的任何形式的集资活动"的决定中找到了答案。这条决定的内容是"……农民在村范围内举办生产和公益事业所需资金，应从公积金和公益金列支。资金不足的，可以提交村民大会讨论，经多数村民同意后，由群众自愿筹集。"高志强想，根据这一决定，县委、县政府号召各乡镇党委政府组织群众集资修路的做法没有错。省纪委"立即停止集资并进行整改"的责令也没有错。我们小成乡现在组织群众集资修路的做法之所以被告知违反了党中央、国务院关于减轻农民负担方面文件的决定，是因为各村都是以村民委员会的名义制订方案进行集资，而不是"提交村民大会讨论，经多数村民同意后，由群众自愿筹集"。当他找到原因和答案后非常高兴，马上把文件还给周局长并向周局长表示衷心的感谢。

高志强从县保密局回来后，当晚就组织召开了乡三家班子领导会议。他在会上首先向大家宣读了县纪委给小成乡党委的信，向大家介绍他白天到县保密局请求借阅《中共中央 国务院……的决定》这份文件的情况，然后强调说：

"以前我们以村委会名义制订方案集资修路的做法是错误的，不符合中共中央、国务院这一文件的规定，所以，被群众举报，被省纪委责令立即停止集资并进行整改，所制订出来的方案要全都作废。从明天一早开始，各组的组长要带队到相关的村委会宣传中共中央、国务院的这一文件，组织村民召开大会，将集资修路的问题提交大会讨论。如果多数村民都不同意集资修路，那么，小成乡的修路工作就只好停止。不过，请大家要努力防止出现这种结果。若是多数村民都同意集资修路，就以村民大会的名义重新制订集资修路的方案。各组要把各村村民来参加大会的报到簿和村民大会重新制订的集资修路方案交到办公室，让我把它们拿去向县纪委的领导汇报，争取得到县纪委领导的同意。"

　　两天后，高志强带着整改材料和6个村委会的村民大会报到簿和以村民大会名义重新制订的集资修路方案到县纪委向钟书记汇报。这新的集资方法和重新制订出来的集资方案完全符合党中央、国务院有关文件的规定，得到了钟书记的肯定和支持。

第四十八章　检查工作一丝不苟的县委江书记

　　王都县共有32个乡镇，在县委、县政府组织的"村村通公路大会战"中，因为县政府的补助款不够多，真正要按要求把乡村道路修建好，还要乡镇财政拿出一定的资金，要乡镇党委政府组织群众集资，进行义务劳动，难度较大，所以，大部分乡镇都无法完成修路任务。个别乡镇甚至连一条乡村道路都无法严格按要求修建好。然而，作为全县财政收入最少、人口最少的小成乡却于去年12月下旬就率先在全县完成了"村村通公路"的任务，真正达到了"村村通公路"的目的。县委的江书记听说这一消息，觉得有点不可思议，决定抽空亲自下去检查一次。

　　一天下午2点多，高志强刚从基金会回到房间，办公室的小徐就敲门进来报告说：

　　"高书记，县委江书记的秘书小李刚才来电话，说江书记等一下来小成乡检查工作，大概3点钟前到，重点是检查乡村道路的修建情况。"

　　高志强知道他的摩托车昨天已经用到备用油了，马上走出房间，骑去加油。加好油回来不久，江书记的越野车就开到了乡政府大院的篮球场。

　　"江书记好！欢迎你来小成乡检查指导工作。"当江书记从车上下来时，高志强上前和他握手说，"请先到我们办公室喝茶。"

　　"不！先去看看你们新修建好的乡村道路情况。"江书记说。

　　"好的，"高志强说，"我们的蒋乡长今天上午开乡政府的小车到县城办事还没有回来，我开摩托车在前面带路，请你们在后面跟着。"

　　这次坐在江书记这辆越野车里的人除了江书记和司机外，还有两个人。一个是江书记的秘书小李，另一个是县交通局的刘工程师。原来江书记和刘工程师坐在后排，小李坐在前面的副驾驶室位。这时江书记说：

"高书记，请你到我们的车上坐，坐在前面带路。"接着，他叫小李到后面和他以及刘工程师一起坐。

高志强首先带江书记等人到他所组织修建的上旺路检查。江书记刚开始有说有笑很随和，但是，当进入上旺路后便不说话。他时而紧盯前方，时而扭头朝两边看。司机知道他的意思，有意放慢了开车的速度，让他看得细致一些。

司机姓杨，走了一段路后，江书记说："小杨，停一停。"越野车靠路的右边停稳后，坐在后排右边座位的江书记第一个推开车门下车，坐在中间位置的小李跟着下，高志强见状也从前面推开门下来。坐在后排左边座位的刘工程师知道江书记的用意，先打开提包慢慢把皮尺拿出来，然后再下车。江书记站在路上前后左右看了一会儿后，又走到路边去看了一下排水沟，然后对刘工程师说：

"刘工程师！请你度量一下这段路的宽度和所铺石头的厚度是多少，小李你去配合。"

刘工程师和小李一起拉皮尺度量后报告说：

"江书记！这段路的宽度是4.7米，所铺石头的厚度是0.38米。"

"上车！"江书记说。

车辆又慢慢往前走，当到达一错车道时，江书记又叫停车，这次大家都和他同时下车。江书记站在路面前后左右观察了一会儿后说：

"刘工程师，你度量一下这段错车道的宽度，所铺石头的厚度和错车道的长度，小李继续做好配合。"

刘工程师在小李的配合下度量完毕后报告说：

"这段路的宽度是6.5米，所铺石头的厚度0.39米，错车道长33米。"

"上车！"江书记说。

车辆继续慢慢往前走，江书记还是全神贯注地查看路况。当快到尽头时，他又说：

"停车！"

在他下车的同时，大家也都麻利地下了车。江书记又前后左右地看一会儿路况后说：

"刘工程师，你再量度一下这段路的宽度和所铺石头的厚度，小李继续做好配合。"

刘工程师在小李的配合下又度量完毕后说：

"江书记，这段路的宽度是4.8米，所铺石头的厚度为0.40米。"

"好！返回！"江书记见所抽查的三处路段的宽度和厚度等的指标均超过了县委县政府所规定的要求（宽度4.5米，所铺石头的厚度0.35米）后十分高兴地说。

"江书记，我们小成乡在'村村通公路大会战'中除了修建好这条路外，还另外修建了5条乡村道路，请你也去检查一下它们吧。"高志强请求说。

江书记上任时间不长，平时事务多，以前还没有到小成乡了解过乡情，这次他是结合了解乡情下来检查修路情况的。他见高志强信心满满地请他去检查，估计肯定也修建得不错，下来检查的目的已经达到了，所以不想去检查了，决定把剩下的时间用去了解小成乡其他的情况，说道：

"不去了，相信你们修建得很好，回去看看你们小成圩和乡党委政府大院的情况。"

回到小成圩后，高志强分别带江书记等人到卫生院、新大街和新市场等处视察。在视察卫生院时，高志强特意把当时为什么要违反国务院有关文件的规定征地建设这个卫生院的原因汇报清楚。江书记说："你们当时的做法是特事特办的需要，所征用的土地很少而且全部用来建设卫生院，是对的。"高志强听后得到了莫大的安慰。新大街与卫生院只隔了一条公路，江书记从卫生院走出来后站在新大街的一头看向另一头，发现这条大街虽然没有铺设水泥，但是修建得又宽阔又平实。两边的商品房有的已经建好，有的正在建，右边不远处那栋商住两用的新市场楼房建得很有气势。今天虽然不是圩日，但是在街上走动经商的人不少，人气很旺。心想，全县最小的一个乡能修建一条这么宽阔漂亮的大街实在不错，他的脸上露出了满意的笑容。

"不错！回你们乡政府大院看看。"江书记说。

回到乡政府篮球场后，江书记下车分别朝四周看了看。过了一会儿后，他的表情慢慢变得严肃起来。高志强不知道他为什么会这样，显得有些紧张，不知如何是好，想了想说：

　　"江书记！你来这么长时间还没喝过茶呢，请到我房间喝茶吧，我还想向你汇报一些其他的工作。"

　　江书记正在为看不到小成乡党委政府的办公楼而纳闷，听到高志强邀请后想，既然乡党委政府没有办公楼，那么高书记肯定和其他干部职工一样是在房间里办公的，他的房间是怎么样的呢？进去看看。

　　高志强房间的南北向铺着一张旧杉木床，在床头紧挨墙壁处横放着一张旧办公桌，这两样是公物，调走时要留下。床前的对面放着一张旧的杉木长沙发，这是高志强自己带来的。床底下放着两个木箱，高志强的衣服和其他日常用品就放在里面，这些就是高志强的房间兼办公室的全部家产。办公桌上面放着几本高志强从县图书馆借回来阅读的小说，还有文件夹和几本杂志。

　　江书记随高志强进来后，高志强请他在长沙发上坐下，自己则坐在斜对面的办公椅上。办公室的小徐给他俩送上茶后就回去值班了，司机小杨和刘工程师应小徐之邀到办公室喝茶等候。江书记坐下后发现高志强的房间兼办公室很寒酸，心想，高书记能安心在这里工作已经很不错了，还能干出这么好的成绩来，真不容易。当看到墙上那幅字时，他凝视了一下用赞赏的口气说：

　　"你的字写得不错，平时经常练习书法？"

　　"在洞明镇任武装部干事时经常抽空练习，自从当了乡镇领导后就没空练了。"

　　"这幅字的内容很好，做事就是要有这样的志气和决心。"

　　"现在看着这幅字的内容我感到惭愧，经常都为自己不能实现当初的愿望而内疚。"

　　"我平时听李方成副书记等领导的反映和刚才所看到的情况都不错嘛，你怎么还没有实现当初的愿望呢？"

　　高志强见江书记一点县委书记的架子都没有，把他当作一个好朋友来聊天，便鼓足勇气说道：

　　"原因得从头说起，我在1993年8月担任小成乡的乡长后，不管是在工作上还是在生活上都得到了县领导的关怀和照顾。"他把妻子得到县领导照顾安排工作等情况介绍后说，"小成乡当时是全县最小、最贫穷落后的一个乡，这里不少的领导和干部都想调到县直单位或者其他富裕的乡镇工作。我为了不辜负县领导的关怀和期望，下决心要改变小成乡贫穷落后的面貌，不达到目的绝不主动要求调离小成乡。为了防止我的这一决心只是一时间的心血来潮，过后不付诸行动，我专门把这两句诗写成横幅贴到上面，天天都用它来鞭策警醒自己。"

说到这里，高志强见江书记听得很认真，一点不耐烦都没有，便继续大胆地说下去：

"后来，在县委、县政府的领导和大力支持下，我在当乡长和书记期间带领干部群众进行腐竹之乡、生猪之乡和荔枝之乡的'三乡之乡'建设取得了显著的成效。小成乡1993年的人均收入只有793元，在全县是倒数第一。去年人均收入达到了4882元，翻了6倍多，名列全县第一，比第二名的洞明镇还多26元。今年全乡的腐竹生产和生猪的饲养量都保持着强劲的势头，再加上1993年所种的荔枝已经有些收获了，毫无疑问还可以继续稳居第一名。还有，我先后和乡三家班子领导一起组织成立了小成乡农村合作基金会，安装了程控电话，建了自来水厂，修建了小成圩新大街，建了小成乡卫生院，把原来其他乡镇有而小成乡没有的乡直单位全部建了起来。这次又利用县委、县政府组织'村村通公路大会战'的机会，把乡政府通往各个村委会的道路全部修建好，全部能通汽车，真正达到了'村村通公路'的目的。另外，我还通过组织开展'争当合格党员'活动，把党建工作和实际工作有机结合起来抓，使两者相辅相成，相互促进，把小成乡建成了一个物质文明建设和精神文明建设都比较好的乡镇。"

高志强看见江书记还是专心听讲，还是一点厌烦的情绪都没有，继续说道：

"说句心里话，我在这6年的时间里是努力干活了的，也取得了一些成绩，但是，现在面对这幅字的内容，还是感到惭愧和内疚。原因是大前年乡政府为了保障全乡人民健康，急着要拿钱征地建设乡卫生院。因为乡政府没有其他的钱可用，我坚持把乡政府原来准备用来建乡党委政府办公楼的那笔钱拿去征地，使得乡党委政府到目前还没有办公楼，小成乡恐怕是全县唯一的一个没有办公楼的乡镇党委政府了。个别领导和一些干部职工对此很有意见，经常有一些怨言。我每当听到这些怨言后就感到小成乡还很落后，还没有实现我当时写这幅字的愿望。"

江书记听了高志强这席话后，深深被他的创业精神和劲头所感动，更为他能在如此艰苦的条件下取得那么大的成绩而高兴，用赞赏的语气说道：

"志强书记，你干得很好。你在小乡干出了大业绩，非常不容易。你在这6年的时间里以乡党委政府为家，为小成乡群众办了不少好事，彻底改变了小成乡贫穷落后的面貌。尤其是使小成乡群众的人均收入由原来全县的倒数第一名跃升为全县的第一名。这点十分难得，也最有意义。你的努力和所取得的成绩与这幅字的内容是相配的，我很满意。另外，你在乡政府的利益与群众的利益发生矛盾时，优先考虑群众的利益，忍痛把乡政府原来准备去建乡党委政府办公楼的钱改用去征地建设乡卫生院，作为一个共产党的领导干部就是应该这么做，值得表扬。"

说到这里，江书记停下来又看了一圈高志强的房间，然后才接着说：

"你们的办公条件确实是太差了，我刚才在篮球场上看到你们还没有办公楼后心情就不好，干部职工有些怨言是可以理解的。为了帮助你们改变这种状况，方便小成乡干部职工更好地为群众服务，也为了帮助你非常想实现但还没有实现的愿望，你们原来拿去征地建设小成乡卫生院的那笔钱由我想办法帮你们补回来。你今天就可以着手做建乡党委政府办公楼的工作了。因为物价上涨了不少，如果那笔款补回来后不够用，我还可以适当给你们多补助一些。"

自从完成了修建乡村道路的任务后，高志强就开始筹集资金建设乡党委政府办公楼。他今天下午还到基金会了解经营状况，想再拿些钱回来用，但是为了防范风险，上级要求各乡镇基金会要大幅度增加备用金，所以不能拿了。高志强正在为筹集不到建设乡党委政府办公楼的资金而犯愁。现在突然听到这个惊天的喜讯，他激动得全身热血沸腾，用颤抖的声音说道：

"谢谢！谢谢！我代表小成乡党委政府的全体干部职工谢谢江书记！"

第四十九章　在困惑和着急后被任命为局长

　　王都县这届乡镇党委、人大和政府很快就满期了。跟以往一样,届满后各乡镇三家班子的领导都要进行大调整,尤其是党委书记。管理和用好乡镇领导是县委书记的一项重要的工作,所以,江书记这段时间不管下到哪个乡镇调研或检查工作,只要有时间都会有意识地考察一下有关的领导,为换届时正确任命每个乡镇领导做准备。这时,他觉得工作方面的情况已经了解得差不多了,便把话题转移到考察人员这方面来,亲切地问道:

　　"志强书记,你在小成乡党委的任期快满了,对于下一步的去留问题有什么打算?考虑过吗?"

　　如果没有经过与江书记长时间的交谈,高志强这时肯定会说"听从组织安排"就完了,但是,经过刚才长时间的交谈后,他发现江书记是一个非常和蔼可亲的人,便大胆地把自己内心的想法说出来了:

　　"谢谢你的关心,关于届满后我的去留问题,老实说我是考虑过的。既然你对我这么关心,我就如实汇报,我请求县委把我调到县直单位工作。因为第一,我在乡镇工作的时间比较长了。我已经在乡镇做了3年一般干部,3年党委委员,3年副书记,3年乡长,3年书记。每届3年,我已经做了5届15年乡镇干部了。同时,既在洞明镇这个大镇、富镇工作过,又在小成乡这个小乡、穷乡工作过。第二,我今年已经40岁了,年龄比较大了。现在县委强调乡镇书记要年轻化,应该让年轻人来接班了。以前因为还没有完全实现我到小成乡工作的理想,所以,心里虽然有想法,但是,一直不好意思请求调离。现在你给钱建设乡党委政府办公楼后,我在小成乡想办的事情都已经办好了,理想实现了,没有什么遗憾了。第三,我想有条件照顾一下家人。过去我和老婆孩子总是聚少离多,无法照顾他们,欠他们的太多。我希望今后能有条件照顾他们。至于到县直哪个部门工作的问题，我服从组织的安排，文化、经济、组织和政法等部门都可以。"

江书记听后若有所思地停了片刻，说道：

"去年你在《王都县报》发表的那篇文章《这个决策，好！》，把县委、县政府组织修建乡村道路的必要性和紧迫性说得到点到位，情文并茂，使人印象深刻。听说这篇文章是你在开会时即兴写好的是吗？"

"是的。"高志强听后很高兴地说，"我当时认为县委、县政府组织的这次'村村通公路大会战'，是改变全县尤其是小成乡交通落后状况的绝佳机会，与我平时追求的目标高度吻合，非常兴奋。所以，那天便一边听你作报告一边情不自禁地在笔记本上写了那篇评论文章。散会后，我把写有稿子的那两页纸撕下来拿到《王都县报》编辑室交给值班的编辑，然后就赶回来组织开会向乡三家班子领导传达和贯彻县里的会议精神。没想到《王都县报》的编辑们居然采用了，而且，还登在报纸头版头篇的位置上，谢谢你关心这件小事。"

江书记听后又抬头看这幅字，发现书写艺术几乎达到了书法家的水平，觉得高志强的文化素质很好，平时又喜欢看书学习，管理能力又强，所以，对今后安排他到哪个部门工作以及担任什么职务已经有了他的主意，但他没有露出丝毫信息，说道：

"你的打算我知道了，何去何从等县委考核组下来综合考核后再由县委常委开会集体讨论决定。希望你今后不要松懈，更不要骄傲，在位一天，就要努力把工作做好。"

"请放心，我一定按照你的指示办，在位一天就把小成乡的工作做好一天。"高志强表态说。

"咚！咚！咚！"这时秘书小李敲门进来汇报说：

"江书记！刚才县委办关主任来电话，说田贵市委组织部的周部长今晚来王都县组织召开县四家班子领导会议，传达上级重要文件精神。关主任建议你尽快赶回县委。"

江书记听后即向高志强告辞回去了。

江书记回去不久，新一届乡镇党委、人大和政府换届选举工作就开始了。

县委组织部新上任的张成东部长带队到小成乡进行考核。这时乡党委政府的办公楼已经开始动工建设了，干部职工们非常高兴，个个都对高志强有好感。在民意测评中，他的优秀率达到了前所未有的100%。在进行个别谈话了解情况时，大家对他的评价普遍都是"优秀""可以提拔重用"等。

一天上午，县委别开生面地在中型会议室组织召开了一个干部大会。内容是集中宣布新一届乡镇三家班子领导人员的调整情况。高志强不知道县委会安排自己到什么乡镇或县直单位工作，更不知道今后会担任什么职务。接到通知后，他怀着忐忑不安的心情来参加会议。会议由县委常委、县委组织部的张部长主持。分管政治工作的陈副书记宣读县委关于人事任免的文件，他说：

"同志们！我受县委江书记的委托在这里向大家宣读一份关于人事任免的文件。任马春光同志为县政府党组成员，免去其东升镇党委书记职务；任命林子华同志为人事局党组书记，免去其大坡镇党委书记的职务；免去高志强同志小成乡党委书记职务……"

高志强被免去小成乡党委书记之前和之后没有听到任命他担任什么新的职务疑惑不解。为什么会出现这种情况呢？他一直坐在座位上发呆。散会后，他怀着困惑的心情走出会议室，朝他的摩托车走去。

"高书记！我是县委组织部的何万其，请你马上到我们部长办公室，他找你谈话。"

高志强正想去骑摩托车回家，接到组织部干部科的何科长电话后马上朝张部长的办公室走去。

"高书记！"当高志强在他对面的椅子上坐下后，张部长说："我受县委江书记和陈副书记的委托告诉你一个组织的决定，经县委常委会议讨论，提名你为县文化行政管理局的局长。希望你上任后不要辜负县委和江书记的期望，努力开创文化局工作的新局面，把文化局的工作推上一个新的台阶。另外，和你解释一下，文化局的局长是由县人大常委会任命和公布的。县委刚才在干部大会上对各人任命的职务都是党内职务，只是对县政府和县直成立有党组单位的有关领导进行任命。因为文化局目前还没成立有党组，所以，县委没有对你党内的职务进行任命。"

高志强听后疑虑尽消，和张部长告辞后愉快地去骑摩托车回家。

几天后的一个下午，他和另外5个乡镇书记被通知到县人民代表大会常务委员会的会议室领取任命书。其中，东升镇中山大学毕业的马春光书记被县人大常委会任命为王都县人民政府副县长，高志强正如张部长所说被任命为王都县文化行政管理局局长，其他的3位分别被任命为其他行政管理局的局长。

这次乡镇党委、人大和政府换届结束后，全县一共有16个乡镇党委书记调到县城工作。除了上面的5个外，其他乡镇的书记调上来后都是当副局长甚至是在局下面的二层单位担任领导职务。高志强从全县最小的小成乡调上来后得任文化局的局长，轰动了全县。他看着手中这本红彤彤的任命书非常激动，颁发任命书的仪式结束后，他马上拿任命书赶回家向妻子报喜。张瑞珍看见任命书时，发现自己15年前的"估计"果然成真，比高志强还高兴，深为自己当年没有选错对象而自豪。她立即动手做饭，精心做了几个拿手的好菜进行庆祝，还第一次陪高志强喝完了一大杯米酒。

第二天是星期六，中国于1995年5月1日起实行双休。高志强自从调到小成乡工作后，由于工作忙和路途比较远，很少回方博村老家探望母亲和哥哥们。这天上午，他先到市场买了几个熟菜，然后和妻子一人开一辆摩托车带孩子和菜回方博村老家请母亲和哥哥们吃午饭，向大家汇报自己工作职务的变动情况。母亲和哥哥们都很高兴，同时嘱咐他到城区工作后要谦虚谨慎，努力把工作做好，不要辜负县委、县政府的期望。陈旭东老站长从电视上看到高志强被县人大常委会任命为县文化行政管理局的局长后，专门打电话向他表示祝贺。高志强发短信把自己工作职务的变动情况向袁振东老指导员汇报后，老指导员首先向他表示祝贺，然后要求他戒骄戒躁，努力争取在新的工作岗位上取得更大的成绩，继续争取有更大的出息。

根据国家机构改革的需要，县物资局和粮食局、供销社等单位一样要大量裁减人员。蒙方泰几年前就已经被裁减下岗了，下岗后他一直找不到合适的工作，直到去年才到一家私人企业当保安，年纪轻轻头发就白了一半。大嫂知道高志强被任命为县文化局的局长后，一天晚上吃晚饭时怀着钦佩的心情对公公婆婆和丈夫赞叹说："瑞珍找对象真有眼力！"

第五十章 局长的职务被暂停

星期一上午11点多，县委分管政工人事工作的陈副书记和县委组织部的王副部长代表县委送高志强到县文化局报到。当天下午，高志强就请办公室的肖主任带他到局机关各个股室、下属的文化馆、图书馆和博物馆等单位了解情况，接着又陆续到各乡镇文化站调研。随后，他又同局其他领导和干部分别到田贵市文化局、省文化厅和其他一些兄弟县（市）的文化局参观学习。通过调研和外出参观学习，他发现以前曾经辉煌过的王都县文化局现在已经变成一个烂摊子了，总体上已经全面落后于其他县（市）的文化局了。他为此很着急，决心要尽快改变这种状况。经过深思熟虑后，他决定组织全局干部职工制订一份《王都县文化局向全省先进文化局目标奋斗计划》，力争通过3至5年的努力，从文艺精品创作、群众文化活动、文物保护、图书馆建设、文化市场管理和基础设施建设等方面把王都县文化局建设成为全省先进的文化局。经过一个多月从下到上、从上到下的反复讨论和修订后，这份计划终于制订出来了。8月中旬的一天上午8点，他在局会议室组织全体局领导、局机关各股室的股长、主任和下属单位的正副职领导开会，最后审核一次这份计划。当大家都没有什么意见后，他既庄重又严肃地说：

"同志们！经过全局人员的共同努力，这份《王都县文化局向全省先进文化局目标奋斗计划》今天终于制订出来了。不过，把计划制订出来不是目的，把计划真正落实好才是目的。把计划真正落实好是很困难的，但是，只要我们下定决心，持之以恒不懈努力，就没有过不去的坎。今后大家要树立勇争第一的观念，各司其职，各负其责，互相配合，争取通过3至5年的努力，按照计划的内容和要求切实把我们王都县文化局建设成为全省的先进文化局。大家有没有信心？"

"有！"大家异口同声地回答。

高志强看见大家群情激昂信心满满非常满意。散会后，他既轻松又愉快地回到办公室，决心要以过去改变小成乡贫穷落后面貌的信心和勇气去把这一计划落实好，一定要把王都县文化局建设成为全省的先进文化局，一定要在城区再续自己在小成乡时的辉煌。

"高局长，县委办的同志刚才来电话，叫你马上到县委办，不知道有什么事情。"高志强刚回来把这份"计划"放到一只专门放置重要文件的盒子里，办公室的肖主任就走进来报告说。

县委办设在县委办公楼的三楼，当高志强来到三楼的走廊时，县委办的陶副主任、县纪委的蔡副书记和组织部的郑副部长等领导都在这里。同时，也有其他单位的几个领导。郑副部长手里拿着一叠牛皮信封，他看见高志强后首先低头找到高志强的那只交给高志强。

"里面装的是什么东西？"高志强接过信封后问。

"你自己拆开看就知道了。"郑副部长说。

高志强以为里面装的是文件，马上移步到一边将信封口撕开，想把里面的文件取出来看。谁知，里面装的不是文件，而是一份通知，上面写着"高志强同志：根据县委常委会议的决定，从今天起暂时停止你县文化局局长的职务，请你回小成乡协助乡政府追回你在那里当乡长期间所审批小成乡农村合作基金会借出的至今不能收回的欠款……中共王都县纪律检查委员会、中共王都县委组织部。"高志强顿时懵了，怎么会发生这种事情呢？他感到很委屈，很想打电话向李方成老书记诉说一下，但是，考虑到李方成老书记上个月才刚被提拔到东平县担任县长，现在工作肯定很忙，所以不好意思打。他想了想，给小成乡的黄乡长打电话：

"黄乡长你好！我想告诉你件事情，现在县纪委和县委组织部根据县委常委会议的决定，突然通知我回小成乡协助乡政府追回我在那里担任乡长期间签批农村合作基金会借出的款，请问小成乡基金会是不是出事了？"

黄乡长这时正在房间里看基金会有关的资料，听到高志强的电话后，马上放下资料说：

"老书记你好！不但小成乡的农村合作基金会出事了，而且，全国所有的农村合作基金会都出事了，你不知道吗？"

"隔行如隔山，"高志强说，"我于今年5月中旬就调到县文化局了，为了把工作做好，不得不全身心投入工作，根本无暇顾及基金会的事情。全国农村合作基金会出了什么事情？请你告诉我一下好吗？"

"不过，你不知道也不奇怪，因为事情发生得太突然，太快了。"黄乡长说，"既然这样，我就把前段时间我去参加农村合作基金会整顿培训班学习和后来参加各种会议所了解到的情况向你全面汇报一下，全国的农村合作基金会都是单打独斗，没有统一的管理制度和统一的备用资金，防风险能力很差。这些你是清楚的，各个基金会在成立之初都是风风火火的，经营得很顺利，但是，过了若干年后就运转不正常了。主要原因是借出去的款不能收回来，造成入不敷出，没钱退还群众的股金。群众因为要不回股金，天天到基金会和各级政府上访甚至闹事，危害了农村生活和政治稳定。为此，党中央、国务院派出了'清理整顿农村合作基金会工作小组'有重点地到全国各地调查了解农村合作基金会的经营情况。他们从调查中发现，农村合作基金会普遍存在比较严重的问题，必须要进行整顿，拟写了《清理整顿农村合作基金会工作方案》上交党中央、国务院。今年1月，国务院办公厅转发了清理整顿农村合作基金会工作组的这一方案，正式宣布全国统一取缔农村合作基金会。该方案强调，'为了有效防范和化解金融风险，保持农村经济和社会稳定，党中央、国务院决定对农村合作基金会进行全面清理整顿……清理整顿的目标任务是，停止新设农村合作基金会；现有的农村合作基金会一律停止以任何名义吸收存款和办理贷款，同时进行清产核资，冲销实际形成的呆账，对符合条件的并入农村信用社，对资不抵债又不能支付到期债务的予以清盘、关闭……要求各地必须按'方案'对农村合作基金会进行全面清理整顿。

"我们安南省委、省人民政府根据党中央、国务院清理整顿工作文件精神，结合安南省的实际，制定了《安南省清理整顿农村合作基金会实施方案》以及有关配套文件，成立了省清理整顿农村合作基金会工作领导小组，于今年7月中旬正式开始组织对全省的农村合作基金会进行整顿，开始停止吸收新股金。

"我们王都县委县政府根据省委省政府的文件精神和本县的实际，于今年

7月底开始对全县农村合作基金会进行清理整顿，不再吸收新股金，也暂时不退还旧股金。各乡镇的群众因为无法领回基金会的股金，经常到乡镇政府甚至到县政府上访，使全县的工作无法正常开展，还随时都有可能爆发社会治安的大问题。县委、县政府为了维护社会稳定，在处理基金会的问题上采取了一系列措施，凡是单位或干部职工个人在基金会有借款的要限时还清，否则，一律进行组织处理；凡是单位的干部职工担保他人到基金会借款，被担保人没有还款的，担保人要及时帮助还清借款，否则，一律进行组织处理；凡是原来在乡镇时审批有借款的县直单位领导，一律停职回原乡镇政府帮助基金会追款，如果能完成县委、县政府规定的追款任务的就复职，假如不能完成任务的要追究责任；凡是在基金会有贪污受贿行为的，一律要从速从重查处……老书记，到目前为止，我所了解到的情况就是这些。"

"原来是这样，谢谢你！再见！"

高志强在县委办的走廊里待了一会儿后沮丧地走回文化局。刚到几分钟，县委的陈副书记就带着组织部的王副部长匆匆来到。陈副书记叫高志强马上集中局机关的全体干部职工开会，高志强随即安排办公室的肖主任通知大家来局会议室坐好。这时，下班的时间快到了，陈副书记到主席位坐下后不让高志强主持，直接说道：

"同志们！我代表县委宣布一个决定，从现在起暂时停止高志强同志县文化局局长职务，安排他回小成乡政府协助政府追回他以前当乡长期间所审批小成乡农村合作基金会借出的至今不能收回的欠款。今后文化局的日常工作暂时由龙副局长主持……"

他宣布完后不要任何人送行，和王副部长一起又匆匆地走出会议室。

陈副书记和王副部长走后，大家都用异样的目光看着高志强。高志强这时不方便和大家说什么，见下班的时间到了，强忍着内心的憋屈，默默地走出会议室，去骑摩托车回家。

第五十一章　　"屋漏偏逢连夜雨"

乡党委政府组织征地建设乡卫生院时，小半仙唆使几户亲属伙同自己一起进行抵抗，不让乡党委政府把乡卫生院建起来。高志强后来依靠全乡群众的力量，对他们用"以民治民"的方法征地。他和他的几户亲属不得不把土地转让出来，而且还让他在全乡群众代表面前出了丑。他为此对高志强非常有意见，伺机报复。上次小成乡党委政府组织群众集资修建乡村道路时，他因为以前曾经听他在县委办工作的侄儿说过中共中央、国务院下发了一份关于减轻农民负担方面的文件（具体内容他一无所知），猜想这种做法是增加农民负担，于是就给省纪委写检举信。目的是让高志强受到纪律处分，甚至被撤职。但是，后来乡党委政府改变了集资方法，新的方法没有违反中共中央、国务院关于减轻农民负担方面文件的规定，所以，高志强没有受到纪律处分，更没有被撤职，他感到很遗憾。这次小成乡基金会出问题后，小半仙又觉得这是报复高志强的良机。他不问青红皂白，认为田螺都是吃泥的，猫都是吃腥的，人都是贪钱的。高志强当乡长时，在小成乡基金会一手遮天，说一不二，不可能不贪污。还有，他大笔一挥就可以把几万元甚至几十万元款借出去，肯定有受贿的行为。再说，前几届乡党委书记届满后没有一个当局长，就他当了。如果不是在基金会贪污受贿，然后拿去买官，他这三寸丁哪有局长当？现在基金会没有钱退还给股东，肯定和他以前贪污受贿有关，于是，他在乡里逢人便说高志强在小成乡当乡长期间在基金会贪污受贿了几十万元去买官当，造成基金会亏损，无法退还群众的股金。群众听后一传十十传百，很快在全乡传开。不但如此，小半仙还将他的臆想写成检举信，以小成乡群众的名义分别寄给县四家班子的有关领导，要求领导尽快派人下来查处高志强，给小成乡群众一个交代。

　　县委江书记原来很赏识高志强，高志强就是因为得到他的赏识而当了县文化局局长的。在高志强上任两个多月后的一天上午，江书记收到了小成乡群众的一封检举信，说高志强以前在小成乡当乡长期间在基金会贪污受贿了几十万元。他非常气愤，决定把高志强列为全县头号的查处对象，立刻打电话叫县委常委、政法委张信华书记迅速组织并带领一个工作组下去结合协助乡政府做好追款工作并进行核查。一旦查出证据，马上将高志强逮捕法办。

　　张信华书记也收到了一封相同的检举信，也认为应该对高志强进行查处。听到江书记的指示后，他立即分别从县法院、检察院、公安局、纪委、组织部和审计局等单位抽调了10多个干部组成了一个工作组。他亲自担任组长，副组长分别由人民法院的杨国灿副院长和检察院反贪局局长周光全担任。

　　高志强被停职的当天下午3点半就被通知到小成乡政府参加追收基金会欠款工作会议。

　　这个会议在小成乡党委会议室召开，参加会议的人员有县工作组的全体成员，乡三家班子的全体领导，小成乡农村合作基金会的全体人员等。张信华书记首先讲话，他把工作组下来协助乡政府追收基金会欠款的目的、要求和纪律讲清楚后瞥了一眼高志强，然后加重语气说：

　　"高局长！你从今天起以后每天都要按时来积极追回你原来在基金会审批借出的欠款，否则，就地免职！"

　　这句话在县委常委、政法委书记的嘴里讲出来，分量非同一般。高志强的形象顿时矮了一大截，与会的许多人尤其是现任的乡党委书记赖金荣用鄙视的目光看着他。

　　高志强听了张信华书记这句话后非常气愤，心想，我又没有做错什么事情，你怎么能在会上用这种态度和我说话呢？他很想理论，但是，想到在这种场合是不应该和领导理论的，于是，忍气吞声了下来。过了片刻，他又觉得既然领导对自己提出了这样的要求，自己如果不回应一下也不好，于是说道：

　　"张书记，我一定按照你的指示办事，今后每天都按时来积极做追款工作。请问今后我是和工作组以及基金会的人去追款呢？还是单独去追回我原来签批借出的款呢？"

　　"这要看情况，需要你随同工作组和基金会的人一起去时，你就一起去；

需要你单独去做追款工作时，你就单独去。"张书记说。

"既然这样，为了有利于我单独去做好追款工作，我请你指示小成乡农村合作基金会的同志把我以前签批基金会各笔借款的有关报告、会议记录和原来小成乡三家班子领导讨论制订的小成乡农村合作基金会借款审批制度等资料复印一份给我。"

"不行！基金会的资料不能够复印给你。"赖金荣在张信华书记还没有做出回答之前就说。

今年乡镇党委、人大和政府换届时，因为工作需要，原小成乡的蒋乡长调到新界镇党委任书记了。原来分管政工的黄振成副书记升任小成乡的乡长。赖金荣原来是县财政局的副局长，他被调到小成乡党委任书记后，认为自己是明升暗降，心里很不爽。上任不久小成乡基金会就被迫清理整顿，各方面工作都受影响，很难推进，心里更烦。后来，他听人说高志强在小成乡当乡长期间在基金会贪污受贿了几十万元去买官当，造成基金会亏损，无法退还群众的股金。为此，他对高志强非常有意见，希望高志强能早日受到法律的制裁。刚才听了张信华书记的话后，认为高志强很快就会被追究责任了，他很高兴，但是，当高志强提出要一份基金会的有关资料时，他很着急，担心高志强得到这些资料后会和那些借款对象和其他有关人员串通，逃避处罚。于是，在张信华书记未作出答复之前，他便抢先表明态度。

"赖书记！请问为什么不能复印一份基金会的资料给我？"高志强问，"时间已经过去好几年了，如果不复印一份给我看，我怎么知道我以前签批了什么借款呢？知道去向谁追收欠款呢？知道各个借款人有些什么抵押物或担保人呢？"

对于高志强的发问，赖书记不屑一顾，阴阳怪气地说道：

"你要基金会这份资料是为了有利于工作吗？事到如今，我劝你还是老实一点吧！"

刚才听了张信华书记那句话后，高志强就憋着一肚子气。赖书记现在又含沙射影，认为他是一个犯罪嫌疑人。他再也抑制不住心中的怒火，"啪"地拍了一下面前的茶几，站起身子，双手叉腰，怒目圆睁，盯着赖书记大声吼道：

"赖书记！请你把话讲清楚点，不要含沙射影，什么'老实一点'，你是不是怀疑我在小成乡当乡长期间在基金会有贪污受贿的行为，要一份资料的目的是方便串通，逃避责任？"

看见高志强瞬间变成这个样子，赖书记先是吃惊，怀疑自己讲错了话，但后来想，这段时间社会上经常有人说高志强在小成乡当乡长期间在基金会贪污受贿了几十万元去买官当，尤其是小半仙，见自己一次就说一次。还有，他贪污受贿的事估计也传到了县领导那里，否则，张书记刚才也不会用那样的态度和语气对他说那样的话。无风不起浪，现在他想装出一身正气、大义凛然的样子来显示自己清白，我才不吃他这一套。想到这里，赖书记也站起来大声说道：

"贪污受贿这话是你说的，我没有说。至于你有没有贪污受贿的行为，你自己心知肚明，反正你现在想要基金会的资料，我就是不同意给。"

"你简直就是个无赖！"高志强更加恼火地说，"现在有县委的领导在场，有公安局、检察院和法院等单位的领导和干部在场，请大家评一评，我为了工作，要求基金会复印一份相关的资料给我，这个要求合不合法？有没有理？过不过分？"

张信华书记看见高志强一身正气、大义凛然的样子，心里想难道检举信上所反映的内容失实？如果真是失实，自己刚才用那样的态度和语气对他说那样的话就有些过分了，今后要慎重。说道：

"高局长！赖书记！请你俩坐下。关于基金会的资料是否复印一份给高局长的问题，会后再个别问题个别处理。现在我先部署一下今后的工作任务，从明天开始，小成乡党委政府要把追收基金会到期的借款列为重中之重的工作来抓，工作组要积极做好配合，要尽最大的努力把基金会到期的借款追回来还给群众，维护社会稳定。我明天要到省委党校参加培训班学习。今后县工作组的工作由杨国灿副院长和周光权局长具体组织开展。大家要服从安排，积极把工作做好。"说到这里，他见高志强和赖金荣虽然已经坐下来了，但是，还是怒目圆睁，估计再开下去，他俩又会吵起来。这对今后工作很不利，赶紧宣布，"今天的会议就开到这里，散会！"

杨国灿副院长和周光全局长出于职业的习惯，这次到小成乡参加追款工作会议时，一进入会场就密切地注视着高志强的一举一动，想从中获得一些他有贪污受贿行为的信息。可是，高志强刚才在会上的各种表现把他俩给弄糊涂了，他俩想要的信息一点都没有。

"周局长！请过来一下。"散会后，杨国灿邀请周光全局长移步到会议室外面的走廊小声说，"高局长刚才那满身正气、大义凛然的样子根本不像是个有贪污受贿行为的人。不知是他伪装出来的，还是真实的。为了尽快揭开谜底，我想马上对他展开调查核实工作，等一下就查封小成乡基金会的账户。"

"我也有同感，我完全赞成你的意见。"周局长说。

他俩经请示张信华书记同意后一起来到高志强跟前，杨国灿副院长说：

"高局长，我们还要做一些其他的事情，要晚一点才回去，请你自己先回去吧。"

高志强随即去骑摩托车返回城区。因为在会上先后受到了张信华书记和赖金荣书记的不公平对待，他一直窝着一肚子气，闷闷不乐地骑着车。到了半路，天边出现一大片黑云。云的上端是灰白色的，下面则黑得可怕。"乌头风，白头雨"。高志强当年在王都县"五七劳动大学"读书时学过一些气象学的知识，知道一场倾盆大雨将至。他没带有雨衣，当发现前面路边有一家小饭店时，随即加大油门到里面去避雨。

他刚进去不久天就开始下雨，而且，越下越大，狂风大作，没有停止的迹象。他从小成乡政府回来时心情就不好，现在被大雨困在这里更加愁闷。他坐到饭店的一个角落处点了一碟菜，要了1斤50多度的特制米酒大口大口地喝，想借酒消愁。过了一会儿后，他就不知不觉地伏在饭桌上睡着了。直到晚上10点多，老板要关门时才把他叫醒。他付了饭钱后醉醺醺地骑车回家，在酒精的作用下，他骑车的速度特别快。当经过一段烂泥路时，前轮突然向左边打滑，他从右边摔了下去。在摔下去时头部恰好撞到路边一棵马尾松的树干，瞬间晕厥过去。他像一头死猪一样躺在路边。摩托车熄了火，车身压在他右腿的膝盖上。他从饭店出来时已经不下雨了，但是，这时又重新下起了大雨，而且雷电交加。雨点，密密麻麻地打在他脸部的伤口上；雷声，一个接一个地在他的上空炸开。过了一会儿，他苏醒过来了。他忍痛把右腿从摩托车底下挪出，吃力地站起来，找到头盔带上，把摩托车立起，重新打着火，继续骑回家。上到二楼后，他没有拉灯，本能地把全身又脏又湿又臭的衣服脱下甩到一边，随即躺到地板上，很快就睡着了。

　　高志强平时因工作和应酬多，晚上经常都是11点之后才回家的。妻子早已习惯了他这种生活。今晚像往常一样，吃了饭，洗了澡，照顾好孩子休息后就上床睡觉了。因为高志强今天和以往不同，是怀着不好的心情下乡开会的，不在城区，所以，她特别挂念，只是躺下，有意不让自己睡着。听到高志强开门进入客厅后，她以为高志强会像以前那样先去洗澡，然后进房间睡觉。但是，她发现高志强今晚表现异常，进屋后灯也不拉，过了一会儿后就没有动静了，赶快起床从房间里走出来拉着灯，看是怎么回事。这时，她看见高志强赤条条地仰睡在地板上，额头和脸颊都是血，右腿的膝盖又黑又肿，急忙用家里的备用药水帮他清洗伤口，涂上药膏。然后去拿毛巾打半桶热水来帮高志强擦拭身体，把那些又脏又湿又臭的衣服捡起来放到一只塑料桶里，拿抹布来把地板擦干净。她自始至终动作都很轻，生怕把睡在另一个房间的两个孩子弄醒。事毕，她想把高志强抱回房间的床上睡，但是，因为酒醉人的身体特别沉，怎么抱也抱不动，只得拿睡衣来慢慢帮高志强穿好，拿薄被来盖上，拿一只枕头来给高志强垫好，让高志强继续在地板上睡。

　　高志强第二天天亮醒来时，觉得全身疼痛，昏昏沉沉的，右腿稍微挪动一下就疼得要命，额头和面部又痛又辣，头顶肿起了一个大包，又麻又痛。这时他知道自己昨晚摔跤了，但是怎么想也想不起自己是在哪里摔了跤，更想不起自己摔跤后是怎么回到家里的。失去记忆后还能把车骑回家，他觉得这是一种奇迹，不可思议。后来他慢慢爬起来，一瘸一拐地来到卫生间的镜子前，想看看自己的脸伤得怎么样。他看见额头和两颊涂满了药膏，想去找棉花来把药膏擦掉看到底伤得有多深。这时被妻子发现，妻子走过来不但不让他动，而且，还去拿药膏来重新涂了一次，嘱咐他去吃早餐，样样安置好后才去上班。高志强按照妻子的嘱咐先去吃早餐，然后慢慢下到一楼去看那辆摩托车坏成什么样了。只见摩托车的前轮盖板已经翻转了过来，车头歪着不能摆正，头盔顶已撞花，挡风板已破碎。他试着去把摩托车打着火，弄了老半天不管是按电瓶开关还是踩脚踏板，都没办法打着，只得吃力地推去附近摩托车维修店找师傅维修，花了700多块钱才把车修好。

　　"屋漏偏逢连夜雨，船破又遇顶头风。"高志强因为被停职，被张信华和赖金荣书记不公平对待，心里已经很难受了，现在又因为发生车祸全身受伤，更是苦不堪言。他很想在家里休息休息，但是，为了执行张信华书记的指示，他不得不带着伤痛，继续骑摩托车赶去小成乡政府参加追款工作。

第五十二章 过着"囚犯"般的生活

杨副院长昨天下午叫高志强自己先回家时，没有要求他今天几点钟要到乡政府。高志强今天带伤赶到时才9点多，但是，一个县工作组的人都没有。他到办公室问小徐知不知道县工作组的人去哪里了，小徐说不知道。高志强又去找基金会的人，也找不到他们。给他们打电话，他们也不接。后来，高志强直接打电话给杨副院长：

"杨院长好，我是高志强。我已经到小成乡政府了，请问今天我是和你们一起去追款还是我单独去追款？"

"你现在既不要和我们一起去做追款工作，也不要自己单独去，每天就到乡政府待命就行了。什么时候安排你去做追款工作，我们会通知你的。"

怎么又是这样不公平地对待我呢？高志强很想向杨副院长问明原因，但是，考虑到自己现在身体受伤，脸相难看，走动不便，决定暂时忍着点，根据安排在乡政府里待命。他请小徐中午多做一份饭，便在办公室里看报纸杂志了。吃了午饭后继续看，下午下班时间到了就骑车回家。他本以为待命几天就可以去做追款工作了，没想到十几天过去了，还没有人通知他去。这时，他才意识到有些不对劲。一天下午，他在办公室把新到的报纸和杂志看完后，没有什么事做，独自走出外面的走廊闲逛。心想，自己和张信华书记、赖金荣书记和杨副院长无冤无仇，他们为什么都对自己有偏见，都用不公平的方式对待自己呢？是不是有人在社会上散布谣言，写黑材料诬告自己，说自己以前在小成乡基金会有贪污受贿的行为？估计是，自己以前在小成乡工作了那么长时间，组织办了那么多实事，肯定会得罪人。那些人可能会趁着基金会出事之机在社会上造谣并写黑材料诬告自己，进行报复。张信华书记等三人可能是听了谣言或者是看了黑材料后信以为真，认为自己是一个"犯罪嫌疑人"，所以，才这样对待自己，歧视自己。还有，从各种信息看，他们不但歧视、"软禁"自己，让自己在这十几二十天里过着"囚犯"般的生活，甚至已经对自己"犯罪"的事实进行调查了。杨副院长这段时间说不定就是带队去搜查自己的"犯罪证据"的。不行，绝不能让陷害自己的人的阴谋得逞，必须把事情的真相写出来向县领导汇报。他快步走回办公室给杨副院长打电话：

"杨院长你好！我已经在小成乡政府待命十几二十天了，很无聊。请你叫小成乡基金会的人把我以前签批的各笔借款的资料、会议记录和原来小成乡三家班子讨论制订的小成乡农村合作基金会借款审批制度等复印一份给我看，让我有事做。"

杨院长沉默了几秒后说道：

"这样吧，我帮忙协调一下，尽量满足你的要求。"

第二天下午，高志强像往常一样，坐在办公室的沙发上看报纸杂志解闷。副乡长兼基金会的新主任蒙开进拿着一个大纸袋走进来，说：

"高局长，在杨副院长的协调下，赖书记和黄乡长叫我复印一份基金会的有关资料给你。里面有你原来签批各笔借款的资料，签批各笔借款前的会议记录和基金会借款审批制度等。你看还差什么，告诉我，我再去复印来给你。"

高志强翻阅了一下，发现这些资料犹如及时雨，正是他目前需要的资料，而且很齐全，非常高兴，诚恳地向蒙副乡长兼基金会主任表示感谢。

蒙副乡长走后，高志强便详细地阅读这些资料。因为条件反射，他想起小成乡农村合作基金会当年是何等辉煌，为小成乡的"三乡之乡"建设和乡政府兴办各件实事发挥了巨大作用，没想到现在变成了这个样子，感到很痛心。而此时更让他感到痛心的是，当年自己因为履行职责签批了基金会的一些借款，现在居然被怀疑、误会，甚至被"软禁"起来。想到这里，他决心以最快的速度把事实的真相写出来，并报告给县领导。从此，他每天来了小成乡政府后就到小徐那套房子里写报告，晚上回家又继续写。几天后，他就把一篇长篇报告写出来了：

关于我签批和追收小成乡农村合作基金会借款情况的报告

县委、县政府：

我是县文化局的高志强，这段时间我按照县纪委和县委组织部的通知，回到小成乡政府协助追收当年我签批的借款。现将我1993年至1996年在小成乡任乡长期间代表小成乡三家班子领导签批的基金会各笔借款和这次回去追收借款的情况报告如下。

一、我签批各笔借款的经过

根据小成乡基金会同志的统计，我1993年至1996年在小成乡任乡长期间代表小成乡三家班子领导签批基金会的借款共有36笔合计203万元。现将签批各笔借款的经过简单汇报如下：

第1笔：签批20万元借给梁坚勇的经过，1994年3月10日上午，乡党委容万程书记根据副乡长兼基金会主任张碧兰的请求，组织乡三家班子领导集中到乡党委会议室开会。会议的内容主要是讨论基金会要不要借出一笔款的问题。张副乡长说："基金会目前有一百多万元股金积压，这些股金都是以一分半股息和分红吸收进来的。如果不及时借一部分出去，每天要亏本近千元。"接着，她介绍了目前想来小成乡基金会借款做生意的一个老板的情况。她说："这个老板叫梁坚勇，是东江县人。五年前他到王都县城区开办了一个'东江茶厂'。前天他拿报告来请我们基金会借款40万元回去做扩大企业生产之用。昨天我和苏炳生信贷员一起到他的厂子调查，发现他的茶厂生意红红火火，产品产销两旺，有不少房屋和设备，还有两辆小汽车。他准备用一栋价值60万的房屋作为抵押物。这抵押物富富有余，所以，我们基金会的人认为这笔款是可以借给梁老板的。"张副乡长说到这里，把梁老板的借款报告和基金会的调查报告拿出来给大家看。基金会的全体人员都在调查报告上写了同意借款的意见，并分别签了名。这笔款是小成乡基金会成立半年多来，乡三家班子全体领导按照小成乡农村合作基金会审批制度的规定集中讨论的第一笔也是最大的一笔借款。我当时心有点虚，不敢一下子就借40万给梁老板，所以，我在会上建议这次先借20万元给他，剩下20万元待以后看情况再定。借款的时间也不要借两年，只能借一年。其他领导听后都同意我的意见，容书记最后拍板按我提的意见办理。于是，我按照小成乡基金会借款审批制度的规定，代表乡三家班子领导集体在基金会人员所写的调查报告上写上了"经乡三家班子全体领导成员开会讨论，同意借款贰拾万元"的意见，并签上了我的名字（这个老板后来由于多种原因茶厂亏本，我们就再也没有借款给他了）。第2笔，签批5万元借给杨焕军的经过……第36笔，签批7万元借给刘开生的经过……

二、需要特别说明的几个问题

第一，我是因为职责所在而不得不签批各笔借款的。王都县的农村合作基金会没有统一的借款审批制度，各乡镇农村合作基金会的借款审批制度都是自行制订的。其中，小成乡基金会主要的借款审批制度是："……借款10001至50000元的，经基金会全体人员和乡三家班子主要领导开会讨论同意后，由理事长（乡长）签批……"具体看附件一《小成乡农村合作基金会借款审批制度》。这说明我在基金会签批的各笔借款纯属是履行乡长的职责，是不得不签批的。借不借款不是我一个人决定的，是集体开会讨论决定的。我只有签批的权力，而没有审批的权力，借款的责任不应该只由我一个人负责。

第二，我没有违规签批借款。我签批的各笔借款，不但符合小成乡基金会的借款审批制度，而且，全部都是经过相关人员集体开会讨论同意后才签批，都是经过基金会人员去调查认定有足够的抵押物或担保人后才签批，都是在基金会人员所写的调查报告上签批而没有在借款人的借款报告上签批，具体看附件二《高志强签批各笔借款会议记录》、附件三《高志强签批各笔借款的抵押物或担保人》、附件四《小成乡农村合作基金会借款报告集》和附件五《小成乡农村合作基金会调查报告集》。我所签批的借款全部都是符合规定和要求的。

第三，我没有在签批借款中获取过任何人的任何好处。从上述我签批各笔借款的经过可知，每笔款都是基金会主任拿借款人的借款报告和基金会人员的调查报告找到相关领导，然后由容书记召集有关人员集体开会讨论同意借款后，我就当场代表乡三家班子领导签批的。在签批前，我都没有和借款人见过面，到现在都不认识他们，所以，我在签批各笔借款中没有从中捞取过任何人的好处，更没有受贿和索贿的行为，这点小成乡基金会的人可以作证（顺便汇报一下，我以前在小成乡农村合作基金会不但没有在签批借款中获取过个人的任何好处，而且，也没有任何贪污的行为。这点通过核查基金会的账户和询问基金会的人就可以知道）。

第四，我这次回小成乡没有追回一分钱的借款。这次县纪委和县委组织部通知我回到小成乡协助追收当年我签批的借款，并明确了要追回多少款，但是，在这里我不得不汇报清楚，到目前为止我一分钱也没有追回来。为什么会这样呢？因为我自从回到小成乡政府，工作组的领导一直都是安排我在乡政府待命，既不让我和工作组的人去追款，也不让我自己单独去追款，真不知道工作组的领导为什么要这样安排我。

三、两点要求

第一，希望县委县政府能够客观地、实事求是地看待、处理我当年签批小成乡基金会借款的问题，不要把不应该由我一个人负的责任，硬让我一个人负责。第二，希望能够尽快安排我去参加追款工作。

县文化局：高志强

一九九九年九月二十一日

把报告写好后，高志强把它和相关的附件资料复印成一式若干份，然后，找来若干只大信封，分别把每份报告和《小成乡农村合作基金会借款审批制度》等5份附件资料一起放到信封里，再通过各种途径分别送给县委的江书记、县政府的吴县长以及县四家班子的其他有关领导。

第五十三章　再出发

"杨院长，周局长，请问你们对高志强局长在小成乡基金会贪污受贿的情况调查得怎样了？听说你们至今还安排他在乡政府待命，没有安排他去做追款工作，这是怎么回事？"一天下午，县委的江书记在县委常委会议室里向他俩询问。

江书记先前安排张信华书记带领一个工作组去核查高志强贪污受贿的情况，要求一旦查出证据马上将高志强逮捕法办。但是，时间已经过去了近一个月，张信华书记和工作组的其他领导还没有向他汇报过查处高志强贪污受贿的情况。更出乎他意料的是，今天上午县委办的小钟给他送来了《关于我签批和追收小成乡基金会借款情况的报告》和附件。他看后很疑惑，到底是群众检举信里所写的是事实呢？还是高志强自己所写的是事实呢？为了快速弄清真相，他决定马上通知小成乡工作组的领导下午回来汇报核查的情况。因为组长张信华书记到省委党校参加培训班学习还没有回来，所以，通知杨副院长和周局长两个副组长回来汇报。为了方便事后马上讨论决定有关的问题，他叫县委办通知吴县长和其他所有在家的县委常委一起来听汇报，汇报地点定在县委常委会议室。

杨副院长是这次小成乡工作组的第一副组长，平时的工作都是他组织的，所以，当听到江书记的询问后，他首先主动汇报，说：

"尊敬的江书记、吴县长、各位领导！关于核查高志强局长原来在小成乡担任乡长期间是否有贪污受贿的行为，我前几天已经用电话向组长张信华书记做了详细汇报。听说他再过几天就回来了，我原计划是等他回来后由他向你们汇报的。既然你们找我和周局长来询问，我就先将核查到的情况如实地向你们汇报。"

　　说到这里，杨副院长清了清嗓子，做好了长时间汇报的准备，然后才继续说道：

　　"张信华书记在带队去小成乡政府组织召开追款工作会议前曾经私下告诉我和周局长，说有群众检举高志强局长在担任小成乡乡长期间，贪污受贿了几十万元，造成了基金会亏损，无法退还群众的股金。叫我俩下去后结合协助乡政府追收基金会欠款进行秘密核查，一旦找到确凿的证据，马上将他逮捕法办，以平民愤。我俩接受任务后，下午就利用和高局长在一起开会的机会有意识地观察分析他的一举一动，想从中得到一些他有贪污受贿行为的信息，但是，他在会上始终都是一身正气，大义凛然，根本不像是一个有贪污受贿行为的人。不知他这个样子是伪装出来的，还是真实的。为了尽快揭开谜底，散会后，我和周局长经请示张信华书记同意后，决定马上对他是否有贪污受贿的行为展开调查，立即查封小成乡基金会的账户。"

　　说到这里，他拿起茶杯喝了一口茶，然后才继续说：

　　"我叫高局长自己先回家，并安排公安局技侦大队的同志监听他的电话。接着，我们工作组的同志在小成乡书记、乡长的支持和配合下查封了基金会的账户和其他有关的资料。我和周局长还分别找基金会的人谈话，鼓励他们检举揭发高局长在小成乡担任乡长期间的贪污受贿行为。没想到他们个个都说高局长在担任乡长期间在基金会没有贪污受贿行为。首先是不会有贪污行为，因为基金会从成立以来的账目都很全面，很正规，很清楚（经我们工作组的有关人员审查，确实没有任何可疑之处）。其次是不可能有受贿行为。原因是借款人的借款报告是交给基金会的，借款人的借款条件是基金会的人去调查的，各种借款手续是基金会的人负责办理的。在借款的问题上，高局长当年作为乡长只是按借款审批制度的规定和基金会以及乡三家班子的有关领导一起参加开会讨论而已。如果会议决定同意借款，他就按照借款审批制度的规定代表乡三家班子领导在基金会所写的调查报告上签字同意借款，让基金会人员去办理具体的借款手续；假如会议决定不同意借款，他就叫基金会的人和借款人讲清楚原因。他平时除了配合容书记积极完成县委县政府安排的工作任务外，就是去组织办实事，兑现乡政府在乡人大会上许下的诺言，从来没有时间和借款人见面，也不认识借款人。既然不认识借款人，没和借款人见过面，怎么可能会有受贿行为呢？"

"基金会的人说高局长不认识借款人，不等于他真的不认识，因为他还可以通过其他的渠道去认识。"江书记插话说。

"关于基金会的人说高局长不认识借款人的问题，刚开始我们也不相信，"杨副院长接着说，"第二天一早我们就从高志强所签批的36笔借款中随机选择了5笔出来，叫基金会的人带我们找借款人核实，当我们问到他们是否认识当年借款时的乡长高志强时，他们都说不认识。至此，我们认为高局长是真的不认识借款人的，他确实是没有受贿行为的。我打电话将情况向组长张书记做了汇报，问他还有没有必要对高志强受贿的情况进行核查。他说不要轻易冤枉一个好人，也不要轻易放过一个坏人，叫我们对其他的31户借款人全部进行核实，看他们是否真的都不认识高局长。这样，我们又花了10多天的时间进行核实，结果和前5户人一样，他们个个都说不认识当年签批借款给他们的高志强乡长。这段时间高局长天天都按时回小成乡政府待命，没有时间和借款人串供。公安局技侦大队的同志也说这段时间没有发现高志强和借款人有过通话。通过前段时间全面而细致的调查，我们得出的结论是高局长在小成乡当乡长期间在基金会没有贪污受贿的行为。他那天在会上一身正气，大义凛然的样子是真实的。"

江书记原来一直都是绷着脸听杨副院长汇报的，这时，他无意识地点了点头，变得很从容，吴县长和其他县委常委也都有同感。

"杨院长！"江书记说，"下面请你回答我刚才问的第二个问题，听说你们至今还安排高局长在乡政府待命，没有安排他去做追款工作，这是怎么回事？"

"情况是这样的。"杨副院长说，"第一，我们到小成乡工作的一个重要任务是调查清楚高局长是否有贪污受贿的行为，如果安排他去做追款工作，不管是安排他和我们一起去还是安排他自己单独去，都不利于我们完成这一重要任务。第二，那次追款工作会议后我安排他自己先回家，他第二天上午回到小成乡政府时神情沮丧，满脸受伤，涂了很多药膏，走路一瘸一拐的。那天下午下大雨，估计他是在骑摩托车回家的路上摔的。我们平时虽然没有和他见面，但是，他每天的一举一动，我们都通过秘密的途径了解得一清二楚。"

江书记、吴县长和其他县委常委听后都不约而同地点了几下头，表示杨副院长他们的做法是对的。

"到现在为止，你们的追款工作开展得怎样了？成绩如何？"江书记接着问。

"我们的追款工作总的来说还算顺利，成绩很满意。"杨副院长说，"由于高局长当年签批各笔借款的抵押物都比较充足，所以，借款人无法赖账，有条件还款的都尽量还了，到目前止已经追回本金65万多了。有些一时无法还的，都按规定并入了小成乡农村信用社。还有，由于小成乡基金会当年出资兴建了一个自来水厂。这个厂现在每年都有近10万元的利润收入，小成乡农村信用社对此非常高兴。到目前为止，小成乡工作组已经圆满地完成了这次县委、县政府交给我们所有的工作任务。"

江书记、吴县长和其他领导听到这里都露出了满意的微笑。

"最后，我提一点建议。"杨副院长继续说，"事实证明，高局长在小成乡担任乡长期间在基金会没有贪污受贿的行为，这次又能按照要求天天按时到乡政府待命。他虽然没有去做追款工作，但是，我们追款工作的成绩应该有他的一份，所以，我建议县委应该尽快恢复他的职务，让他回文化局工作。我就汇报到这里，说得不周到的地方请周局长补充。"

"我说两点，"周局长说，"第一，刚才杨副院长所汇报的内容都是事实，我完全赞同。第二，我也赞成杨副院长的意见，尽快恢复高志强同志局长的职务，让他早日回文化局工作。"

杨副院长和周局长汇报结束后，江书记便叫他俩回去。接着，江书记就是否应该尽快恢复高志强县文化局局长职务的问题征求了在座各位领导的意见。

9月底的一天上午10点多，陈副书记和王副部长又来到县文化局会议室组织局机关的全体干部职工开会，代表县委宣布恢复高志强文化局局长的职务。散会后，其他的干部职工分别回自己的岗位办公。高志强热情地送陈副书记和王副部长到楼下，待他俩走后才回三楼文化局。他虽然回来了，但是，没有回他的办公室，而是来到局办公室对主任说：

　　"肖主任！请你通知全体局领导和下属单位正副职领导马上到局会议室开会。会议的内容主要是听取各单位汇报前段时间贯彻落实《王都县文化局向全省先进文化局目标奋斗计划》的情况，讨论今后加快贯彻落实好这一计划的方法和措施。"